AF593088

Pasquali-film. Exclusivité Gaumont.

Roland, le fils du doge Candiano, l'espoir des opprimés !...

MICHEL ZÉVACO

LE PONT DES SOUPIRS

Grand Roman de Passion

Illustré par les photographies du film

★

LA FÊTE DE L'AMOUR

CINÉMA-BIBLIOTHÈQUE
ÉDITIONS JULES TALLANDIER
= 75, Rue Dareau, PARIS (XIVe) =

LE PONT DES SOUPIRS

PREMIÈRE PARTIE

LA FÊTE DE L'AMOUR

I

Roland !... Léonore !...

Venise, en cette féerique soirée du 5 juin de l'an 1509, acclame ces deux noms tant aimés.

Ces deux noms, Venise enfiévrée les exalte comme des symboles de liberté. Venise attendrie les bénit comme des talismans d'amour.

O Venise !

Comme tu étais belle et pure, en ce soir de fête magique ! Comme, fièrement, tu levais ton front de jeune reine au-dessus des flots, tandis que dans un ciel de rêve, la lune, ce soleil des mystères, voguait à travers l'infini !

Fantastique et rutilante de lumières, éperdue de chansons, la Ville des Eaux, ce soir-là, semblable à un songe de lointaine cité orientale, surgit parmi des embrasements pourpres ; et ses deux cents clochers, ses dômes, ses flèches, dans une vision d'étincelant mirage, s'éclairent de reflets d'apothéose.

Le peuple s'était mis en liesse.

Des milliers et des milliers de gondo les promènent sur le Grand Canal leurs mélodies que rythment les voix voluptueuses des femmes, leurs illuminations qui évoluent dans un mystérieux scintillement, comme si toutes les étoiles du firmament étaient descendues se reposer sur leur proues altières.

Sur la place Saint-Marc, entre les mâts qui portent l'illustre fanion de la république, tourbillonnent lentement les jeunes filles aux éclatants costumes, les barcarols, les marins — tout le peuple, tout ce qui vibre, tout ce qui souffre, tout ce qui aime.

Et il y a un défi suprême dans cette allégresse énorme qui vient battre de ses vivats le palais ducal silencieux, menaçant et sombre...

Là-haut, sur une sorte de terrasse, au sommet du vieux palais, deux ombres se penchent sur cette fête — deux hommes dardent sur toute cette joie l'effroyable regard de leur haine.

Venise s'enivre d'amour. Venise chante comme elle prierait. Venise laisse monter le souffle ardent de ses couples enlacés qui, parmi des bénédictions naïves et des souhaits d'éternelle félicité, répètent les noms de Léonore et de Roland.

Car demain on célébrera les fiançailles des deux amants. Demain, dans le palais ducal, Léonore et Roland vont échanger solennellement le serment qu'ils se font tout bas depuis deux ans qu'ils s'adorent.

Roland !... le fils du doge Candiano, l'espoir des opprimés !... Roland... celui qui, dit-on, a fait trembler plus d'une fois l'assemblée des despotes, le terrible Conseil des Dix, et lui a arraché plus d'une victime !...

Léonore !... L'orgueil de Venise par sa beauté, — l'héritière de la fameuse maison les Dandolo, toute-puissante encore malgré sa ruine... Léonore, que les pauvres appellent la Madone des Madones ! Léonore, qui aime tant son Roland qu'un jour à un peintre célèbre qui la suppliait à genoux de se laisser peindre, elle a répondu que seul son amant la posséderait en corps et en image !...

Et Venise terrorisée par le Conseil des Dix, Venise frémissante sous le joug d'une tyrannie sans frein, célèbre comme le commencement de sa délivrance les fiançailles du fils du doge et de la fille des Dandolo.

Car ce mariage, ce sera l'union de deux familles capables de résister au despotisme effréné des Dix ! Ce mariage sera, on n'en doute pas, la prochaine élévation à la dignité dogale de Roland, l'espoir du peuple, et de Léonore, la madone des pauvres !

Par intervalles, pourtant, la clameur des vivats s'affaisse tout à coup sur la place Saint-Marc, et un silence lourd d'inquiétudes pèse sur la foule.

C'est qu'on a vu alors quelque espion s'approcher du tronc des dénonciations, y jeter à la hâte un papier, puis s'évanouir dans les ténèbres.

Quel nom a été livré à la vengeance des Dix ?

Qui sera arrêté cette nuit ?

Qui périra demain ?

Puis, soudain plus violentes, plus acerbes, les acclamations viennent heurter le morne palais ducal, au fond duquel le doge Candiano et la dogaresse Silvia tremblent pour leur fils, épouvantés de cette popularité qui le désigne au bourreau !

—Seigneur ! seigneur ! murmure la mère prosternée devant un grand christ impassible, sauvez mon enfant !

Et le vieux doge, pâle sous ses cheveux blancs, reprend dans la ferveur de son âme croyante :

— Seigneur ! s'il faut que cette joie soit expiée, ne frappez que moi !

Au dehors, les clameurs de la fête d'amour grondent comme un tonnerre de révolte.

Là-haut sur la terrasse, deux hommes écoutaient ardemment.

L'un d'eux, grand, la physionomie empreinte d'un orgueil sauvage, tendit alors son poing crispé vers la foule.

— Hurle, peuple d'esclaves ! Demain, tu pleureras des larmes de sang ! Ecoute, Bembo ! Les entends-tu ?... Ils acclament leur Roland ! Ah ! ce nom maudit !... Il me taraude le cerveau !... Ecoute, écoute !

— J'entends, seigneur Altieri, j'entends ! Et j'avoue que ces deux noms de Roland et de Léonore font assez bien, accouplés ensemble !

— Tais-toi ! tais-toi !

— Ne seront-ils pas, dès demain, fiancés l'un à l'autre ?... Et dans huit jours le mariage ! C'est une magnifique union, seigneur...

— Damnation ! Plutôt que de voir s'accomplir ce mariage, Bembo, je les poignarderai de mes mains !

— Oh ! vous haïssez donc bien votre cher ami Roland ?

— Je le hais, lui, parce que je l'aime, elle ! Oh ! cet amour, Bembo ! cet amour qui m'étouffe ! Est-il possible de souffrir ce que je souffre sans en mourir ! O Léonore, Léonore ! Pourquoi t'ai-je vue ? Pourquoi t'ai-je aimée ? Que maudit soit le ventre de ma mère pour avoir conçu mon malheur avec ma vie !

Et cet homme, le plus puissant d'entre les patriciens de Venise, le plus redoutable des Dix, cet Altieri qui, lorsqu'il traversait Venise, silencieux et fatal, marchait dans une atmosphère d'épouvante, cet homme prit sa tête à deux mains et pleura.

Bembo, la figure sillonnée par un sourire de mépris et de crainte, comme certains ciels louches et blêmes sont sillonnés par un livide éclair, Bembo le regardait, effroyablement pensif.

— Ecoutez, seigneur Altieri ! fit-il soudain.

Du Grand Canal montait l'harmonie d'un hymne d'amour que des femmes chantaient. Et c'était d'une poésie intense, ces voix chaudes et pures. Et cela soulevait dans une large rafale de volupté le nom de l'amante fidèle !

Subitement, les voix se turent.

Altieri écoutait, hagard, palpitant.

Altieri, le visage contracté, l'attitude raidie dans un effort de volonté farouche, se dirigea vers l'escalier de la terrasse.

— Où allez-vous, seigneur capitaine ? s'écria Bembo en se plaçant devant lui.

Sans répondre, Altieri lui montra le poignard sur lequel sa main se crispait.

— Plaisantez-vous, monseigneur ! murmura Bembo de cette voix visqueuse, qui faisait qu'après l'avoir trouvé hideux en le regardant, on le trouvait abject en l'écoutant. Plaisantez-vous ! Quand on s'appelle Altieri, quand on commande à vingt mille hommes d'armes, quand on peut faire déposer le doge et se coiffer de la couronne ducale, quand on peut, en levant le doigt, faire tomber une tête, quand on tient dans sa main cette arme fulgurante et sombre qui s'appelle le Conseil des Dix, laissez-moi vous le dire, seigneur, on n'est qu'un enfant si pour se débarrasser d'un rival, on descend à le frapper ! Vous êtes dieu dans Venise et vous voulez vous faire bravo ! Allons donc ! Ce n'est pas d'un coup de poignard que doit mourir Roland Candiano, le fiancé de Léonore !

— Que veux-tu dire ? grinça le capitaine.

Bembo le saisit par le bras et l'entraîna à l'autre bout de la terrasse. Il se pencha par-dessus la balustrade, étendit la main et dit :

— Regardez !

A son tour, Altieri se pencha.

Ce coin de Venise était ténébreux, sinistre. Au fond, apparaissait un étroit canal sans gondoles, sans chansons, sans lumières. D'un côté se dressait le palais ducal, massif, pesant, formidable ; de l'autre côté du canal, c'était une façade terrible, un de ces visages de maison muets et glacés qui suent de la terreur et de la douleur : les prisons de Venise.

Et entre ces deux choses énormes, un monstrueux trait d'union, une sorte de sarcophage jeté sur l'abîme, reliant le palais de la tyrannie au palais de la souffrance...

C'est sur ce cercueil suspendu au-dessus des flots noirs que tombèrent les regards d'Altieri.

Il se rejeta en arrière avec un frisson d'angoisse et un cri rauque :

— Le pont des soupirs !

— Le pont de la mort ! répondit Bembo d'une voix glaciale ; quiconque passe là dit adieu à l'espérance, à la vie, à l'amour !

Altieri essuya son front mouillé de sueur Et comme si sa conscience se fût débattue dans une dernière convulsion, comme s'il eût reculé devant l'atrocité de la vengeance entrevue :

— Un prétexte ! balbutia-t-il, oh ! un prétexte pour le faire arrêter !...

— Vous voulez un prétexte ! dit sourdement Bembo en se redressant avec une joie funeste. Eh bien, suivez-moi, seigneur Altieri !

— Où m'entraînes-tu, démon ?

Bembo, à grands pas, s'était porté sur un autre point de la terrasse. Comme tout à l'heure il se pencha, étendit la main et dit :

— Regardez !...

Cette fois, il désignait un palais dont la façade en marbre de Carrare et les colonnades de jaspe miraient dans le Grand Canal leur somptuosité écrasante.

— Le palais de la courtisane Imperia ! murmura Altieri.

Bembo lui saisit la main.

— Vous cherchez un prétexte, grondat-il. C'est là que vous le trouverez ! C'est Imperia, c'est la courtisane maudite et fabuleuse qui vous livrera Roland.

— Elle le hait donc ? haleta Altieri.

— Elle l'aime !... Entendez-vous, seigneur ? La courtisane Imperia souffre ce soir comme une damnée, comme vous ! La courtisane Imperia aime Roland comme le patricien aime Léonore, jusqu'à l'adoration, jusqu'à la folie, jusqu'à la mort ! Et son amour, violent comme le vôtre, implacable comme le vôtre, veille dans l'ombre ! Et cet amour lui ouvre comme à vous la porte de la vengeance... Venez, seigneur, venez chez la courtisane Imperia !...

II

LES AMANTS DE VENISE

Les derniers bruits de la fête populaire se sont éteints. Venise s'endort ; ses canaux silencieux se déroulent et ondulent comme la chevelure d'Amphitrite ; ses marbres luisent confusément dans un décor de camaïeu bleuâtre, sous les clartés de la lune qui flotte dans un ciel alangui ; des reflets d'azur baignent la prestigieuse vision dont les contours se fondent en une buée de couleur harmonieuse. Tout est fermé... Seule, la gueule du Tronc des Dénonciations (1) demeure ouverte, comme une menace qui jamais ne s'endort...

En la petite île d'Olivolo, derrière l'église Sainte-Marie Formose, consacrée à l'amour, puisque c'est là que tous les ans se célébraient les mariages des douze vierges dotées par la république, s'étend un beau jardin.

A la cime d'un cèdre, un rossignol reprend éperdument ses trilles auxquels, dans le lointain, répond la mélopée d'une fauvette. La nuit attentive semble écouter de toute son âme éparse dans l'éther ce duo qu'accompagne en sourdine l'inlassable murmure des vagues.

Et sous le cèdre immense, parmi des massifs de roses, parmi des parfums de jasmins et de géraniums, dans la splendeur paisible et majestueuse de ce cadre inouï de beauté, c'est un autre duo de passion qui se susurre entre deux êtres d'élection dont les fronts prédestinés s'illuminent de toute la lumière de leur amour : *elle* et *lui*.

Un charme indicible se dégage de Léonore ; ses mouvements, ses attitudes sont empreints de grâce, de souplesse et d'une sorte d'énergie adorable ; sa tête fine, sous les lourdes torsades de ses cheveux, exprime une indéfinissable fierté ; ses grands yeux bruns, volontaires et voilés de tendresse, s'éclairent d'un regard éblouissant de hardiesse chaste ; il y a en elle un mélange ineffable d'assurance et de timidité, de langueur et de gravité, une noblesse ingénue et une juvénilité ardente : et elle apparaît dans sa démarche telle qu'on se représente les jeunes déesses de l'antiquité païenne.

L'aspect de Roland donne l'impression d'une force de la nature. Même au repos, sa prodigieuse vigueur s'indique à chacun de ses gestes : pourtant, il est de taille moyenne, fin, élancé, avec des mains nerveuses et délicates ; l'impétuosité de son tempérament se devine aux battements de ses tempes ; sa bouche un peu ironique, prête à la riposte cruelle, exprime en son sourire une générosité d'âme supérieure ; on le devine prompt à la colère aveugle et au pardon magnanime, dédaigneux de l'envie, passionné d'épopées géantes, capable de bouleverser un monde...

Et ils forment un couple d'une radieuse harmonie qui arrache des cris d'admiration à l'artiste, au poète, — au peuple enfin, au peuple vénitien poète et artiste, qui les a surnommés les « Amants de Venise », comme si, à eux deux, ils formaient la synthèse vivante de tout ce qu'il y a de lumière, de force et de prestige dans la Reine des Mers !

Sous le cèdre au vaste branchage ils causent gaiement ; ils ne se parlent pas d'amour... à quoi bon ? Mais leur passion déborde ; chacun de leurs gestes provoque en eux un sourd frémissement contenu ; chacune de leurs paroles contient sous l'indifférence du verbe le poème de leur pensée enamourée ; parfois, seulement, leurs mains se cherchent et s'étreignent.

Minuit sonne. Ils tressaillent tous deux : c'est l'heure où, depuis trois mois que Roland est admis dans la maison des Dandolo, ils se séparent tous les soirs.

Roland s'est levé.

— Encore quelques minutes, mon cher seigneur, soupire Léonore.

— Non, dit Roland avec une fermeté souriante ; le noble (2) Dandolo, ton père, m'a fait jurer que, tous les jours, minuit serait le terme de notre félicité, jusqu'au lende-

(1) *A propos du Tronc des Dénonciations, rectifions une petite erreur. On croit communément que les dénonciations étaient jetées dans la gueule du lion dont on voit encore la place ; en réalité, les billets délateurs étaient jetés dans un trou pratiqué en dessous de la tête du lion ; on montre ce trou aux visiteurs ; la tête du lion a été grattée en* 1797.

(2) *Le mot « noble » ne s'applique pas seulement au caractère de Dandolo, mais encore et surtout à sa noblesse de famille, à son antiquité de race. Aujourd'hui encore, on dit à Venise : « Noble comme un Dandolo ». Il est à remarquer que les patriciens de Venise dédaignèrent toujours les titres de comte, marquis, etc., comme si leurs seuls noms eussent suffi, pour témoigner de la vieillesse et de la gloire de leurs familles. Ni les Dandolo, ni les Candiano, ni les Foscari, ni les Dario, ni les Grimani, ni les Davila ne voulurent jamais prendre de titres. Cet orgueil, qui ne manque pas de grandeur, leur a valu une dissertation tendant à prouver qu'ils n'étaient point « gentilshommes ». En réalité, le patriciat de Venise était l'un des plus antiques d'Europe.*

main... et cela jusqu'au jour proche où notre félicité, Léonore, ne connaîtra plus de terme ni de limite...

— Adieu donc, mon doux amant... Demain... ah ! demain viendra-t-il jamais !...

— Demain viendra, ma pure fiancée ; demain, dans le palais de mon père, devant tout le patriciat de Venise, nous échangerons l'anneau symbolique ; et dans huit jours, ô mon âme, nous serons unis à jamais... Va... dors en paix, puisque mon amour veille sur toi, comme les astres veillent là-haut sur la sérénité du ciel.

— Parle... oh ! parle encore !...

— Endors-toi bientôt pour que tes rêves te ramènent près de moi, comme mes rêves me conduisent à toi dans mon sommeil...

— Mon bien-aimé, comme ta voix me pénètre et me transporte ! Oh ! pour être à toi, toute, pourquoi faut-il attendre encore ?... Roland, ô mon cher fiancé, mon être frémit chaque soir à ce moment d'angoisse où nous nous séparons... Et ce soir, plus que jamais, des pensées funèbres assiègent mon âme... Il me semble que notre bonheur fait envie au ciel et à la terre... et que le malheur, dans cette nuit suave, rôde autour de notre amour...

— Enfant ! sourit Roland. Ne crains rien... Repose ta confiance en ton époux...

— Mon époux ! Oh ! ce mot... ce mot si doux, Roland, c'est la première fois que tu le prononces, et il m'enivre, il m'exalte...

Ils sont maintenant près de la porte du jardin.

Roland l'a entr'ouverte.

Ils se contemplent avec un naïf et sublime orgueil... et leur passion les bouleverse ; leurs bras tremblants se tendent ; leurs corps s'enlacent ; leurs lèvres se cherchent, s'unissent, et, mourants d'amour, ils échangent leur premier baiser...

Là-bas, le rossignol s'est tu sous le grand cèdre ; un souffle harmonieux monte seul de cette paix infinie de la nature, dans le vaste silence des choses endormies...

Léonore s'est enfuie, emportant sur ses lèvres frémissantes la sensation qui fait pâlir son front et soulève son sein de vierge.

Roland a fermé la porte ; puis, lentement, absorbé en son bonheur, il a longé le mur extérieur du jardin, il a longé la vieille église, et se dirige vers sa gondole qui l'attend.

Et tout à coup, dans la nuit, éclate un cri déchirant :

— A moi !... On me tue !... A moi !... à moi !...

III

L'IMPÉRATRICE DES COURTISANES

Roland, violemment arraché au songe d'extase qui l'emportait bien loin de la terre, eut le sursaut de l'homme qu'on réveille. Il regarda autour de lui. A vingt pas, vers le canal, un groupe informe se débattait. Il tira la lourde épée qui ne le quittait jamais, et s'élança :

— Courage ! cria-t-il. Courage !

En quelques instants, il fut sur le groupe et vit une femme, tombée sur ses genoux, que sept ou huit malandrins, lui parut-il, dépouillaient de ses bijoux.

— A moi ! proféra encore l'inconnue.

Et elle se renversa évanouie.

— Arrière, brigands ! arrière, chiens de nuit !

Les bandits se retournèrent, le poignard levé, grondant en effet comme des dogues furieux.

— Arrière toi-même ! hurla l'un d'eux, colosse aux membres noueux, aux yeux sanglants.

Tous ensemble, ils entourèrent le jeune homme dont l'épée scintillante commença aussitôt un redoutable moulinet. Mais à ce moment, un rayon de lune l'éclaira en plein.

Les bravi reculèrent soudain.

— Roland Candiano ! murmurèrent-ils avec une sorte de terreur mélangée de respect. Roland le Fort !... Sauve qui peut !...

Il y eut une fuite précipitée, une débandade.

Mais le colosse était resté, lui !

— Ah ! ah ! ricana-t-il, c'est toi qu'on appelle Roland le Fort !... Eh bien, moi, je me nomme Scalabrino !

Scalabrino ! Le célèbre et formidable bandit qui, un jour, quelques années auparavant, en 1504, avait stupéfié Venise par un coup d'audace inouïe !... Le 15 août de cette année-là, avait eu lieu la cérémonie annuelle du mariage de douze vierges aux frais de la république. Selon l'antique tradition, les douze épousées portaient une cuirasse d'argent, un collier de perles et d'autres bijoux précieux que l'on conservait dans le trésor de l'Etat pour servir d'année en année. Scalabrino débarqua avec cinquante compagnons devant Sainte-Marie Formose. Au moment où les vierges cuirassées d'argent sortaient de l'église, ils fondirent sur elles : il y eut une effroyable mêlée ; mais les douze jeunes femmes furent entraînées dans le bateau-corsaire de Scalabrino qui, léger, admirablement gréé, prit aussitôt le large et ne put être rejoint par les vaisseaux qui s'élancèrent à sa poursuite. Huit jours plus tard, Scalabrino renvoya à Venise les douze vierges dont la pudeur avait été scrupuleusement respectée ; mais il garda les cuirasses d'argent et les colliers de perles.

Au nom de Scalabrino, Roland, par un geste de bravade, rengaina son épée.

Et ce geste voulait dire :

— Avec toi, bravo, l'épée est inutile !... Le poing suffira !

Le géant se rua sur lui, la dague haute.

Mais il n'avait pas fait un pas qu'il chancela, étourdi, aveuglé de sang : Roland venait de lui asséner sur le visage deux ou trois coups de poing qui eussent assommé tout autre que le colosse.

Scalabrino avait lâché son poignard.

Mais, se remettant aussitôt, il saisit Roland à bras-le-corps.

La lutte dura une minute, acharnée, silencieuse.

Puis, tout à coup, le géant roula sur les dalles, et Roland, le genou appuyé sur sa vaste poitrine, leva sa dague.

Scalabrino comprit qu'il allait mourir,

car, selon les mœurs du temps, il n'y avait pas de quartier pour le vaincu dont la vie appartenait au vainqueur.

Il croisa les bras, regarda Roland en face, et dit sans trembler :

— Vous êtes le plus fort. Tuez-moi !

Roland se releva, rengaina sa dague et répondit :

— Tu n'as pas eu peur : je te fais grâce.

Scalabrino se remit debout, comme hébété par un indéfinissable étonnement. Puis, courbé en deux, d'une voix basse, il dit :

— Monseigneur... je vais vous dire toute la vérité.

— Va... je t'en fais aussi grâce !

— Monseigneur !...

— Va, te dis-je !

Le colosse jeta sur le jeune homme un singulier regard où il y avait comme une aube d'attendrissement et de pitié. Puis, esquissant un geste d'insouciance, il s'éloigna rapidement et bientôt disparut.

Roland, alors, se pencha sur la femme qu'il venait de délivrer.

L'esprit, l'âme et les yeux du jeune homme étaient pleins de l'image de Léonore ; mais son tempérament d'artiste intuitif le rendait sensible à toutes les formes de la beauté.

Penché sur cette inconnue, l'admiration qu'elle lui inspira fut telle qu'il ne put retenir un cri étouffé :

— Merveille de beauté ! murmura-t-il.

A ce moment l'inconnue ouvrit les yeux. Elle vit Roland.

Un frémissement l'agita.

De pâle qu'elle était, elle devint pourpre : elle se releva en s'appuyant à la main que lui tendait Roland, et sa main, à elle, brûlait de fièvre ; elle palpitait et fixait sur Roland un regard chargé d'effluves qui lui causait un étrange malaise. Puis ce regard fit le tour de l'étroite place où ils se trouvaient comme si elle eût craint un retour de ses agresseurs.

— Soyez rassurée, madame, dit simplement le jeune homme. Les drôles qui ont eu l'audace de vous attaquer ne reviendront pas.

Alors elle ramena sur lui ses yeux d'un noir de velours qui brillaient dans l'ombre avec un éclat d'une incomparable douceur.

— Vous ! prononça-t-elle d'une voix dont chaque vibration était une chaude caresse. Ah ! c'est être sauvée deux fois que de l'être par vous...

— Madame... fit le jeune homme, comme interdit par cette sorte d'exaltation fervente dont il ne comprenait pas la cause et qu'il attribuait à l'émotion du danger couru.

Mais déjà, sans lui laisser le temps de continuer, elle avait pris sa main, se suspendait à son bras et murmurait :

— J'ai peur ! oh ! j'ai peur... Vous ne refuserez pas de m'escorter jusque chez moi... je vous en supplie...

— Madame, je m'appelle Roland Candiano, et je serais indigne de l'illustre nom que je porte, si je vous refusais une protection que tout Vénitien regarderait en ce moment comme un devoir impérieux.

— Merci ! oh ! merci ! dit-elle avec la même ferveur.

Elle l'entraîna.

Deux cents pas plus loin, sur les bords du canal, elle s'arrêta.

Une somptueuse gondole attendait là. Ils prirent place sous une tente en soie brochée d'or. Et le barcarol, Nubien magnifique, revêtu d'une tunique de soie blanche, se mit à pousser activement la gondole à travers le dédale des canaux.

Ils ne se disaient rien, — lui, repris par son rêve d'amour, songeant avec des frémissements de joie puissante à cette journée du lendemain où sa Léonore allait lui offrir, devant le patriciat de Venise assemblé, l'anneau d'or, gage symbolique de sa foi !... et elle, la divine Impéria, roulant dans son sein de marbre les tumultes de sa passion déchaînée.

Imperia !

La fameuse, la fastueuse courtisane romaine amenée à Venise par le noble Davila, le plus riche des Vénitiens, le plus écouté dans le Conseil des Dix !...

Impéria, que les poètes disaient plus belle encore que la tant célèbre Lucrèce Borgia !...

Imperia, si belle en effet, si adorée, qu'à son départ les Romains lui élevèrent en reconnaissance de sa beauté un monument public comme à une déesse !... (1)

Oui ! C'était Imperia.

Roland ne la connaissait que de réputation. Mais lorsque la gondole s'arrêta enfin et qu'ils eurent débarqué, lorsqu'il vit les vingt serviteurs s'empresser au-devant de sa compagne, lorsque d'un coup d'œil il eut embrassé la façade en marbre blanc avec ses statues, ses huit colonnes de jaspe, ses corniches fouillées comme une dentelle, alors il reconnut devant quelle demeure il se trouvait et à quelle femme il avait servi de chevalier.

Elle vit son trouble, et lui saisissant la main :

— Soyez généreux jusqu'au bout en honorant cette maison de votre présence, ou je croirai que vous ne m'avez sauvée que pour m'humilier...

La voix ardente suppliait... Le jeune homme entra !...

(1) *Ce monument n'a disparu que vers la fin du dix-huitième siècle. Il portait cette étrange inscription latine où on remarquait le mot « cortisana », forgé pour la circonstance :*

« Imperia, cortisana romana, quæ digna tanto nomine, raræ inter homines formæ specimen dedit ! » — « Imperia, la courtisane romaine, qui, digne d'un tel nom, offrit aux hommes un rare modèle de beauté ! »

Imperia, dit M. Valery dans ses Voyages historiques, *fut chantée en vers latins et italiens. Elle eut l'honneur d'une médaille. Bandello rapporte que tel était le luxe de ses appartements que l'ambassadeur d'Espagne y avait renouvelé l'insolence de Diogène en crachant au visage d'un des gens de la maison, disant qu'il ne trouvait pas d'autre place pour cela.*

Conduit par la courtisane, il traversa un vestibule de marbre dont l'entrée était masquée par un immense velum rayé blanc et rouge.

Puis, ayant monté des degrés de marbre dont chacun supportait un vase précieux d'où s'élançait quelque plante exotique, il eut la vision stupéfiante de deux ou trois vastes salles en enfilade, meublées et décorées avec une somptuosité savamment combinée pour précipiter les sens aux délires de l'amour.

L'amour !... Tout dans ce palais l'appelait et proclamait sa puissance.

Roland se trouvait transporté dans une atmosphère d'impureté effrénée, de vice suprême.

Impéria le conduisit dans une salle où une profusion de fleurs rares, des tentures et des tapis de l'Inde, des nudités marmoréennes, des tableaux dignes des palais princiers de Florence et de Ferrare, des glaces somptueuses et des lampadaires d'or massif révélaient le faste, le raffinement et le goût artistique de la courtisane pour laquelle l'opulent Davila avait englouti déjà les trois quarts d'une fortune colossale.

Roland demeura debout.

Imperia sentit qu'il était résolu à se retirer.

D'un geste bref, elle renvoya les servantes qui, déjà, dressaient une collation.

— Ne voulez-vous pas vous asseoir ? demanda-t-elle, tremblante.

— Madame, répondit Roland, vous voici chez vous, en parfaite sûreté. En demeurant plus longtemps, je vous rendrais importun le faible service que j'ai eu la joie et l'honneur de vous rendre.

— Importun ! vous ! Ah ! monsieur, ce que vous dites là est cruel et me prouve que vous refusez de lire dans mes yeux ce qui se passe en mon pauvre cœur tourmenté !

Roland comprit que des choses irrémédiables allaient être dites.

Il murmura avec une grande douceur :

— Nos voies sont différentes, madame. En vous disant adieu, je vous supplie de croire que je n'emporte de cette rencontre qu'une vive admiration pour votre courage dans le danger et une sincère reconnaissance pour la souveraine grâce de votre hospitalité.

Elle se plaça devant lui, pantelante, poussée par un de ces coups de passion qui affolent soudain les femmes aux minutes des crises d'âme. Et sa voix changée, rauque de sanglots, brisée de passion, développa sourdement les tragiques convulsions de sa pensée :

— Vous ne voyez donc pas que je vous aime ! Vous ne voyez donc pas que je vous offre la tendresse brûlante de mon cœur et les caresses de mon corps ! Vous ne voulez donc rien voir ! Vous n'avez donc pas vu que depuis trois mois je vous suis pas à pas comme votre ombre fidèle !

— Madame... de grâce, revenez à vous...

— Savez-vous pourquoi j'ai quitté Rome, mes trois palais, mes poètes, mes artistes, tout un peuple qui m'adorait ! Savez-vous pourquoi j'ai suivi Jean Davila dans Venise ? C'est que je vous avais entrevu l'an dernier lorsque vous vîntes en ambassade auprès du pape ! Savez-vous pourquoi j'ai fait édifier ce palais sur le Grand Canal ? C'est que de là je pouvais tous les jours voir passer votre gondole ! Savez-vous pourquoi j'ai dépensé des millions sans compter pour orner cette demeure ? C'est que j'espérais en faire le temple de notre amour ! O Roland ! Roland ! quel affreux mépris je lis dans vos yeux... Oh ! vous me tuez !...

— Je ne vous méprise pas, dit-il avec la même douceur ; je vous plains...

Elle eut un éclat farouche :

— Tu me plains ! J'aimerais mieux ton mépris encore... Mais non ! Plains-moi ! oui, tu peux me plaindre ! Car jamais malheur ne fut plus complet que le mien, parce que jamais amour ne fut aussi absolu que mon amour. Plains-moi ! Car ce sont d'épouvantables tourments qui me rongent, car ce sont toutes les pieuvres de la jalousie qui m'enlacent et me dévorent lorsque je songe à celle que tu aimes, à cette Léonore, qui...

— Malheureuse ! tonna Roland.

Il était devenu livide, et sa main s'était levée comme pour écraser la bouche qui blasphémait l'idole... Cette main retomba pesamment.

— Adieu, madame, dit-il brusquement d'une voix altérée.

Et il s'élança au dehors.

Rugissante, blessée au cœur, ivre de passion et de fureur, tragique et sublime d'impudeur, Imperia déchira les voiles qui couvraient sa splendide nudité, et sanglotante, se roula sur une peau de lion en mordant ses poings pour étouffer ses cris.

Ses yeux, tout à coup, tombèrent sur un homme qui, les bras croisés, debout dans l'encadrement de la porte, la regardait.

Cet homme paraissait quarante ans. Il était de superbe allure et de haute mine. Il portait au côté une magnifique épée à poignée incrustée de diamants. Une lourde chaîne d'or retombait sur son pourpoint de velours noir.

Imperia bondit avec un cri :

— Jean Davila !...

Elle marcha droit à lui :

— Vous avez vu ? fit-elle, haletante.

— Tout !...

— Vous avez entendu ?...

— Tout !...

Elle éclata d'un rire atroce de démente.

Et lui, d'une voix glaciale, reprit :

— Vous allez mourir !... Ah ! c'est pour retrouver Roland Candiano que vous avez suivi Jean Davila dans Venise ! Par le ciel, madame, je vous glorifie de votre impudence. Et j'admire le destin qui a voulu employer à pareille besogne le patrimoine des Davila ! Ainsi donc mes aïeux auront versé leur sang, parcouru les mers sur leurs caravelles, assisté à cent batailles, et magnifié notre nom inscrit au livre d'or de la république, pour qu'un jour ce nom de héros devînt le jouet d'une gueuse et la risée de Venise ! Ainsi, j'allais, moi, infâme rejeton d'une race de géants, faire de vous une patricienne, vous mener aux autels, et couvrir votre honte de huit siè-

Pasquali-film. Exclusivité Gaumont.

Le doge Candiano et la dogaresse Silvia tremblent pour leur fils.

Pasquali-film

Exclusivité Gaumont.

— *Moi, Foscari, grand inquisiteur d'État, je déclare qu'il y a ici un traître, rebelle et conspirateur, que je viens arrêter pour le salut de la République.*

Impéria, affolée de passion, se jeta aux pieds de Roland.

Pasquali-film

Exclusivité Gaumont.

Jean Davila s'élança sur la courtisane, le poignard levé.

cles d'honneur ! Et tout cela pour que le caprice d'une courtisane fût satisfait !... Ainsi ma mère, et la mère de ma mère, et toutes mes aïeules, aussi loin que je remonte dans les âges, auront forgé à force d'économie une fortune princière pour qu'un jour il vous plût, à vous, d'élever un temple impur à vos amants de passage !

— Un temple ! rugit-elle, échevelée ; ah ! tu ne crois pas si bien dire !... Viens et regarde !

D'un bond elle s'était ruée sur une tenture qu'elle jetait bas, ouvrait une porte secrète et se jetait dans une chambre, où Jean Davila, écumant, se précipita à sa suite.

Il s'arrêta stupéfait, comme devant une vision de songe fantastique.

La pièce était petite, mystérieuse ; les murs couverts de tentures de soie lamée d'or. Il n'y avait aucun meuble dans cette retraite ; mais une profusion de candélabres en or supportaient des flambeaux qui jetaient une lumière éblouissante.

Au fond, de trois énormes brûle-parfums s'échappaient d'enivrantes senteurs. Et au-dessus de ces cassolettes supportées par des trépieds d'argent, dans une sorte de gloire, encadré d'or, apparaissait le portrait de Roland Candiano, œuvre géniale de quelque peintre somptueux comme l'Italie en prodiguait alors au monde étonné.

A demi nue, palpitante, extasiée, Imperia s'était jetée à genoux et, vers le portrait, tendait ses magnifiques bras d'albâtre.

Jean Davila, les yeux sanglants, le visage bouleversé, hurla :

— Créature d'enfer ! Descends chez les damnés pour y achever ton obscène adoration.

Il s'élança sur elle, titubant de fureur, le poignard levé.

Elle le vit venir, se releva soudain, et, à ce moment, Jean Davila tremblant, bégayant d'affreuses insultes, fut sur elle.

— Meurs ! râla-t-il. Mais en mourant sache que je donnerai ton cadavre à souiller au bourreau de Venise, avant de le donner à dévorer aux poissons du canal Orfano !

Le bras levé s'abattit.

Prompte comme la foudre, Imperia saisit ce bras au vol pour ainsi dire, le serra furieusement, le porta à sa bouche et le mordit... Le poignard tomba... Dans le même instant, elle le ramassa, et l'enfonça jusqu'à la garde dans la poitrine de Jean Davila...

Il tomba comme une masse, sans pousser un cri, au pied du grand portrait qui étincelait dans son cadre d'or !...

Imperia, de ses yeux exorbités par l'horreur, contempla le cadavre sanglant, et, lentement, se mit à reculer vers la porte.

A ce moment, quelqu'un la toucha à son épaule nue...

Elle se retourna épouvantée, délirante, prête à un nouveau meurtre, et vit une figure blême qui souriait hideusement.

IV

LES FIANÇAILLES

Le lendemain, vers neuf heures du soir, le palais ducal était splendidement illuminé. Sa masse pesante et sévère apparaissait alors plus gracieuse avec ses ogives, ses trèfles, sa merveilleuse *loggietta* — tout son aspect oriental mis en relief par les lumières accrochées à toutes les arêtes.

Venise entière était dehors, affluant en orageux tourbillons autour du vaste monument, ses canaux hérissés de gondoles qui s'entre-choquaient. Et cette foule ne chantait plus comme la veille ; de sourdes rumeurs l'agitaient, et partout elle ondulait soudain comme la face de l'Océan à l'heure de la tempête, sans qu'on pût comprendre les causes profondes de ces mouvements.

Dans le palais, à l'entrée des immenses et somptueuses salles de réception, au haut de l'escalier des Géants, le doge Candiano lui-même se tenait debout, revêtu du costume guerrier, recevant les hommages de tout le patriciat de Venise et de la province accouru à la cérémonie.

Près de lui, la dogaresse Silvia, très pâle, le visage empreint d'une dignité imposante, accueillait les souhaits des invités par un sourire inquiet, et son regard semblait vouloir lire jusqu'au fond de l'âme de ces hommes le secret de leur pensée, — le secret du bonheur de son fils... ou de son malheur !

Bembo était arrivé l'un des premiers en disant :

— J'ai composé pour le jour du mariage un divin épithalame que l'Arioste (1) ne désavouerait point ! Il en sera jaloux !

Et c'était étrange de voir tous les invités, revêtus de costumes de cérémonie, porter au côté non la légère épée de parade, mais le lourd estramaçon de combat. Sous les pourpoints de satin on devinait les cottes de mailles, et sous les sourires des femmes on voyait clairement la terreur.

Que se passait-il ?...

Pourquoi des bruits de révolte populaire venaient-ils coïncider avec cette fête des fiançailles ?

Qui avait répandu ces rumeurs qui traversent une foule comme le vent traverse une forêt, venant on ne sait d'où... de quelque chose de sombre et d'inconnu ?...

Léonore et Roland, assis l'un près de l'autre, dans la grande salle aux plafonds enrichis de fresques inestimables, semblaient dégager un rayonnement de bonheur.

Ils souriaient gravement à la salutation

(1) *La réputation de l'Arioste était fort répandue. Quant au cardinal Bembo, — simple scribe à demi abbé, à demi poète, au moment où commence ce récit, — il a laissé des lettres d'amour assez curieuses, notamment dix lettres à Lucrèce Borgia, et un certain nombre de poésies plutôt fades malgré l'outrance du style.*

de chaque seigneur venant s'incliner devant eux.

Dandolo, le noble Dandolo, descendant de ce doge qui le premier écrivit une histoire de Venise, se tenait près de sa fille, et dans ses regards, à lui, éclatait la même sourde inquiétude qui agitait les masses des invités.

Roland, la main tendue à tout nouvel arrivant, balbutiait des remerciements par quoi son bonheur cherchait à se faire jour à travers l'angoisse de félicité qui étreignait sa gorge. Et son regard vague semblait regarder des choses que lui seul voyait.

Son enfance et son adolescence, à ce moment, défilaient en scènes rapides dans une vision de charme. Il se revoyait courant les quais, toujours un peu débraillé, batailleur, querelleur, adorant se faufiler parmi les barcarols et les marins du port, cherchant noise aux agents des Dix, s'amusant un jour à boucher le Tronc des Dénonciations, mettant flamberge au vent sur le Rialto pour un regard de travers, chantant des poésies sous les balcons des belles et riant au nez des maris, serrant dans ses mains fines la main rude des mariniers...

Et tout cela avec un brio, une joie de vivre débordante, exubérante, avait continué même du jour où son père était devenu doge... et tout cela, brusquement, avait fini par un beau soir d'été où Léonore l'avait regardé !

Ah ! ce premier regard qu'ils avaient échangé !...

Il lui sembla que ses vraies fiançailles dataient de là !...

Et maintenant, elle était près de lui, dans le palais de son père, l'élue de son cœur, l'amante adorée !

Et son bonheur balbutiait, cherchait des mots de reconnaissance, comme si toute cette foule eût été amie !

— Soyez heureux, Roland Candiano..., dit un invité, la main tendue.

— Cher Altieri, merci ! oh ! merci... je vous aime, vous êtes un véritable ami...

— Moi aussi, je vous aime... Soyez heureux, Roland Candiano !

— Et vous, mon cher Bembo ! Vous voilà donc aussi ! Ah ! nous ferons encore des barcarolles et des ballades, savez-vous bien ? Vous maniez si bien le vers !

— Monseigneur, dit Bembo courbé en deux, vous êtes trop bon...

Et Bembo se redressa, souriant.

— Mais que vois-je ! s'écria-t-il tout à coup. Où êtes-vous assis, monseigneur ? Ah ! c'est de mauvais augure !

Sa main désignait le panneau du mur contre lequel — hasard ou fatalité — on avait placé les fauteuils de Léonore et de Roland.

Roland se retourna vers la muraille.

Léonore, elle aussi, regarda et devint pâle.

Tout autour de la salle, en des panneaux encadrés d'or, se dressaient les portraits des doges de Venise... Un seul de ces panneaux, au lieu d'un portrait, portait une inscription.

Et cette inscription c'était :

— *Ici, c'est la place du doge Marino Faliero, qui eut la tête tranchée pour ses crimes.* (1)

Lorsque Roland se retourna vers Bembo, celui-ci s'était déjà perdu dans la foule.

— Quel affreux présage ! murmura Léonore tremblante.

— Ma chère âme, prenez-vous au sérieux la plaisanterie de ce fou de Bembo ?... Rassurez-vous... Voici l'heure... Oh ! voici mon père et ma mère qui s'avancent... Léonore, c'est la minute bénie où nous allons échanger nos anneaux...

— Mon bien-aimé, je suis à toi...

A ce moment, des gardes armés se postèrent soudain devant toutes les portes. Un silence d'épouvante s'appesantit sur la vaste salle de fête. Un homme précédé de deux hérauts s'avança et, d'une voix haute et grave, prononça :

— Moi Foscari, grand inquisiteur d'Etat, je déclare qu'il y a ici un traître, rebelle et conspirateur, que je viens arrêter pour le salut de la république !...

Foscari, homme dans la force de l'âge, aux yeux d'aigle, au front chargé de soupçons, marcha à travers la foule qui, devant lui, s'ouvrit, comme labourée d'effroi.

Le doge Candiano le regardait venir, et ses mains tremblantes, ses lèvres blanches révélaient la furieuse colère qui grondait en lui.

Cette colère, au fond de laquelle il y avait une vague terreur, comme à l'approche d'une catastrophe, éclata alors :

— Un pareil scandale ici ! En un pareil soir ! Dans la salle des doges ! Quel que soit l'accusé, il est ici mon hôte, entendez-vous, seigneur Foscari ! Et par les clous de la croix sanglante, il ne sera jamais dit qu'un Candiano aura failli à l'hospitalité !

Foscari redressa sa taille imposante. Son regard plana sur l'assemblée. Il apparut comme une formidable incarnation de la loi vénitienne, — loi terrible, loi de suspicion, loi implacable qui frappait sans rémission, sans relâche.

Lentement, il parla :

— Seigneur duc, et vous tous !... Il y a six ans de cela, l'évêque Pisani me fut dénoncé. L'heure était trouble, semblable à celle-ci. Comme ce soir, la tourbe des mariniers était prête à se déchaîner. Une minute d'hésitation, et l'Etat était perdu... Or, c'était le jour solennel de l'Assomption. Et c'était le moment de la grand'messe... J'entrai dans Saint-Marc. Je marchai sur l'autel, que j'atteignis à cette seconde sacrée où l'évêque se retournait pour lever l'ostensoir sur la foule prosternée. Ce que je fis alors, vous le savez tous : cet homme qui était l'hôte de Dieu, je lui mis, moi, la main à l'épaule, et je l'arrêtai !

Qu'on imagine cette sorte de profonde angoisse et cette immobilité instantanée de la nature, qui suivent les violents coups de tonnerre. Ainsi se figèrent en des attitudes frissonnantes les spectateurs de ce drame.

Seul, Bembo garda tout son sang-froid.

---

(1) *Voici le texte exact de cette inscription :*

« Hic est locus Marini Falethri decapitati pro criminibus. »

Il se pencha vers Altieri et murmura quelques mots.

Altieri parut hésiter, devint très pâle.

— Il est temps, gronda Bembo, allez ! mais allez donc !

Altieri, alors, se dirigea rapidement vers Roland Candiano ; cela avait duré une seconde.

Foscari, déjà, reprenait :

— Seigneur duc, ce que j'ai fait dans la maison de Dieu, aucune puissance ne peut m'empêcher de le faire dans votre maison ! Candiano, je vous requiers et vous somme de dire si vous entendez résister ici, dans la salle des doges, à la loi que les doges font serment de protéger.

Candiano jeta autour de lui un regard éperdu.

Il vit ses deux mille invités muets, courbés, immobilisés.

Et dans le silence, l'impression d'orage se précisa par les sourds grondements du dehors.

Le doge eut la sensation aiguë de son impuissance...

D'une voix étranglée, il demanda :

— Le nom de l'accusé ?...

— Roland Candiano ! répondit le grand inquisiteur.

Un double cri, déchirant, désespéré, retentit, et deux femmes, d'un mouvement instinctif, se jetèrent au-devant de Roland qui, les yeux pleins d'éclairs, marchait sur Foscari...

Silvia et Léonore, la mère et l'amante, enlacèrent le jeune homme de leurs bras, et toutes deux eurent ce farouche mouvement de la tête qui signifiait :

— Venez donc l'arracher de là, si vous osez !...

En même temps, le doge Candiano jetait une clameur rauque :

— Mon fils !... Vous dites que mon fils conspire et trahit !...

— La dénonciation est formelle !

— Infamie et mensonge !...

Le vieux Candiano arracha de son front la couronne ducale :

— Puisse cette couronne se changer en un carcan de fer pour mon cou, avant que je laisse arrêter devant moi mon fils innocent !

Et tandis qu'un tumulte fait de violentes et menaçantes exclamations secouait l'assemblée, le doge tira sa lourde épée.

A ce moment même, Altieri rejoignait Roland Candiano, et rapidement, les yeux baissés, le front blême, lui murmurait ces mots :

— Les ennemis de votre père ont organisé cette scène pour le pousser au désespoir et le perdre... Rendez-vous, Roland ! Je réponds de votre vie !... *Dans une heure, tout sera arrangé !*

Ces paroles frappèrent Silvia et Léonore comme Roland. L'influence d'Altieri dans le Conseil des Dix était aussi sûre que son amitié pour le fils du doge.

Les deux femmes eurent un mouvement dont Roland profita pour se dégager de leur étreinte.

Il saisit la main d'Altieri :

— Ami fidèle !... votre clairvoyance sauve mon père... c'est entre nous, désormais, une fraternité jusqu'à la mort !

Et Roland s'élança vers le doge Candiano qu'il rejoignit à l'instant où celui-ci levait son épée pour en appeler à ses invités, dont cinq ou six à peine avaient des regards de sympathie pour lui...

— Mon père ! cria le jeune homme.

Candiano, hagard, se retourna, vit son fils, et sa fureur se fondit en désespoir, toute sa révolte fut résorbée par une violente douleur. Il ouvrit ses bras en sanglotant.

Le père et le fils s'étreignirent, tandis que Foscari, terriblement calme, attendait — et qu'une foule de seigneurs, honteux peut-être de leur silence complice, détournaient la tête en pâlissant.

Roland, cependant, parlait bas à l'oreille de son père.

Que lui dit-il à cette seconde qui pouvait être celle de la séparation éternelle ? Fut-ce une consolation suprême qu'il versa dans l'âme du vieillard ? Fut-ce un avertissement mystérieux ?

Tout à coup, on vit le doge se tourner vers le grand inquisiteur, et après avoir sondé d'un regard l'assemblée qui l'entourait :

— Seigneur Foscari, dit-il d'une voix qu'il s'efforçait d'apaiser, mon fils innocent exige que son innocence soit proclamée par le Conseil. Faites donc votre besogne, comme nous faisons notre devoir. Que le tribunal se réunisse à l'instant !

— Le tribunal attend ! dit Foscari glacial.

Le doge tressaillit. Ainsi, tout avait été préparé pour le jugement !

Qui donc avait pris de pareilles précautions ! Qui donc le frappait en plein bonheur ! Il promena sur ceux qui l'entouraient un regard chargé de menace et de désespoir.

— Malheur au lâche dénonciateur ! gronda-t-il. Je le chercherai, je le trouverai dans son ombre ! Et alors, qu'il tremble ! Car la vengeance sera plus terrible encore que la délation n'aura été vile !

Et à Roland, d'une voix haute :

— Va, mon fils ! Tu m'as demandé d'attendre une heure. Va, je t'attends ici dans une heure.

— Seigneur Foscari, dit Roland très calme, voici mon épée que je vous confie. Je suis prêt à répondre au tribunal.

Sur un signe du grand inquisiteur, une douzaine de gardes s'avancèrent alors et un officier saisit le bras du jeune homme. Mais il n'avait pas accompli ce geste qu'il s'affaissait, le front ensanglanté par un coup que Roland venait de lui porter, avec une foudroyante rapidité.

Un frémissement secoua la foule, tandis que l'officier, se relevant, reculait en s'essuyant le visage, sans dire un mot...

— Entendons-nous, monsieur l'inquisiteur, dit Roland avec un sourire qui le faisait terrible ; vous avez devant vous un homme libre. C'est par ma volonté que je me rends devant le suprême conseil. Donnez donc l'ordre à vos gardes de s'écarter. Faites vite, s'il vous plaît...

Foscari, d'un rapide coup d'œil, jugea

la situation. Roland lui apparut ce qu'il était en réalité, capable de résister à une armée, capable de soulever la ville. Au dehors, des rafales d'émeute s'élevaient.

— Soit ! dit-il, toujours glacial. Nul ne vous touchera. Suivez-moi, Roland Candiano !

— Je vous précède, dit le jeune homme.

— Roland ! cria Léonore en tendant les bras.

Roland se retourna et vit sa fiancée très pâle, s'appuyant à sa mère pour ne pas tomber. Il vit la flamme d'amour de ses beaux yeux noyés de douleur. Il vit sa vieillemère si désespérée, que seules ses lèvres tremblantes indiquaient la vie dans son visage de cire. Il vit son père sombre, entouré de seigneurs silencieux. Toute cette scène de deuil et d'effroi resta dans ses yeux.

— Roland ! cria encore la jeune fille.

Il fit un surhumain effort pour échapper à la furieuse tentation qui lui vint. Mais les paroles d'Altieri résonnaient encore dans son oreille : S'il se révoltait ; son père était perdu !...

— Dans une heure, Léonore ! Dans une heure, ma mère ! Dans une heure, mon père !

Il prononça ces paroles avec une étrange fermeté, et se retournant brusquement, il se mit à marcher vers la grande porte du fond, précédant, comme il l'avait dit, le grand inquisiteur à travers les groupes d'invités, qui s'écartaient avec une sorte d'effroi.

Comme il allait disparaître, il entendit une dernière fois l'appel de sa fiancée, — appel déchirant comme l'adieu de l'épouse vivante à l'époux mort qu'on descend dans la terre :

— Roland ! Roland !

Il s'arrêta, livide, frissonnant.

Mais quoi ! Qu'avait-il à redouter ? D'un mot, il allait confondre la calomnie, — et il sauvait son père...

Il passa !... La grande et lourde porte se referma !...

V

LE CONSEIL DES DIX

La salle du Conseil des Dix se trouvait dans le palais ducal qui contenait aussi la salle des inquisiteurs d'Etat — double menace ! Les Dix et les Inquisiteurs vivaient dans l'ombre autour des doges : deux pinces de la même tenaille toujours ouverte pour broyer. Lorsque le doge était homme de proie et d'ambition, il essayait de saisir les deux pinces, et la tenaille servait alors à broyer le peuple. Lorsque le doge était homme de liberté, lorsqu'il était suspect au patriciat, comme Candiano, c'est sur lui et les siens que se refermaient les dents de la terrible machine politique.

Foscari entra dans cette salle du Conseil, dont, cinquante ans plus tard, Véronèse devait illustrer le plafond d'un camaïeu que les artistes admirent encore comme la plus pure expression de son génie. Il prit place dans une stalle de bois sculptée en face des dix stalles dont une seule était inoccupée : celle de Davila !

Le grand inquisiteur était entré seul.

Qu'était devenu Roland ?

Les mystères de l'inquisition d'Etat étaient effrayants ; — c'est l'un de ces mystères que nous aurons tout à l'heure à éclairer pour suivre les traces du fiancé de Léonore. Et en dépit de toute horreur, nous le ferons avec impartialité.

Les neuf membres du Conseil des Dix, constitués en tribunal secret, étaient à leurs places. Ils avaient des visages impassibles ; ils étaient sans gestes, pareils à des statues, dans leurs stalles.

— Messieurs, dit Foscari, depuis longtemps vous connaissez les menées souterraines de Roland Candiano. Dans votre esprit, il est condamné. Est-ce exact ?

La plupart des neuf inclinèrent la tête, gravement.

— L'occasion seule nous faisait défaut. Nous avons ce soir le flagrant délit de trahison. Les hurlements de la plèbe qui entoure ce palais en acclamant le traître sont la plus terrible et la plus précise des accusations. Est-ce vrai ?

Le même signe fut répété avec la même gravité concentrée d'hommes qui ont pris une irrévocable décision, mais par cinq seulement des neuf juges.

— Messieurs, continua le grand inquisiteur, en ce moment les minutes sont précieuses. La révolte qui menace nos privilèges doit être étouffée dès ce soir. Roland Candiano a soulevé les mariniers ; Roland Candiano a fomenté l'insurrection contre le patriciat. La formalité que nous accomplissons nous sauvera à condition d'être rapide. La foudre n'est redoutable que parce qu'elle ne laisse pas à ceux qu'elle va frapper le temps de se mettre à l'abri.

— Votons ! dit Mocenigo, l'un des Dix.

— L'un des nôtres manque, observa Grimani, homme d'une cruauté froide, mais d'une rigidité de fer sur la question des principes.

— C'est vrai ! ajoutèrent deux ou trois autres. Nous ne pouvons voter !

Altieri essuya son front couvert de sueur.

Foscari eut un sourire implacable.

— L'un des vôtres est absent, et vous allez savoir pourquoi, dit-il. Mais avant de vous expliquer comment la stalle de l'illustre Davila est vide...

— Peut-être parce que c'est un ami de Roland ! s'écria Mocenigo.

— Avant de vous parler de Davila, reprit le grand inquisiteur, finissons-en avec les formalités que nous impose la loi !

Foscari sortit de sa stalle et alla lui-même ouvrir toute grande la porte du fond, non celle par où il était entré, mais une porte qui donnait sur une salle vide. C'est là que devaient se tenir les témoins venant déposer. Des témoins, il n'y en avait jamais... Jamais personne ne se présentait à l'appel de l'inquisiteur. Mais la loi exigeait cet appel.

A haute voix, sur le seuil de la porte, Foscari parla avec solennité :

— Que celui qui nous a dénoncé Roland Candiano pour le salut de la république,

que celui-là, s'il est ici, entre et parle selon sa conscience !

Il attendit un instant, puis regagna sa place.

Comme il atteignait sa stalle, il perçut qu'un frémissement agitait les juges. Il se retourna et demeura stupéfait.

Une femme était là, dans l'encadrement de la porte qu'il venait de quitter !... Cette femme, c'était la courtisane Imperia !...

Elle s'avança, très pâle, le sein agité, la figure ravagée par la bataille des sentiments contradictoires.

Altieri était devenu d'une lividité spectrale.

Les autres juges attendaient, soudain passionnés par cette apparition imprévue. Elle les regardait avec des yeux étranges où passaient des flammes de fureur et de soudaines douceurs désespérées.

Foscari se remit aussitôt de son trouble.

— C'est vous, demanda-t-il, qui avez dénoncé Roland Candiano ?

— C'est moi ! dit Imperia.

— Parlez donc selon ce que vous avez vu de vos yeux, entendu de vos oreilles, et non selon des bruits que vous auriez recueillis. Parlez librement et sans crainte.

Mocenigo, celui-là même qui avait fait allusion à l'amitié de Davila pour Roland, se leva alors et dit :

— Parlez librement, madame. Mais avant d'accuser, songez fortement dans votre âme qu'une de vos paroles peut conduire Roland Candiano à l'échafaud.

Mocenigo s'assit. Deux ou trois approuvèrent d'un signe.

Imperia fut secouée d'un long frisson. Elle devint pourpre, puis très pâle encore et croisa ses mains admirables sur son sein, comme pour en apaiser les battements...

L'orage qui se déchaînait dans le cœur de cette femme était effroyable. Elle avait passé une nuit et une journée infernales. Elle avait suivi minute par minute le drame qui se jouait au palais ducal. Et, au dernier moment, sans savoir ce qu'elle faisait, presque folle, elle s'était jetée hors de son appartement...

Quelle irrésistible puissance l'avait donc attirée ?

Craignait-elle donc que Roland ne fût pas condamné ?

Ou plutôt, l'amour ne lui avait-il pas inspiré quelque sublime résolution capable de la tuer, — mais de le sauver, lui, l'aimé !

« Une de vos paroles peut conduire Roland Candiano à l'échafaud ! » Ces mots retentissaient au plus profond de son être. Quoi !... Cette tête adorée allait tomber ! La hache du bourreau allait la faire rouler ! Et ce serait elle, elle qui eût donné sa vie pour un sourire de lui, ce serait elle qui l'aurait assassiné !

Une insurmontable horreur lui venait contre ces hommes assemblés pour condamner Roland...

Le condamner ? Le tuer ?... Oh ! cela ne serait pas ! C'était trop affreux !... Elle allait se dénoncer elle-même, dire son ignominie, raconter la scène entre elle et Bembo et Altieri, démontrer la fausseté de la dénonciation concertée avec les deux misérables dans une fièvre de délire et de jalousie !...

Le sauver ! oh ! le sauver, fût-ce au péril de sa propre vie !...

— Parlez ! mais parlez donc, madame ! dit le grand inquisiteur.

Altieri, les yeux exorbités, fou de terreur, la regardait, lisant sur son visage sa résolution de sauver Roland.

Elle leva la tête...

Ses lèvres blanches tremblèrent...

D'un effort de toute sa volonté, elle dompta ce paroxysme d'émotion, et elle balbutia :

— Je vais dire... toute la vérité... toute, oh ! toute ! si affreuse qu'elle soit !...

Altieri, qui se penchait vers elle, retomba sur son banc, sans force, comme assommé par quelque terrible coup sur la tête...

D'une voix plus ferme, elle reprit :

— Toute la vérité, seigneurs... vous allez la savoir... Ecoutez-moi...

A ce moment, la porte qui donnait du côté de la salle des doges s'ouvrit, et Léonore parut.

La parole expira sur les lèvres d'Imperia. Ses yeux se fixèrent sur la jeune fille avec une expression d'intraduisible haine.

— Qui ose pénétrer ici ? tonna Foscari.

D'un pas rapide, Léonore s'était portée au milieu de la salle. Comment avait-elle échappé à son père et à Silvia ? Comment avait-elle écarté les gardes qui veillaient dans les deux ou trois pièces attenantes ?

Elle se tourna vers les juges, tendit ses bras, à demi agenouillée, et d'une voix brisée de sanglots :

— Pardonnez-moi... je viens le défendre !...

Elle était si belle, ses yeux baignés de larmes exprimaient une telle douleur qu'une prodigieuse émotion fit palpiter ces hommes. Un même mouvement les fit se pencher vers elle ; seul, Altieri demeura affaissé à sa place, en proie à un vertige d'épouvante et de jalousie, se demandant s'il n'allait pas se tuer d'un coup de poignard pour cesser de souffrir.

Lentement, Imperia s'était reculée.

Léonore la vit-elle seulement ? Ce n'est pas probable. Sans doute, à cette minute où elle sentait la folie du désespoir monter à sa tête, elle ne vit que les juges dans un brouillard sanglant. Et tout de suite, avant que Foscari eût pu intervenir, elle commençait à parler.

— De quoi l'accusez-vous ?... Qu'a-t-il fait ? Il devait être de retour au bout d'une heure, et l'heure s'écoule... Où est-il ?... Seigneurs, chers seigneurs, je reconnais parmi vous des hommes qui étaient ses amis... Vous, Altieri, comme il vous chérissait !... Et vous, Mocenigo, il s'est battu pour vous !... Et vous, Grimani, ne l'avez-vous pas souvent accompagné chez mon père ?... Et vous, Motosino, il a sauvé votre fils ! Vous étiez des amis... Et vous êtes là pour l'accuser, pour le juger, pour le condamner ! Oui ! le condamner ! Car nul ne sort vivant d'entre vos mains ! Car vous êtes impitoyables, et chez vous, la condamnation se confond avec l'accusation...

— Calmez-vous, madame, dit Foscari avec une sorte de rudesse contrainte.

— Laissez-moi ! reprit-elle avec une force croissante. Je suis ici pour le défendre... Chers seigneurs, si vous me l'enlevez, ôtez-moi la vie, arrachez-moi l'âme, puisqu'il est mon âme et ma vie... Vous vous étonnez ! Comme si une Dandolo ne savait pas son devoir !... Une de mes aïeules a sauvé la république... je puis bien, moi, sauver mon époux ! J'ai le droit d'être ici ! Je veux savoir !... De quoi l'accuse-t-on ?... Qui l'accuse ?...

— Moi, dit Imperia.

Léonore eut un sursaut d'horreur, et se tournant vers la courtisane qui s'avançait, fixa sur elle des yeux hagards.

— Vous, madame !... Qui êtes-vous ?...

— Vous allez le savoir !

Imperia, maintenant, parlait avec un sang-froid effrayant.

Les juges palpitants oubliaient ce que la présence de ces deux femmes dans la salle du Conseil avait d'anormal. Ils en arrivaient à oublier Roland. Une indescriptible angoisse les étreignait, et sauf Altiéri, ils fixaient sur Léonore et Imperia des regards affolés, comme si devant eux se fût jouée quelqu'une de ces tragédies de Sophocle où la Fatalité semble peser à la fois sur les acteurs du drame et sur les spectateurs.

Les deux femmes également belles — mais d'une beauté si différente ! — semblèrent se mesurer des yeux.

Imperia reprit, — et sa voix était devenue musicale, mélodieuse, caressante, tandis que, de ses paupières à demi closes, la tête légèrement ramenée en arrière, elle laissait tomber sur Léonore une mince coulée de son regard de flamme.

— Seigneurs juges, on me demande qui je suis... Je me nomme Imperia... j'exerce dans Venise un métier que j'ai exercé à Rome et ailleurs... Je suis une pauvre femme souillée... je fais profession de vendre ma beauté. Comprenez-moi bien, madame, je suis une courtisane...

Tout ce que la jalousie et la haine en fleurs peuvent mettre de poison dans des paroles doucement prononcées, Imperia le mit dans ces mots.

Léonore secoua la tête.

Une courtisane !... Qu'importait que cette femme fût courtisane ou patricienne !... Cette femme, c'était l'accusatrice ! Voilà tout ce qu'elle comprenait.

— C'est moi qui ai dénoncé Roland Candiano, acheva Imperia.

Et cette fois, elle sourit.

Il sembla à Léonore qu'elle vivait quelque rêve impossible.

Elle eut la perception folle qu'elle allait être atteinte par une catastrophe plus abominable encore...

Elle bégaya :

— C'est vous... qui dénoncez... Roland !... C'est vous !...

— Moi, madame. J'ai dénoncé... j'accuse Roland Candiano d'avoir comploté la destruction de l'Etat en frappant les membres du Conseil l'un après l'autre...

L'accusation était si formidable que les juges en frémirent d'épouvante.

Léonore, d'un geste de folie, écarta les cheveux qui frissonnaient sur son front. Aucun cri ne s'exhala de sa gorge serrée. De la même voix basse et tremblante, elle murmura :

— Des preuves... une telle infamie... oh ! madame... pour proférer cette monstrueuse accusation... vous n'êtes pas une femme...

Et reprenant soudain toute son énergie :

— Seigneurs juges ! que dit-elle ? Est-ce croyable ? vous connaissez Roland !...

— Des preuves ! exclama la courtisane comme si elle n'eût entendu que ce mot. Des preuves ! J'ai moi-même surpris le complot. J'ai vu de mes yeux. J'ai entendu de mes oreilles...

— Vu ?... Entendu ?... Où cela ?...

— Chez moi ! dit Imperia.

Un cri d'atroce désespoir s'exhala cette fois de la gorge de Léonore.

Elle bondit vers la courtisane, saisit ses mains, plongea son regard dans les yeux d'Imperia.

— Chez vous !... Vous dites que Roland est venu chez vous !...

— Qu'y a-t-il d'étonnant ?... Il y venait tous les soirs... un peu après minuit...

La jeune fille eut un tremblement de tous ses membres. Elle sentit ses yeux se voiler, une douleur inconnue brûler son sein, et ses tempes battirent violemment. D'une voix qui eût attendri des tigres, puisqu'elle attendrit les juges, elle balbutia :

— Madame... par pitié ! ne vous jouez pas de mon désespoir... La vérité... dites-moi la vérité... dites-moi que j'ai mal entendu... mal compris... que Roland ne venait pas chez vous...

— C'est chez moi que les choses se sont passées, dit froidement Imperia. C'est chez moi que Roland Candiano a, la nuit dernière, commencé à exécuter son complot en frappant l'un des vôtres, seigneurs juges !...

Un sourd grondement parcourut les stalles, et tous les yeux se portèrent vers la place inoccupée...

— Davila a été assassiné ! proclama Foscari, d'une voix qui retentit comme un coup de tonnerre.

Léonore avait reculé, les mains à ses tempes, les yeux invinciblement attachés sur la courtisane.

Oh ! la catastrope attendue !

Le malheur définitif, l'irréparable était là, sur elle !

Elle allait donc être frappée ?

Frappée à mort ! dans son cœur ! dans son amour !

Elle eût voulu ne plus voir, ne plus entendre...

Et elle entendit jusqu'au bout !

Elle entendit l'abominable vérité que la courtisane expliquait aux juges. Et Imperia disait :

— Il me reste, seigneur, à vous dire pourquoi Roland Candiano a frappé Davila, le premier de vous tous... Le malheureux Davila est mourant chez moi. Il est certain qu'il sera mort demain... Voici comment la chose s'est passée : Roland Candiano a surpris Davila chez moi, dans mon palais. Il l'a frappé d'un coup de poignard. Car chacun sait que, de tous mes amants, Roland Candiano était certes le plus amoureux, et le plus jaloux...

Ce fut, sur les lèvres de Léonore, un gémissement si triste, dans un tel effondrement de son bonheur, ce fut une plainte si navrante qu'un tressaillement de pitié parcourut les stalles du Conseil.

Pâles, muets, les juges écoutèrent cette plainte, toujours la même, qui s'affaiblissait, comme si Léonore se fût enfoncée dans quelque chose d'infiniment triste.

Imperia, penchée en avant, écoutait, elle aussi, de toute son âme.

Ses lèvres, soulevées par un sourire sinistre, laissaient voir ses petites dents blanches, aiguës...

Et il sembla qu'un sanglot lui déchirât la poitrine, à elle aussi !...

Le sanglot d'horreur et de détresse de la femme qui sacrifiait son amour à sa jalousie, et tuait l'homme adoré pour faire souffrir la rivale détestée !...

Inconsciente, bouleversée par un de ces cataclysmes de l'âme qui déracinent les sentiments comme les ouragans déracinent les arbres d'une forêt, Léonore se dirigeait vers la porte, avec une seule idée encore vivante dans l'imminent naufrage de sa raison :

S'en aller loin, bien loin... fuir... aller au bout de la terre, dans un lieu où nul ne la verrait... s'en aller là... et mourir, seule, loin de tout, mourir avec, sur les lèvres, cette plainte navrante qui lui échappait sans qu'elle en eût conscience...

Elle atteignit la porte.

Altieri la dévorait des yeux.

Imperia la suivait en chacun de ses mouvements, avec une joie plus affreuse peut-être qu'une profonde douleur.

Tous les juges avaient le regard fixé sur Léonore...

Elle entr'ouvrit la porte.

Elle allait disparaître.

A ce moment, elle s'arrêta et se retourna soudain, comme galvanisée par un espoir insensé, foudroyant, avec une clameur de joie, impossible à traduire !... Altieri aussi se retourna, mais livide d'angoisse ! Imperia aussi se retourna, mais blanche d'épouvante !

C'est qu'un huissier venait d'entrer dans la salle par l'autre porte.

Et cet huissier annonçait de sa voix calme :

— Messeigneurs les juges, voici le noble et illustre Jean Davila qui vient prendre sa place parmi vous !...

Davila !... C'était Jean Davila qui venait !...

Par quel prodige d'énergie ?... Comment ? Pourquoi ?... Que voulait-il ?

Ce qu'il voulait !... Se venger d'Imperia ! La faire agoniser dans son agonie, mourir de sa mort ! Tout ce qu'il y avait encore en lui de vie, d'âme et de souffle se condensait intensément dans cette volonté farouche :

Se venger d'Imperia !

Et, pour se venger d'Imperia, sauver Roland Candiano !...

Il savait donc ?

Qui lui avait dit ce qui se tramait ?

Quelle voix avait galvanisé ses forces dans le lit où il avait été transporté et où il expirait, et lui avait crié : Allez au palais ducal !

Il était là !... Il était venu, au risque certain d'achever par ce suprême effort ce que le poignard d'Imperia n'avait pas fait sur le coup !

Il allait parler ! Dire l'imposture de la courtisane, l'accuser, la condamner, la tuer d'un mot !

Et alors il pourrait mourir !... Mourir, le cœur apaisé par la certitude qu'il entraînait Imperia dans la tombe, la conscience purifiée par la certitude aussi qu'il sauvait Roland !...

Indescriptible fut l'effet produit par la soudaine apparition des quatre laquais herculéens qui portaient à bras un large fauteuil et entrèrent d'un pas pesant.

Dans le fauteuil, Jean Davila !...

Il était affreusement pâle.

La mort, de toute évidence, était sur lui...

Mais lorsque le fauteuil eut été déposé lorsque les laquais et le héraut se furent retirés, son regard flamboyant qui seul paraissait vivre dans son visage de spectre, se darda sur Imperia qui, frappée d'un vertige de terreur, demeurait à la même place, comme pétrifiée par une naturelle vision...

Les juges, en tumulte, frémissants d'une indicible émotion, quittèrent leurs places et se penchèrent sur cet agonisant, — sauf Altieri qui, effondré dans sa stalle, tourmentait le manche de sa dague en fixant sur Léonore un regard de sombre démence.

Et Léonore écoutait de toute son âme ce qui allait se dire !...

Des lèvres blanches de ce moribond, était-ce la confirmation de l'affreuse catastrophe qui allait sortir ?

Est-ce que Jean Davila était venu dire :

— Oui, Roland Candiano m'a tué parce qu'il était l'amant de la courtisane Imperia !...

Elle écoutait avec cette surhumaine attention qui tend les nerfs de l'accusé au moment où le juge se lève pour prononcer peut-être une condamnation à mort !

Davila fit un geste...

Les juges s'écartèrent...

Un silence de mort pesa sur ce drame poignant.

On n'entendit plus que le sifflement précipité de la respiration du blessé, — et, au loin, de sourdes rumeurs, pareilles aux grondements d'un ouragan qui s'approche... Alors la voix de Foscari s'éleva :

— Jean Davila, cette femme accuse Roland Candiano de vous avoir frappé. Vous qui allez mourir, qu'êtes-vous venu attester devant vos pairs ?...

Les neuf juges se penchèrent pour recueillir la parole suprême...

Léonore ferma les yeux et joignit les mains...

Imperia se ramassa sur elle-même comme pour recevoir le coup fatal...

Jean Davila appuya ses deux mains sur les bras du fauteuil.

Et sa voix, faible pourtant comme un souffle d'outre-tombe, retentit avec une étrange sonorité :

— *J'atteste... que...*
Il haleta... ses yeux se convulsèrent...
— Parlez !, dit Foscari. Parlez, juge qui allez comparaître devant votre juge !
Davila se débattit une seconde dans un spasme
Soudain, il se leva tout droit, et ses lèvres décomposées voulurent recommencer la phrase qui était dans son esprit :
— J'atteste... J'at...
L'horreur de la mort, tout à coup, se plaqua sur son visage ; une mousse de sang rougit sa bouche ; ses bras s'ouvrirent ; il s'abattit tout raide, tandis que ses yeux blancs, ses yeux de cadavre, semblaient menacer encore !...
Foscari se pencha, le toucha, puis se releva :
— Messieurs, votre pair Jean Davila est mort...
Silencieusement, les juges se découvrirent.
— Mort, continua Foscari de sa voix glaciale, mort en accomplissant son devoir, mort en attestant que cette femme nous a dit la vérité !...
Un râle funèbre lui répondit...
Tous se retournèrent...
Et ils virent Léonore, aussi blanche que Davila, se traîner vers la porte, l'ouvrir de ses mains convulsivement agitées, et s'en aller, lentement, comme cassée, courbée, abîmée dans une douleur sans nom, — folle, peut-être !...
En même temps, les clameurs lointaines se rapprochèrent et retentirent avec une violence de tempête.
— Messieurs, cria Foscari dont les yeux flamboyèrent alors, demain nous déciderons la peine qu'il convient d'appliquer à Roland Candiano. Ce soir, étouffons la révolte !... Altieri, vous avez le commandement des hommes d'armes... Messieurs, l'émeute gronde... Chacun à votre poste de bataille !...
Altieri, délirant lui-même, bouleversé, livide, d'un bond s'élança sur les traces de Léonore.
Foscari demeura le dernier.
Au moment où, ayant regardé avec un énigmatique sourire le cadavre de Jean Davila, il allait s'éloigner, un homme parut et se courba très bas devant lui en murmurant :
— Ai-je bien travaillé pour votre gloire et votre puissance, maître ?
— Oui, Bembo, dit Foscari ; *tu as bien travaillé ;* tu es une arme prompte et sûre, tu es un serviteur formidable. Va, nous compterons ensemble, quand...
— Quand vous serez doge de Venise et maître de la haute Italie, monseigneur !
Sur la place Saint-Marc, des arquebusades éclataient parmi des hurlements, des imprécations et des clameurs furieuses...

VI

L'OURAGAN

Dans la salle des Doges, nul ne s'était d'abord aperçu de l'absence de Léonore Dandolo. Son père lui-même, absorbé par ses pensées, n'avait pas vu la jeune fille se glisser vers la porte par où Roland et Foscari avaient disparu.
Quelles pensées ?...
Dandolo était ruiné. Dernier représentant d'une famille illustre, il supportait avec une impatience irritée la médiocrité présente. Il rêvait la restauration du palais Dandolo sur le Grand Canal et la restauration de son influence dans l'Etat.
De sourdes ambitions gonflaient cette âme faible. Il s'effrayait du malheur qui semblait menacer les Candiano et songeait confusément aux moyens de rompre l'alliance qui jusqu'à cette heure lui était apparue comme le gage certain de sa puissance réédifiée...
Ainsi, jusque dans le désastre, l'ambition cherche parmi les décombres un levier de fortune, — ce levier fût-il rouge du sang des siens !
Cependant, le temps passait.
La foule des invités, qui avait d'abord attendu en silence, paraissait maintenant nerveuse et agitée. De mystérieux remous se formaient dans cette masse dont peu à peu les femmes avaient disparu. Des mots d'ordre circulaient. D'âpres paroles s'échangeaient à voix basse. Autour du doge Candiano et de la dogaresse Silvia, un grand vide s'était fait lentement.
Le vieillard ne semblait pas s'apercevoir qu'il était comme un étranger dans son palais. Il ne voyait pas les rapides regards qui luisaient, il n'entendait pas le bruissement des épées qui cliquetaient toutes les fois que, du dehors, montait une bouffée de vivats...
Ses yeux demeuraient obstinément fixés sur la grande porte du fond.
Roland était sorti par là ; c'est par là qu'il devait rentrer.
Tout à coup, cette porte s'ouvrit.
Candiano se dressa tout droit.
— Mon fils ! cria-t-il dans un élan de joie.
Mais il demeura stupéfait, assailli soudain de sinistres pressentiments ; ce n'était pas Roland qui venait d'apparaître... c'était Léonore !
Léonore, blanche, les yeux hagards, chancelante...
A ce moment même, les grondements de la place Saint-Marc éclatèrent avec une intensité de tonnerre. Dans la salle des Doges, une clameur furieuse répondit à ces grondements, et plus de cinq cents seigneurs se ruèrent, l'épée haute, vers l'escalier des Géants.
— Vive Candiano ! Vive la liberté ! tonnait le peuple.
— Mort aux rebelles ! hurlèrent les invités du doge.
Un formidable tourbillon enveloppa le doge à l'instant où, la tête perdue, il s'élançait vers Léonore, en jetant un cri de terrible angoisse :
— Mon fils ! Qu'est devenu mon fils ?...
Pour Léonore, à bout de forces, agonisante, elle étendit les bras comme pour se raccrocher dans le vide, un brouillard passa devant ses yeux, et elle allait s'affaisser lorsqu'un homme qui accourait derrière elle la saisit en frémissant.

Pasquali-film. Exclusivité Gaumont.

Épouvantée, délirante, Impéria recula : Bembo et Altieri avaient assisté au meurtre de Davila.

Léonore, l'orgueil de Venise, la belle et douce fiancée de Roland.

Pasquali-film Exclusivité Gaumont.

— Quel affreux présage ! murmura Léonore en lisant l'inscription.

Pasquali-film. Exclusivité Gaumont.

Le grand inquisiteur fit un signe, des gardes s'avancèrent alors, et un officier saisit le bras de Roland.

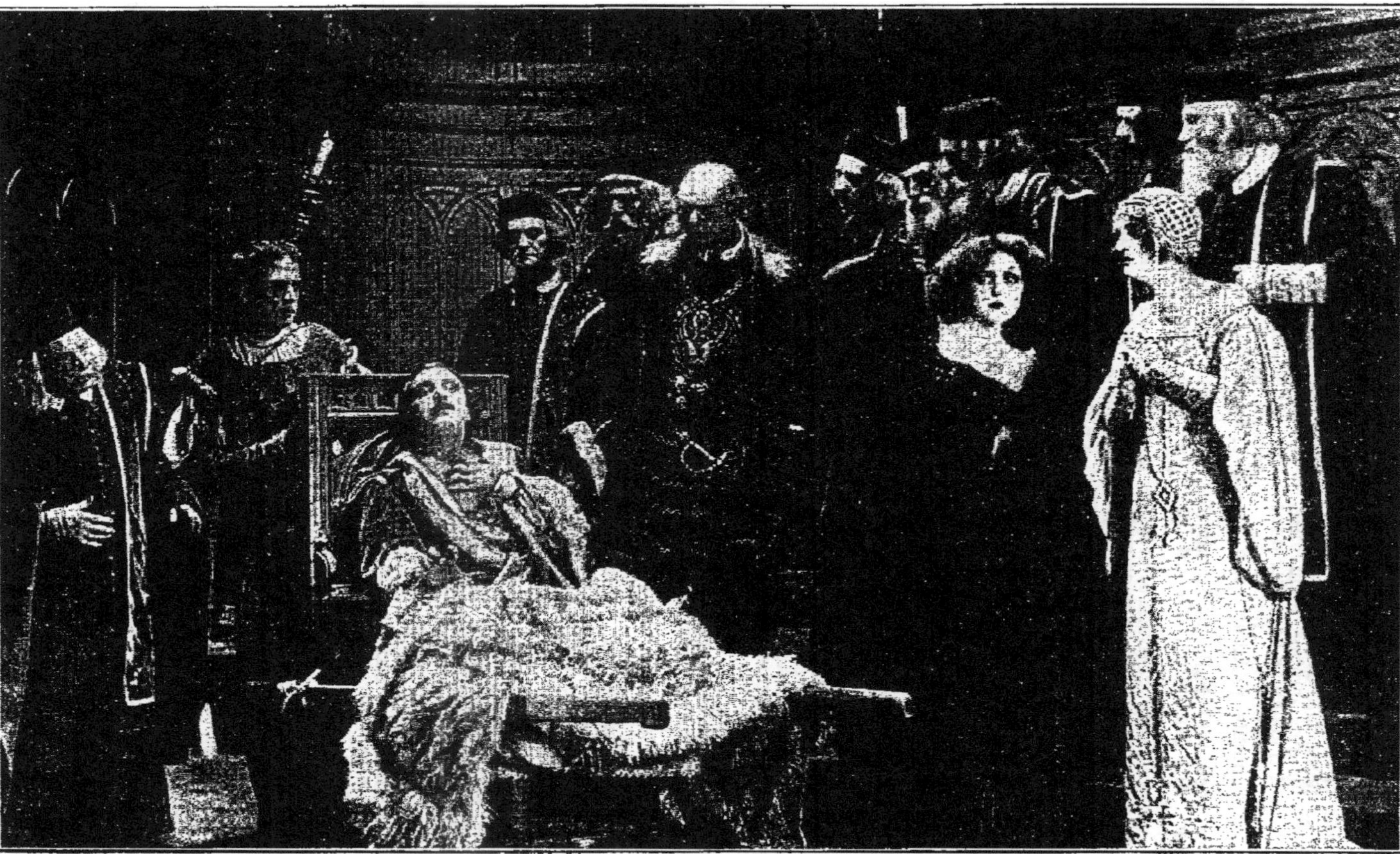

Pasquali film — Exclusivité Gaumont

Jean Davila s'abattit, mort, tandis que ses yeux blancs, ses yeux de cadavre semblaient encore menacer.

C'était Altieri !

Il enleva la jeune fille évanouie et marcha sur Dandolo qui, sombre, épouvanté, se demandait s'il n'alait pas se noyer dans le naufrage de la famille Candiano.

Ce fut à cette minute qu'Altieri lui apparut.

— Que se passe-t-il ? balbutia Dandolo. Ces cris... ma fille évanouie !... Où est Roland Candiano ?...

Altieri, avec une sauvage ivresse, pressa la jeune fille sur son sein. Et dans ce mouvement convulsif, ce fut comme une prise de possession... la conquête violente des reîtres de jadis !

Alors seulement il la remit aux bras de son père.

— Ce qui se passe ! dit-il sourdement. Regardez autour de vous, Dandolo ; regardez ! Et ne cherchez pas ce qu'est devenu Roland Candiano !...

Un épouvantable tumulte régnait dans la salle des doges.

Cent hommes entouraient le vieux Candiano qui, les yeux sanglants, échevelé, terrible, avait tiré son épée du fourreau.

— Mon fils ! rugit-il. Qu'a-t-on fait de mon fils ?...

Une voix puissante domina les rumeurs qui s'entre-choquaient comme les vagues de l'Océan en furie :

— Candiano !... Votre fils a trahi ! Votre fils est prisonnier de la république ! Candiano, vous avez trahi ! Vous n'êtes plus doge ! Au nom de nos lois, au nom du Conseil des Dix, Candiano, je vous arrête !...

Et Foscari s'avança, la main tendue.

— A moi ! hurla Candiano. A moi, mes hommes d'armes ! A moi, mes amis !... Ah ! lâches !... Ils m'abandonnent !... Seul ! seul contre tous !...

Un cri déchirant retentit alors.

Une femme grande, les yeux perçants, les cheveux gris en désordre, se dressa près du vieillard : c'était la dogaresse Silvia...

— Candiano ! cria-t-elle d'une voix stridente, tu ne mourras pas seul !...

En cette seconde, le vieux Candiano levait à deux mains l'estramaçon sur Foscari, comme pour le pourfendre du haut en bas.

L'inquisiteur, d'un bond, se gara ; l'épée s'enfonça lourdement dans le plancher ; vingt bras s'abattirent ensemble sur le vieillard...

En un instant, le doge Candiano, frappé à la tête, sanglant, évanoui, fut enlevé, emporté hors de la salle.

Et la dogaresse Silvia, effrayante à voir, plus effrayante à entendre, les deux poings tendus, clamait l'atroce désespoir de son cœur !

Si effrayante, en effet, que tous reculèrent, que les dagues s'abaissèrent et qu'un grand cercle se forma autour de l'épouse, autour de la mère semblable à une louve en furie..

Toute cette scène, d'une violence indescriptible dans les gestes, les attitudes et les voix des personnages, n'avait duré que quelques secondes.

Dandolo l'avait contemplée avec des yeux exorbités de stupéfaction.

— Ce qui se passe ! reprenait alors Altieri : c'est une révolution, Dandolo ! Une révolution qui sera fatale aux suspects !...

Il le toucha à la poitrine d'un doigt :

— Et vous êtes suspect !

Dandolo frissonna de tout son être.

— Vous êtes suspect, poursuivit âprement Altieri, vous qui donniez votre fille aux ennemis du patriciat vénitien, coalisés avec la plèbe des quais et du Lido !

Dandolo blêmit. Il se sentit perdu...

Perdu comme Candiano ! Perdu comme Roland !

Alors Altieri se pencha vers lui, et d'une voix basse, ardente, murmura :

— J'aime votre fille, Dandolo !...

Ce fut sinistre !... En ce moment de terreur, parmi les tumultes d'émeute, devant la jeune fille évanouie, agonisante peut-être, cette soudaine demande en mariage !...

Dandolo garda le silence... Mais son regard éloquent parla pour lui.

Ce regard de honte et de soumission, Altieri le recueillit, le comprit !

— C'est bien, acheva-t-il, mettez votre fille en sûreté. Je réponds de vous... répondez-moi d'elle !

Dandolo eut une suprême hésitation..

Tout autour de lui, il ne vit que des visages qui menaçaient et des dagues qui luisaient... Au dehors, l'ouragan populaire se déchaînait.

Il baissa la tête, et sourdement répondit :

— Je réponds de ma fille !...

Altieri jeta sur Léonore un regard de triomphe et de joie délirante.

Puis, mettant l'épée à la main, il se rua au dehors avec un cri éclatant :

— En avant, patriciens de Venise ! En avant pour nos privilèges !

Une centaine de seigneurs le suivirent en hurlant :

— Mort aux rebelles !

Ce fut à cette minute que Léonore revint à elle et ouvrit les yeux.

Elle se vit dans les bras de son père livide d'épouvante et peut-être de honte.

— O mon père ! mon père, bégaya la jeune fille, emmenez-moi, oh ! emmenez-moi !

— Oui, ma fille !... Viens... fuyons !... Cette maison est maudite !...

— Maudite ! Ah ! oui...

— Et maudite la famille qui l'habitait !...

— Emmenez-moi ! répéta Léonore, sans savoir ce qu'elle disait. Loin ! oh ! bien loin d'ici !... Oh ! que je souffre !...

Elle grelottait. Ses dents claquaient.

Ses joues étaient pourpres, son front était de cire...

Dandolo la soutenait d'un bras.

Elle marchait comme une automate, avec, sur ses lèvres brûlées de fièvre, une plainte monotone, désespérée, désespérante.

— Oh ! je souffre !... Loin d'ici, mon père. Par pitié... loin d'ici !

Et c'est ainsi qu'elle quittait ce palais où quelques heures auparavant elle était entrée souriante, radieuse de sa jeunesse et de son bonheur, souverainement belle !

A ce moment, Silvia, la mère de Roland apparut devant elle...

Silvia qui, le cœur déchiré, blessé à mort, venait d'assister à l'arrestation de son fils ! Silvia qui, de son regard foudroyant, venait de faire reculer cinquante hommes et s'élançait au dehors... dans quel but de folie ?...

Silvia avait aperçu Léonore et avait couru à elle.

— Ma fille ! cria-t-elle d'une voix rauque de sanglots. Tu étais digne de lui, toi... Viens !... Viens le venger. Nous le vengerons ensemble ou nous mourrons ensemble !...

Léonore la regarda un instant, de ses yeux agrandis par le désespoir, et toute sa douleur, comprimée jusqu'à la démence, alors fit explosion violemment :

— Moi !... Votre fille ?... Moi !...

La dogaresse parut ne pas avoir entendu. Ou du moins elle ne comprit pas, — pauvre vieille mère convaincue que l'univers souffrait de sa souffrance et que Léonore — oh ! Léonore surtout ! — était prête à mourir avec elle pour la délivrance de son fils !

De cette voix sèche et sifflante qu'on a à de certains moments de fièvre, elle reprit en saisissant la main de Léonore :

— Viens, ma fille, viens... à nous deux nous soulevons le peuple, nous le jetons comme une catapulte sur le palais... Viens... dans deux heures, il ne restera pas pierre sur pierre de cette maison d'infamie... nous délivrons Candiano, nous délivrons Roland... mon fils... ton fiancé !...

Léonore éclata de rire, en même temps que de grosses larmes roulaient sur ses joues en feu, et elle cria, démente :

— Mon fiancé !... Lui !... Ah ! madame, allez donc demander à la courtisane Imperia quelle femme aimait Roland Candiano !...

Cette fois, la mère comprit ! Léonore abandonnait Roland !...

— Toi aussi ! murmura-t-elle dans un râle de désespoir intense.

Elle eut un geste d'accablement, puis ses deux mains se levèrent au ciel comme pour une malédiction ; puis, toute raide, farouche, grondant des mots sans suite, elle descendit l'escalier au bas duquel mugissait et déferlait la houle de tempête d'un peuple en pleine émeute ; puis sa descente s'accentua, elle se rua, furieuse, et enfin elle apparut dans la lueur des torches, au bruit des arquebusades, échevelée, terrible comme le génie de la douleur et de la révolte.

Léonore, en la voyant disparaître dans les remous de foule, tendit ses bras vers elle et cria, sanglotante :

— Mère ! mère ! j'ai menti ! Mon cœur est à lui, toujours ! Je viens ! Je viens ! Sauvons-le... quand même !...

Elle voulut s'élancer.

Mais elle était à bout de forces ; elle tomba à la renverse dans les bras de son père qui la souleva, l'emporta en courant.

C'était la dispersion complète de tous ces êtres qui, trois heures avant, formaient un faisceau de bonheur, — maintenant meurtris, blessés, abattus, comme, au plein cœur de l'été, un coin riant de forêt soudain ravagée par un cyclone.

VII

LA DESCENTE AUX ENFERS

En sortant de la salle des Doges, escorté de l'inquisiteur, Roland Candiano avait rapidement traversé les trois pièces désertes qui précédaient la salle du Conseil des Dix.

Ils arrivèrent devant l'avant-salle du Conseil.

Foscari ouvrit une porte, et dit :

— Entrez là... vous serez appelé dans quelques instants.

Roland eut une courte hésitation, puis il entra !...

Toute sa vie, il devait se rappeler cette seconde d'hésitation qui, en ce moment, lui parut étrange et qu'il se reprocha même comme une faiblesse !...

Une fois qu'il fut entré, la porte se referma doucement. Tout bruit cessa aussitôt. Roland eut la sensation imprévue d'avoir été soudain transporté à cent lieues du palais plein de monde et de rumeurs.

Il regarda autour de lui.

Il se vit dans une pièce étroite, éclairée par une faible lueur qui tombait du plafond, entre quatre murs très lisses : pas un meuble, pas un siège, pas une aspérité pas de fenêtre...

Roland frissonna.

Il se sentait pris dans quelque chose de formidable.

Mais, il surmonta aussitôt cette impression et se mit à attendre, immobile, les yeux fixés sur la porte, l'esprit tendu vers le dehors, — vers la vie.

Cinq minutes s'écoulèrent, puis dix... puis dix autres encore... puis une heure...

Dès les premiers moments d'impatience, Roland voulut ouvrir la porte : elle était hermétiquement fermée.

Cependant, par une sorte d'instinct, il se tenait près de cette porte, comme pour être plus près au moment de sortir.

— Voyons, se dit-il, gardons tout notre sang-froid. Il a pu se passer tel incident de forme qui retarde le moment où je dois parler aux juges... et puis, je m'exagère sans doute la longueur du temps écoulé...

Il s'imposa alors de compter les minutes d'après les battements de son cœur, et posa sa main sur sa poitrine, mais le cœur battait si vite qu'il ne put en suivre le tic tac affolé...

Des frémissements — avant-coureurs de la colère ou de la terreur — le parcoururent alors à fleur de peau. Il se raisonna, se força au calme, et comme la furieuse envie le prenait de crier, d'appeler, il parvint encore à garder le silence...

Le silence !... Il était absolu dans cette cellule ; ce n'était pas ce silence plein de charme parce qu'il est plein d'imperceptibles bruits qu'on trouve au milieu de la nuit ou dans un lieu désert ; c'était l'absence de toute manifestation de la vie. — c'était la tombe : une tombe éclairée, peut-être plus sinistre à cause de cette lueur funèbre.

Il croisa les bras pour se forcer à l'immobilité, pour garder toutes ses forces dont il pressentait qu'il allait avoir besoin...

Cependant, malgré sa force d'âme, Roland commençait à ne plus être maître de lui ; de sourdes trépidations l'agitaient ; les frissons, d'abord à fleur de peau, le pénétrèrent ; les battements de son cœur, surtout, le faisaient souffrir ; puis, des pensées étranges l'assaillaient ; une effroyable dérision de la mémoire le transporta dans le jardin des Dandolo ; il lui fut impossible d'évoquer les scènes qui venaient de se dérouler dans la salle des doges, et l'image très nette de Léonore lui apparut là-bas, sous le grand cèdre, — si nettement qu'il reconstituait jusqu'aux trilles du rossignol, familiers à son oreille...

Ce fut à ce moment que le plafond s'éteignit tout à coup. La porte s'ouvrit, et dans une sorte de lumière confuse, Roland aperçut de vagues lueurs d'acier ; quelque chose comme une bête énorme, ou plutôt un assemblage de bêtes fabuleuses, dignes d'un cauchemar, grouillant devant lui ; c'étaient des êtres vêtus d'acier, et cela se hérissait de pointes d'acier aiguës, effilées, tranchantes, insaisissables...

D'abord une stupeur morbide le cloua sur place ; puis la colère qu'il comprimait depuis des heures éclata. Il poussa un juron furieux, se rua en avant, — et au même instant, rebondit en arrière avec un cri de douleur, les deux mains ensanglantées...

En même temps, les êtres informes qu'il avait entrevus se mirent en mouvement. Et ces êtres, c'étaient vingt hommes, la tête et le visage casqués de fer, la poitrine, les bras et les jambes cuirassés... des hommes d'acier qui s'avançaient d'un pas lent, uniforme, sans un mot, sans un cri !...

Et chacun d'eux croisait sa lance — une lance au bois très court, avec une immense lame d'acier emmanchée, tranchante sur les deux côtés, aiguë comme un poignard...

Ces hommes marchaient sur quatre rangs ; les piques des deuxième, troisième et quatrième rangs venant à la hauteur des pointes du premier... Cela formait une vision d'épouvante, un hérissement de bête apocalyptique, le grouillement d'un serpent dont chaque écaille eût été un dard... et c'était effroyablement silencieux.

Roland, lui aussi, se taisait... Quelle parole eût pu rendre le délire de sa pensée !

Seulement, d'instant en instant, il essayait de saisir l'une des piques, et à chaque fois, un nouveau jet de sang jaillissait de ses bras ; il se baissa, se jeta à plat ventre, essaya de passer par-dessous, et il sentit les piques sur son front...

Il reculait, reculait encore, écumant, haletant... il recula jusqu'au mur, et dans un éclair de lucidité que lui laissa cette lutte hideuse au delà de toutes les hideurs de l'imagination, il se dit qu'il allait mourir là...

Mais non ! Derrière lui, le mur se fendit, s'ouvrit ; une porte secrète béa... les piques avancèrent... Il sentit le froid de l'acier sur sa gorge, il recula, s'enfonça dans un couloir sombre...

Dans le couloir, les hommes bardés d'acier, hérissés d'acier, entrèrent après lui, et continuèrent à avancer du même pas très lent, dans le même silence...

Roland se sentait aux confins de la folie ; l'instinct vital si puissant dans cette admirable nature l'empêcha seul de se jeter poitrine en avant sur les piques pour en finir d'un coup...

Il recula. Il ne se sauva pas. Il recula, cherchant toujours à se saisir de l'une des piques, ne sentant pas encore le feu des blessures, ruisselant de sang...

Il descendit ainsi un escalier, puis un autre ; puis il fut poussé dans un couloir et aboutit enfin à une large voûte éclairée dont la vue soudaine lui arracha enfin une clameur d'atroce désespoir :

— Le Pont des Soupirs !... oh ! le Pont des Soupirs !...

Il comprenait enfin où on le poussait ! Il comprenait vers quelles régions infernales la bête apocalyptique hérissée de dards le forçait à marcher !...

Horreur ! Par où fuir ? Par où échapper aux piques ?... Impossible ! oh ! impossible ! Il entra sous la voûte ! Il se trouva sur le Pont des Soupirs... et tout à coup, de l'autre bout du pont, de l'autre bout du couloir des damnés, s'avança une autre troupe bardée, hérissée, silencieuse... et entre les deux hérissements, Roland se trouva enfermé, poussé au milieu du pont, et soudain, sous les pointes placées sur sa poitrine, il fut acculé à une sorte de niche en pierre... et à peine y fut-il que des chaînes, enroulées à ses pieds, à ses bras, à sa poitrine, le réduisirent à l'impuissance...

Alors les deux troupes silencieuses disparurent...

Hagard, presque insensé, Roland regarda devant lui...

Et devant lui, bien en face, il vit la chaise de pierre sur laquelle on faisait asseoir les condamnés pour les exécuter... non pour les tuer... mais pour une exécution plus effroyable que la mort.

Quelle exécution ?...

On va le voir !

Roland eut deux minutes de répit, pendant lesquelles d'insondables pensées s'ouvrirent dans son esprit comme des abîmes de terreur et de haine...

Alors, du bout du pont, il vit marcher vers lui un groupe d'hommes. Ils s'arrêtèrent devant la chaise de pierre, — la chaise du supplicié !...

Sur la chaise, ils attachèrent un homme que cinq ou six soldats portaient tout ligotté ; cet homme avait la tête couverte du voile noir des condamnés...

Et quand il fut solidement attaché sur la chaise de pierre, le groupe entier s'ouvrit, s'écarta pour que Roland pût voir. Quelqu'un prononça :

— Qu'on lui ôte le voile !...

Roland reconnut le grand inquisiteur Foscari, — et près de lui, il reconnut le bourreau.

Le bourreau enleva le voile noir.

Et un cri déchirant, un cri d'abominable angoisse, un cri sans expression humaine jaillit des lèvres tuméfiées de Roland :

— Mon père !... Mon père !... C'est mon père !...

Roland, en reconnaissant son père lié sur la chaise de pierre, oublia qu'il était lui-même enchaîné ; ses muscles se tendirent dans un tel effort que les veines du front et des tempes saillirent en arborescences bleuâtres et parurent sur le point d'éclater... Effort inutile ! les mailles des chaînes déchirèrent ses bras, et il retomba écorché, méconnaissable, sans voix, sans force...

Le vieux Candiano, lui aussi, avait reconnu Roland !

Un sourd gémissement avait râlé dans la gorge du vieillard.

Dès lors, le père et le fils ne se quittèrent plus des yeux jusqu'à la fin de l'épouvantable scène.

Et c'était navrant, ce suprême regard des deux condamnés qui, placés l'un en face de l'autre, éclairés par la sombre lueur de deux torches, penchés l'un vers l'autre, dans une attitude qui eût fait frissonner Dante et déconcerté son imagination, — regard qui contenait l'explosion d'intraduisibles sentiments, regard de deux hommes qui savaient qu'ils se voyaient pour la dernière fois !...

Et leurs lèvres, agitées d'un tremblement de fièvre, murmuraient l'inintelligible adieu que leurs cœurs seuls entendirent....

Soudain, la voix de Foscari s'éleva de nouveau :

— Candiano, le tribunal, dans sa sagesse, vous fait grâce de la vie...

Roland tressaillit, et ses yeux, quittant une seconde son père, se posèrent sur le grand inquisiteur avec une effrayante fixité d'angoisse.

Le vieux Candiano avait relevé la tête, et dit :

— De quel droit le tribunal m'a-t-il jugé sans m'entendre ?

Sa voix était étrangement calme.

— Le tribunal, répondit Foscari, s'est inspiré de l'intérêt supérieur de la république. Il vous a jugé, il vous a condamné. Vous avez la vie sauve... Mais le Conseil a dû prendre les mesures nécessaires pour vous mettre hors d'état de nuire à la république...

— Je comprends ! fit amèrement Candiano, vous vous êtes assemblés dans l'ombre comme des lâches et vous avez décidé de me jeter dans quelque cachot d'où je ne sortirai jamais. Eh bien, soit ! mais prenez garde ! Vos crimes lasseront les hommes... Le ciel et la terre, à la longue, s'indigneront de ces forfaits que vous accumulez pour la satisfaction de vos ambitions ! Que me reprochez-vous ? D'avoir trop respecté les libertés publiques, sans doute ! De n'avoir pas sacrifié tout un peuple à votre insatiable soif de puissance et à vos abominables soupçons ?... Eh bien, soit encore ! Frappez-moi pour avoir été le vigilant gardien de nos lois, pour avoir pensé et agi selon l'éternelle justice !... Mais mon fils, que vous a-t-il fait ? Un enfant de vingt ans, messieurs ! S'il vous reste un sentiment d'humanité dans le cœur, vous l'épargnerez. Vous épargnerez la noble jeune fille qui pleure et se désespère. C'est ma suprême prière. A ce prix, je consens avec joie de terminer ma vie dans les puits ou sous les plombs !...

— Candiano, dit froidement Foscari, dans une heure vous serez libre !...

Un cri de joie échappa à Roland, et ses bras chargés de chaînes se tendirent vers le vieillard, tandis que ses yeux se mouillaient de larmes.

— Mon père ! ô mon père, vous êtes libre ! Foscari, soyez béni !

Un sombre sourire crispa les lèvres de l'inquisiteur.

Quant à Candiano, il avait frémi d'épouvante et sa figure était devenue d'une pâleur de cadavre.

— Oh ! murmura-t-il, ils ne feront pas cela. Non... ce serait trop affreux !

Il avait compris, l'infortuné !

Car il savait, lui !... Il savait ce que c'était que cette liberté qu'accordait le Conseil des Dix à ceux qu'il voulait mettre hors d'état de nuire !

— Bourreau, dit tout à coup Foscari, fais ton devoir !

— Le bourreau ! bégaya Roland. Que vient faire là le bourreau, puisque mon père est libre !... Oh ! continua-t-il soudain, mais c'est monstrueux ! Grâce, messieurs, grâce ! Pitié pour mon père !... Oh ! les lâches ! à moi ! à nous !... Non !... Grâce ! grâce !

— Roland ! Roland ! cria le vieux Candiano dans une clameur de sublime abnégation, ne regarde pas !...

Mais Roland regardait !

Il voyait !...

Ses yeux hypnotisés ne pouvaient se détacher de l'horrible spectacle. Il regarda, il vit... tout... jusqu'à la fin... Il regarda, les cheveux hérissés, la sueur de l'agonie au front, le corps tordu dans une prodigieuse tension des muscles pour rompre ses chaînes...

Et voici ce qu'il vit :

Au moment où Foscari prononça l'ordre fatal, le bourreau, d'un geste brusque, s'approcha de Candiano et lui plaqua un masque de métal sur le visage.

A l'intérieur du masque, à la hauteur des yeux, il y avait deux pointes d'acier courtes et fines comme des aiguilles...

Le bourreau appliqua sa main gauche sur la tête du condamné pour la maintenir.

Et alors, tandis que Roland criait grâce et pitié, tandis que le vieillard se débattait dans un spasme ultime de l'instinct, la main droite appuyait fortement sur le masque.

On entendit un hurlement et un râle.

Le râle venait de Roland qui s'affaissait évanoui.

Le hurlement venait du vieux Candiano à qui le bourreau, d'un tour de main, enlevait son masque et les liens et qui se levait tout droit, les mains étendues, le visage troué de deux cavités sanglantes...

Le bourreau venait de lui crever les yeux !

Candiano était à jamais aveugle !...

L'effrayante opération avait été si habilement accomplie que les yeux de l'infortuné saignèrent à peine. Seulement ses paupières convulsées par la souffrance demeuraient largement ouvertes, et cela faisait une figure épouvantable, tordue dans une grimace douloureuse, avec deux trous noirâtres et sanguinolents...

Fou de souffrance, le vieillard s'était mis à marcher fébrilement, se heurtant à tous les obstacles, tâtant le vide de ses mains agitées d'un tremblement convulsif, râlant sans arrêt une plainte lugubre...

Deux hommes le prirent chacun par un bras et l'entraînèrent hors du palais ducal.

A un quai, une grande barque attendait.

On fit monter l'aveugle dans la barque.

Elle s'éloigna aussitôt à force de rames et navigua longtemps.

A l'endroit où la barque toucha terre, une voiture attendait, attelée de deux vigoureux chevaux.

On hissa l'aveugle dans la voiture comme on l'avait fait entrer dans la barque. Et la voiture partit au galop de ses chevaux. Elle courut pendant de longues heures, et s'arrêta enfin quelque part, à l'entrée d'un village.

Alors, on fit descendre l'aveugle.

Candiano sentit qu'on lui fixait un sac sur l'épaule au moyen de bretelles et qu'on lui plaçait un bâton dans la main.

Alors, il entendit une voix qui lui disait :

— Monsieur, vous avez du pain dans votre sac, plus dix écus d'argent. Vous avez devant vous un village où vous trouverez sans doute des âmes charitables. Allez, monsieur, allez... à la grâce de Dieu !

Candiano, stupide d'horreur et de douleur, demeura immobile au milieu de la route, et il entendit la voiture qui l'avait amené s'éloigner rapidement... le bruit des roues diminua peu à peu et se perdit enfin dans le lointain.

Alors l'aveugle baissa la tête et un double flot de larmes se mit à couler de ses yeux sans regard...

Roland s'était affaissé sur lui-même, évanoui, au moment de l'atroce vision du supplice infligé à son père.

Foscari et les hommes qui l'entouraient attendirent patiemment que le jeune homme revînt au sentiment, mais ils ne firent rien pour hâter ce retour à la vie. Ils attendirent en silence, voilà tout.

Ce ne fut qu'au bout de vingt longues minutes que Roland ouvrit les yeux et regarda autour de lui avec égarement.

— Roland Candiano, appela Foscari.

Le jeune homme lui jeta un regard étonné, sans répondre.

— Roland Candiano, m'entendez-vous ?...

— Qui m'appelle ?... Est-ce vous, mon père ?...

— Roland Candiano, j'ai à vous transmettre les décisions du suprême conseil en ce qui vous concerne. Ecoutez...

— Voici Léonore, dit le jeune homme avec un sourire. Voyez, mon père, que de beauté, et c'est surtout le charme de sa grâce infinie qui me transporte...

— Roland Candiano ! reprit le grand inquisiteur, l'émeute que vous avez provoquée avec la complicité de votre père est étouffée, grâce à Dieu et à notre énergie. Mais il est juste que vous soyez puni comme l'a été le doge traître à ses devoirs... Roland Candiano, le tribunal vous a fait grâce de la vie, sur les instances du noble Altieri... Roland Candiano, vous êtes condamné à la prison perpétuelle !

Roland ne parut pas avoir entendu ces paroles.

Il jouait avec ses chaînes d'un air d'enfant étonné.

— Qu'on l'emmène ! dit Foscari.

— Faut-il lui laisser ses chaînes ? demanda le geôlier.

Foscari réfléchit un instant, puis prononça :

— Mettez-le au numéro 17.

Les hommes qui entouraient Foscari étaient des êtres de fer, des cœurs de pierre... mais ils frémirent d'épouvante.

Roland fut alors détaché. Un geôlier le prit par le bras et l'entraîna. Il n'opposa aucune résistance et se laissa conduire sans prononcer une parole.

Seulement, lorsque le pont eut été franchi, lorsque le geôlier eut pénétré dans la prison, lorsqu'il eut fait descendre à son prisonnier trois étages de degrés usés, moisis, Roland se mit à grelotter et dit très doucement :

— J'ai froid... j'ai bien froid !...

On descendit, on s'enfonça encore.

A mesure qu'on pénétrait dans les entrailles de cette demeure des damnés, Roland saisissait au passage des plaintes sourdes ou des cris de démence. Mais il n'y faisait pas attention. Il marchait, agité d'un frisson glacial, et répétait par intervalles :

— J'ai froid, bien froid...

Le geôlier, habitué sans doute à l'expression de la douleur humaine, le cœur depuis longtemps fermé à la pitié, ne disait pas un mot et continuait à l'entraîner.

L'obscurité devenait de plus en plus épaisse.

Une atmosphère fétide roulait lourdement ses humides volutes dans ces sombres corridors.

Mais le geôlier semblait respirer à l'aise et se guidait sans lumière ; car les poumons et les yeux finissent par s'habituer à l'impureté et aux ténèbres comme le cœur s'habitue à l'indifférence impitoyable.

Enfin, cet homme s'arrêta et lâcha le bras de Roland.

Le malheureux demeura immobile, frissonnant, glacé.

Il entendit grincer du fer dans du fer ; il eut la sensation d'une bouffée d'air plus humide, plus fétide, plus glaciale ! il se sentit poussé dans quelque chose de très noir, et il entendit se refermer une porte dont le bruit se répercuta au loin d'échos en échos...

Roland se trouvait dans le cachot numéro 17.

Il était rayé de la liste des vivants.

Sa pensée avait sombré dans le désastre de son bonheur.

Il était fou. Il était comme mort... La souffrance seule palpitait en lui.

Le cachot n° 17 était une cellule assez vaste ; le sol se composait de larges dalles ; les murs étaient faits d'énormes pierres très lisses que recouvrait une légère couche de salpêtre. Un étroit lit de camp était incrusté à l'un des panneaux de la muraille. Ce lit se composait de dalles en pierre lisse. En face de la porte, vers le plafond, un soupirail coupé de barreaux de fer à pointes. Dans un coin, une cruche pleine d'eau. Sur la cruche, un pain. Quelque part, sans qu'on pût préciser l'endroit, on entendait une sorte de clapotement monotone et sourd... c'était l'eau du canal... Il faisait noir, un noir absolu ; il faisait froid, et à part le clapotement de l'eau glissant sur les pierres extérieures de la prison, on n'entendait rien... sinon, de loin en loin, le cri d'agonie de quelque malheureux.

Roland s'était réfugié dans un coin du cachot, et, les pupilles dilatées, contemplait les ténèbres. Il n'y avait plus rien de vivant en lui. Il ne sentait même pas les blessures de ses mains et de ses bras. Seule l'impression d'un froid douloureux persistait dans ce pauvre corps, jeté vivant au fond d'une tombe.

VIII

LE BANDIT

Une scène rapide s'était déroulée sur la place Saint-Marc au moment où la mère de Roland s'était jetée dans la foule, au plus épais de la mêlée. On la vit furieuse, échevelée, qui montrait le palais en criant des choses que nul n'entendit, car les clameurs et les décharges d'arquebuses couvraient sa voix.

D'instinct, Silvia avait couru à l'endroit où l'on criait le plus fort : « Vive Roland Candiano ! » Là, une vingtaine d'hommes déguenillés, noirs de poussière et de sueur, hurlant, se démenant, reculaient peu à peu en tenant tête aux soldats. Parmi eux, un colosse qui semblait leur chef faisait une terrible besogne.

Soudain, un homme qui avait rampé de groupe en groupe s'approcha du géant et lui dit :

— Inutile de continuer, Scalabrino !... Tu vois que tout est fini et que le peuple fuit de toutes parts.

Le bandit jeta autour de lui un regard sanglant et vit en effet que l'émeute vaincue se dispersait, les hommes jetant leurs armes, les femmes poussant des cris de terreur.

— Et monseigneur Roland ? demanda-t-il d'une voix rauque.

— Sois tranquille sur son compte. Il a obtenu maintenant ce qu'il voulait — grâce à toi, Scalabrino.

— Alors, il faut nous en aller ?...

— Oui, oui, tout est fini !... Ah ! attends !

L'homme venait d'apercevoir Silvia qui s'avançait, terrible, menaçante...

— Tu vois cette femme ? fit-il en saisissant le bras du bandit.

— Je la vois !...

— La reconnais-tu ?

— Non !

— Cent écus pour toi demain matin si elle meurt... Arrange-toi... Tu as le choix entre l'eau du canal et le poignard !...

Un violent remous de fuyards sépara les deux hommes.

— Cent écus ! murmura Scalabrino. Le métier est bon...

Il s'élança sur Silvia, et au moment où celle-ci tombait à la renverse, atteinte au front, il la saisit, la souleva, l'emporta, gagna une gondole et disparut.

Peu à peu, l'énorme agitation de la veille s'apaisa, s'éteignit, et la nuit sereine couvrit de ses ombres les cadavres de la place Saint-Marc.

Cette nuit-là, sur le quai des lagunes qui sont comme le vestibule de l'Adriatique, une pauvre chambre d'une maison délabrée était encore éclairée, vers trois heures du matin, c'est-à-dire à peu près au moment où Roland descendait vers le cachot n° 17.

Dans cette chambre, sur un mauvais lit, était étendue une femme dont le front ensanglanté était bandé de linges.

A la tête du lit, une jeune fille qui portait le costume clair des filles du peuple veillait, debout, et parfois humectait les lèvres brûlantes de la blessée qu'elle regardait d'un air de compassion.

Dans un coin de la pièce, un homme taillé en hercule était assis, immobile et silencieux.

La femme, c'était Silvia, la mère de Roland ; la jeune fille, c'était une pauvresse qui habitait la maison ; et l'homme, c'était le bandit Scalabrino.

Pourquoi n'avait-il pas encore tué Silvia ?

Attendait-il le bon moment ?

Une aube de pitié s'était-elle levée dans ce cœur ?

Comme la demie après trois heures sonnait à un clocher, Scalabrino s'aperçut qu'il faisait jour et éteignit la torche qui jusqu'ici avait éclairé ce misérable intérieur.

A ce moment, Silvia fit un mouvement.

Scalabrino, avec une sorte de timidité farouche, se rapprocha du lit, et pendant quelques minutes, contempla les traits pâles et tirés de la blessée.

— Qu'en dis-tu, Juana ? demanda-t-il à voix basse. Je crois que la blessure se referme et que ce ne sera pas grand'chose ? D'ailleurs, les blessures à la tête ne sont pas dangereuses, sans quoi, cornes du diable ! il y a longtemps que je serais sous terre.

La jeune fille secoua la tête, et murmura :

— Ce n'est pas au front qu'elle est le plus dangereusement blessée ; c'est au cœur... pauvre femme !... D'après les paroles échappées à son délire, elle est atteinte d'un terrible chagrin...

Le colosse tressaillit et détourna son regard. Puis il se mit à se promener de long en large en grommelant de sourdes menaces.

Bien qu'il fût pieds nus, le bruit sourd de ses pas suffit sans doute à éveiller la blessée qui ouvrit les yeux.

Elle fit signe à Scalabrino de s'approcher du lit. Le bandit obéit avec cette timidité que nous avons déjà signalée et qui était si étrange chez un tel homme.

— Je vous reconnais, dit Silvia, c'est vous qui m'avez sauvée...

Elle paraissait très calme. Peut-être comprimait-elle son désespoir pour pouvoir réfléchir. Il n'y avait pas de larmes dans ses yeux fixes. Toute son exaltation était tombée. Qui sait si, par quelque prodigieux raisonnement comme les mères en échafaudent en de certaines effrayantes conjectures, elle n'en était pas arrivée à se dire qu'elle n'avait pas le droit de pleurer, de souffrir, et qu'elle ne devait distraire dans la douleur aucune de ses forces, et que tout son sentiment, toute sa raison, toute sa pensée devaient être employées à sauver son fils !...

Il est certain que, pour qui connaissait Silvia, pour qui avait pu deviner en elle la mère la plus maternelle, c'est-à-dire le dévouement et l'abnégation qui s'ignorent, il est certain que la dogaresse offrait en ce moment un spectacle sublime, et que ce calme était en elle d'une grandeur tragique.

Le bandit avait baissé la tête.

— Parlez, dit-elle doucement, j'ai besoin de savoir... il faut que je sache tout... C'est bien vous qui m'avez saisie au moment où j'ai reçu ce coup sur le front ?...

— Oui, madame, c'est moi... Quant à dire que je vous ai sauvée... par tous les diables, qu'ai-je donc depuis hier ? Enfin, bref, voici comment les choses se sont passées... Vous êtes sortie du palais... Je vous vois encore... Vous étiez si terrible que j'ai eu peur, moi qui n'ai jamais eu peur !... Vous vous rappelez cela, madame ?

— Oui... continuez...

— Par Sainte-Marie Formose, on dirait que je tremble !... Pardonnez, madame... Alors, donc, vous vous êtes jetée parmi nous, et vous avez crié des choses telles que j'en sens encore mes entrailles frémissantes... et cela s'est passé au moment où les décharges d'arquebusades commençaient sur le peuple, et où les piques et les hallebardes enveloppaient les plus enragés. Alors, voilà : les hommes d'armes se sont jetés sur vous. Et moi, avec mes bravi, j'ai foncé sur les hommes d'armes, je vous ai prise dans mes bras, et je vous ai portée ici...

Le bandit tremblait en effet, en parlant ainsi. Des émotions inconnues jetaient le trouble dans la sérénité de son âme inculte.

Silvia reprit avec le même calme :

— Ainsi, le peuple a été vaincu ?

— Vaincu, par l'enfer, très vaincu ! Une centaine de morts sur la place Saint-Marc, autant de noyés dans le canal, trois ou quatre cents blessés et des arrestations... Ah ! c'est cela le plus terrible... Aussi, quel silence dans la ville !... Ecoutez, madame !... Vous n'entendrez pas un chant de barcarol, ce matin...

— Ainsi, le peuple n'a pu pénétrer dans le palais ! reprit Silvia de cette même voix monotone et concentrée.

Et elle fixait ses yeux gris très clairs sur Scalabrino.

— Entrer dans le palais ! Autant essayer de défoncer la porte de monseigneur Satanas !... Non, madame, non... Mais pourquoi penser à ces choses ?... Allons, allons... dites-moi qui vous êtes... et quelle est votre maison... je vous y transporterai...

— Mais d'où est venue la révolte ? demanda Silvia sans avoir entendu

— Ah ! ah ! d'où vint la révolte ?... Hum ! La révolte, madame... vous dites la révolte... ce n'est peut-être pas le mot... Juana, va voir chez toi si j'y suis, ma fille, tu reviendras tout à l'heure...

La jeune fille obéit avec une hâte craintive.

— La révolte, madame ! reprit le colosse à voix basse. Je veux que le diable me torde le cou si je sais d'où elle vient ! Ce que je sais, moi, c'est que j'ai reçu vingt écus pour moi, et deux écus pour chacun de mes hommes pour crier : « Vive Roland Candiano ! » et tirer quelques coups d'arquebuse en l'air...

Silvia écoutait maintenant, les yeux agrandis par l'attention profonde et par l'horreur de ce qu'elle entrevoyait.

— Si j'avais su ! continua le bandit soudain assombri, je n'aurais pas crié d'aussi bon cœur, même pour cent écus !... Car savez-vous ce qu'on dit, madame ?...

— Que dit-on ?... Voyons, parle !

— Oh ! comme votre voix frémit maintenant ! N'importe ! Je vous ai vue si courageuse, si effrayante, que vous m'inspirez une étrange confiance !... Eh bien, on dit que, à cause de nos cris, à cause de nos arquebusades, à cause du désordre que nous avons mis dans le peuple, Roland Candiano est en prison... Malheur !... Si cela est, jamais je ne me pardonnerai !...

— Cela est ! dit Silvia avec un tel accent de désespoir que le bandit recula de deux pas.

— Cela est ? gronda-t-il sourdement. Comment le savez-vous ?

— Je le sais, parce que je l'ai vu arrêter devant moi, entends-tu ? Je le sais, parce que j'ai vu tous ses amis l'abandonner, et jusqu'à sa fiancée le renier !... Misérable... C'est donc toi qui a fomenté la fausse révolte afin qu'il fût accusé, condamné ! C'est toi !... Attends !...

Elle se leva, formidable de fureur.

— Mais qui êtes-vous donc ? hurla Scalabrino en reculant.

— Je suis sa mère ! dit Silvia en marchant sur l'homme.

Le bandit tomba à genoux, son front toucha les carreaux, un sanglot déchira sa vaste poitrine :

— Sa mère ! gémit-il, sa mère !... Cela devait arriver !... Et c'est moi qui l'ai fait arrêter !... Tuez-moi ! oh ! tuez-moi !...

La mère de Roland s'arrêta stupéfaite.

Le bandit leva vers elle un visage sombre et bouleversé.

— Tenez, madame, reprit-il, j'ai, dans ma vie de bravo, tué bien des gens. C'est mon métier. Mon poignard est à la disposition de qui est trop faible pour se venger, — ou trop lâche. J'ai volé aussi. J'ai pénétré dans des palais que j'ai pillés.

Mon arquebuse a abattu plus d'un guetteur lancé à mes trousses. Voler, tuer, c'est mon métier, vous dis-je... Eh bien, pour la première fois de ma vie, j'ai l'impression d'avoir commis un crime...

— Explique-toi ! dit Silvia, durement.

— Votre fils... monseigneur Roland...

— Eh bien ? Parle !...

— J'ai été payé pour l'attirer dans un guet-apens. C'est lui qui m'a vaincu. Il pouvait me tuer. A sa place, nul n'eût hésité. Lui m'a fait grâce.

— O mon noble enfant ! murmura la mère.

Et ce fut d'un œil moins sévère qu'elle regarda le bandit qui lui parlait de son fils en proclamant sa générosité.

— Et puis, voyez-vous, continua Scalabrino avec une sorte de rudesse sauvage, ce qui m'a bouleversé l'âme, si j'en ai une ! ce qui a fait tressaillir en moi quelque chose qui n'y était pas avant, ce n'est pas encore qu'il m'ait laissé la vie. La vie ! je n'y tiens pas tant que cela ! Mais si vous l'aviez entendu me dire : « Tu n'as pas eu peur ! » Il m'a parlé comme on parle à un homme, sans haine et sans mépris... Oh ! sans mépris, surtout !... Et moi, qui suis habitué à ne voir autour de moi que haine et mépris, cela m'a remué jusqu'au fond de l'être, cela m'a changé... Je ne suis plus moi !...

Scalabrino se releva, se mit à marcher avec agitation dans la chambre, parlant d'une voix entrecoupée :

— Et moi, pour le récompenser, j'ai travaillé à son arrestation. Je ne savais pas, c'est vrai. Mais j'aurais dû savoir !... Oui, là est le crime de ma vie. Aussi, madame, vous pouvez me tuer, si cela vous plait. Ma carcasse ne mérite pas de pitié... Vous hésitez ?... Eh bien, ce n'est pas tout, poursuivit-il avec une sorte de désespoir. Vous qui êtes la mère de celui qui fait grâce, vous croyez que j'ai voulu vous sauver ? Sachez la vérité, la sinistre vérité... Je me suis jeté sur vous et je vous ai emportée parce qu'il m'avait promis cent écus pour vous tuer !...

— Me tuer, moi ?

— Oui, vous... vous, la mère de monseigneur Roland ! Comprenez-vous mon ignominie, madame !

— Et pourquoi ne m'as-tu pas tuée ?

— Ah ! voilà ! Est-ce que je sais, moi !... Dans le canal, j'ai été dix fois sur le point de vous jeter à l'eau. Ici, dans cette chambre, j'ai tâté la pointe de mon poignard en m'approchant de vous... Et je n'ai pas pu ! Vous étiez évanouie, vous aviez les yeux fermés... Eh bien, cela me paraissait plus difficile de vous frapper que d'attaquer dix hommes bien armés !.. Je vois que vous réfléchissez, madame... Que méditez-vous ?... Je suis un bien grand scélérat, n'est-ce pas ?... Je vous fais horreur ?... Vous me maudissez ?

— Je te plains, dit Silvia.

— Vous me plaignez ?...

— Et je te pardonne.

— Elle me plaint ! Elle me pardonne ! Je tends mes filets contre le fils, et le fils me laisse vie sauve ! J'accepte d'assassiner la mère, et la mère me plaint et me pardonne ! Et voilà pourtant les êtres que frappe le malheur ! Un prêtre, un jour que je me croyais prêt à mourir, m'a parlé de l'enfer, et je n'ai pas eu peur. Depuis, parfois, j'ai regardé le ciel pour y découvrir Dieu, et je ne l'ai pas vu !... Il faut bien qu'il n'y ait ni Dieu ni Diable, puisque des êtres pareils pleurent et souffrent !

La face hirsute du bandit était baignée de larmes, — peut-être les premières larmes de sa vie.

Silvia alla à lui et lui prit la main.

Il frémit.

— Comment t'appelles-tu ? demanda doucement Silvia.

— Scalabrino...

— Eh bien, Scalabrino... veux-tu réparer le mal que tu as fait ?

— Que voulez-vous dire ?

— Veux-tu m'aider à sauver mon fils ?

— Si je le veux ! Cornes du diable ! s'il ne faut que donner ma vie pour la sienne...

— Veux-tu être à moi jusqu'à ce que Roland soit libre ? Veux-tu, sur un signe de moi, entreprendre l'impossible, être prêt à toute heure de jour et de nuit, frapper qui je te dirai de frapper, ne plus t'appartenir, être dans ma main l'arme prudente et impitoyable dont je dirigerai les coups ?... Réfléchis avant de t'engager... car ce sera terrible...

Le bandit étendit sa main comme pour un solennel serment.

— De ce moment, dit-il, je suis à vous. Commandez, j'obéis. Je suis votre esclave. Que ce soit terrible, ma volonté sera plus terrible encore. A toute heure de jour et de nuit, je serai prêt. Et dès cette minute, je vous dis : Par quoi ou par qui faut-il commencer ? Qui dois-je frapper tout d'abord ?...

Et la mère de Roland, d'une voix sourde, répondit :

— Léonore Dandolo !...

IX

LÉONORE

Pendant les huit jours qui suivirent l'arrestation de Roland, Léonore, délirante de fièvre, fut suspendue sur cet abîme du néant où il semble que le moindre choc va précipiter l'être vivant que terrasse le mal. La langue du peuple, d'une si mathématique poésie, appelle cela « se trouver *entre* la vie et la mort. »

L'heure vint cependant où la pensée de la jeune fille se dégagea des brumes de la fièvre et où son jeune corps, d'une si charmante robustesse, vainquit la mort et se reprit à vivre.

Son père l'avait veillée lui-même pendant toute cette période d'angoisse où chaque minute pouvait être mortelle.

Les êtres qui se donnent tout entiers au mal ou au bien sont des phénomènes ; la maternelle nature, en sa mystérieuse charité, a dosé dans chaque homme des quantités presque égales de malfaisance et de bonté. Dandolo aimait sa fille. Il pleura sincèrement. Il souffrit dans le silence de son cœur paternel les tortures ineffables

Pasquali film. Exclusivité Gaumont.

Le vieux doge Candiano était à jamais aveugle ! Le bourreau venait de lui crever les yeux !...

Pasquali-Film. Exclusivité Gaumont.

Léonore avait reculé, les mains à ses tempes, les yeux invinciblement attachés sur la courtisane. Le malheur définitif, l'irréparable était là, sur elle !

Pasquali film. Exclusivité Gaumont.

Candiano demeura immobile, seul au milieu de la route.

de l'homme qui voit mourir sous ses yeux la chair de sa chair. Et lorsque Léonore fut enfin sauvée, il connut un moment la joie pure exempte de tout calcul.

Altieri, pendant ces huit jours, ne se montra pas à lui. Il se contenta de rôder, sombre et méditatif, en l'île d'Olivolo, se présentant vingt fois le jour ou la nuit à la porte de la maison, pour avoir des nouvelles, interrogeant la servante, s'en allant rayonnant ou désespéré, selon qu'il emportait un mot d'espoir ou de découragement.

Mais lorsque Dandolo fut certain que sa fille était sauvée, il sentit se réveiller en lui son ambition. Il se dit que Léonore oublierait fatalement le drame et se reprendrait à l'amour. Et il songea qu'il lui fallait diriger cet amour et en faire l'instrument de sa fortune.

Au bout de deux mois, Léonore, en pleine convalescence, était assise un soir sous le grand cèdre du jardin. Elle aimait à se réfugier là et y passait des heures à rêver — on ne savait à quoi.

Elle ne pleurait pas. Elle renfermait en elle-même le deuil de son fiancé, — le deuil de son amour, aussi ! Pourtant, lorsque son père était devant elle, des questions se pressaient sur ses lèvres, sans qu'elle eût le courage de les formuler.

Ce soir-là, elle osa ! Son cœur se gonflait à éclater. Trop de choses se heurtaient dans sa pensée endolorie.

— A quoi songes-tu, Léonore ? demanda Dandolo en lui prenant la main.

Lui aussi était décidé à voir clair dans l'âme de sa fille.

Elle hésita quelques minutes, comme angoissée de crainte, puis elle dit :

— Père, je voudrais savoir ce qu'*ils* sont devenus ?... il me semble que cela me sera un soulagement...

— Parle, mon enfant, je suis tout prêt à te répondre...

— Son père ?

— Parti... loin de Venise... on ne sait où...

— Ah !... Et sa mère ?...

— Disparue aussi...

— Ah !...

Elle hésita encore, et d'une voix plus faible :

— *Et lui ?*

— Roland Candiano ?

Léonore, à ce nom, fut secouée d'un frisson et devint blanche. Il lui sembla que Roland allait apparaître, que rien ne s'était passé... qu'elle se réveillait d'un rêve monstrueux...

A ce moment, minuit sonna.

Palpitante, Léonore écouta les douze coups du bronze dans l'air tiède de la nuit embaumée ; la bienfaisante émotion qui allait faire couler ses larmes s'éteignit, s'étouffa, — et elle murmura :

— Minuit !... L'heure où il me quittait... l'heure où il courait chez celle qu'il aimait !...

A la pâleur de sa fille, à son regard fixe et dur, à son attitude raidie, Dandolo comprit que la minute était venue de porter un coup définitif et d'achever le plan que lui avait tracé Altieri.

Il rougit, et d'une voix sourde, il poursuivit :

— Ne pense plus à cet homme, ma fille !... il a quitté Venise... il est parti sans te revoir, l'ingrat... sans même revoir le noble Altieri qui s'acharna à le défendre devant le Conseil et obtint sa vie, d'abord, sa liberté ensuite !... Oublie, ma fille ! Oublie cet homme et son père et sa mère ! C'est une famille maudite.

— Il est parti ! râla Léonore.

— Son coup manqué, il fut, comme tu le sais, arrêté... Grâce au ciel, tu n'étais pas encore sa femme. Je frémis en songeant que son complot eût pu être découvert trop tard. Trois jours après son arrestation, Altieri obtint qu'on lui rendît sa liberté, sous serment solennel de ne jamais rien tenter contre la république. Il jura et partit... Qu'est-il devenu ? On ne sait...

— Il est parti ! répéta la jeune fille.

Négligemment, Dandolo continua :

— Ce jeune homme est d'ailleurs peut-être plus à plaindre qu'à blâmer... Il a subi l'entraînement fatal d'un amour honteux... Alors que je le croyais sincère, épris de toi, ô ma pauvre enfant... hélas !...

— Parti !... répéta encore Léonore d'une voix faible comme un souffle.

Impitoyable, le père acheva :

— On dit qu'il a été poussé par le caprice d'une mauvaise femme... une Romaine venue à Venise pour y fomenter peut-être des désordres... Le malheureux jeune homme, dans sa passion...

— Taisez-vous, mon père, taisez-vous !...

— Je te dis ces choses pour l'excuser un peu. Le crime qu'il avait prémédité et commencé à exécuter en frappant l'infortuné Davila, ce crime, en somme, n'est pas à lui seul... Cette femme...

— Par pitié ! taisez-vous !... Vous ne voyez donc pas que je meurs !...

Léonore se renversa en arrière, les dents serrées, dans une crise effrayante, rigide, avec au bord de ses paupières closes une larme figée.

Le misérable père fut épouvanté.

Il la saisit dans ses bras, et fut sur le point de s'écrier :

— Ma fille ! reviens à toi ! Il est la victime sacrée plus digne que jamais de ton amour ! Il ne t'a pas trahie ! Il t'adore et expie dans les puits le crime de t'avoir aimée !...

Oui, ces paroles frémirent un instant dans sa pensée...

Mais sa bouche, prête à les proférer, demeura muette.

Hagard, pareil au criminel qui vient de frapper l'innocent et se penche sur son cadavre dans une sombre méditation, il demeura courbé sur sa fille, la sueur au front, — la sueur des lâches ! — et il se mit à trembler de tous ses membres... car au moment où la vérité allait jaillir de ses lèvres, une ombre s'était dressée près de lui... et cette ombre, c'était Altieri...

Altieri, les yeux menaçants, un doigt sur la bouche, imposait silence à Dandolo.

— Oh ! gémit sourdement le père, je suis dans le chemin du crime !...

Lorsque, le lendemain, Léonore eut surmonté sa douleur, elle parut toute changéo. Ses traits s'étaient comme immobilisés. Elle ne se plaignait pas. Elle reprit ses soins ordinaires, s'occupant de diriger la maison, allant et venant comme d'habitude. Seulement, jamais plus on ne la vit errer sous le grand cèdre du jardin. Seulement, ses yeux agrandis paraissaient plus profonds, comme si des abîmes s'y étaient ouverts.

Jamais plus elle ne parla de Roland, ni de la scène des fiançailles. Elle accueillait avec la même indifférence polie toutes les personnes qui venaient visiter son père. Parmi ces personnes, la plus assidue, c'était Altieri, qui finit par devenir un familier de la maison.

X

LA MÈRE

L'entretien de Silvia et de Scalabrino s'était prolongé pendant longtemps. La mère de Roland parlait à voix basse, et le bandit écoutait attentivement, répondant parfois d'un mot ou d'un geste.

Au bravo qui lui demandait *par qui il fallait commencer* l'œuvre de vengeance, nous avons entendu la vieille femme répondre ce mot terrible :

— Par Léonore Dandolo !

A ce moment, en effet, elle la haïssait mortellement. Que Roland eût été abandonné du ciel et de la terre, que l'univers entier se fût acharné à sa perte, cela, elle l'admettait. Mais que Léonore eût parjuré son amour et lâchement fui son fiancé, cela lui semblait une de ces choses exorbitantes qu'on ne croit pas si on ne les a vues soi-même !

Elle se rappelait les conversations de Roland, où le nom de Léonore revenait à chaque instant. Il ne parlait que d'elle, ne pensait qu'à elle, ne vivait que pour elle ! Léonore était son monde, son ciel, son âme, son tout. Lorsqu'il rentrait au palais, le soir, en revenant de la maison Dandolo, il s'asseyait sur un petit banc aux pieds de sa mère, mettait sa tête sur ses genoux, et laissait déborder son cœur... Les mots, les gestes de l'adorée, il racontait tout, et quelles inquiétudes à la moindre indisposition, quelle joie lorsque l'alarme était passée !...

Il avait alors des rires d'enfant heureux, embrassait follement la tête grise de la vieille mère, et toujours l'éternel refrain d'amour revenait sur ses lèvres.

Et elle, lâche, fourbe, menteuse, elle, la femme amoureuse, s'était détournée de lui, — en quel moment !

Et songeant à ces choses avec des sanglots qu'elle n'arrivait pas à maîtriser, Silvia distillait sa haine dans l'esprit du bandit attentif. Quand elle eut tout dit, quand elle crut que l'homme l'avait bien comprise, elle acheva :

— Va... mais ne frappe pas... C'est de ma main qu'elle doit périr... Va, et amène-la-moi !... Nous commencerons par elle !... Va, et apporte-moi bientôt des nouvelles...

— Dans deux heures, vous en aurez, dit Scalabrino.

Il sortit aussitôt.

La mère de Roland s'assit dans un coin du pauvre logis, couvrit sa tête d'un voile, comme pour harmoniser le jour extérieur avec la nuit de ses pensées, et attendit.

Au bout de deux heures, Scalabrino n'était pas rentré, comme il l'avait promis. A midi, il était encore absent.

— Madame, dit une voix compatissante, ne voulez-vous pas manger un peu ?...

Silvia releva la tête et reconnut Juana.

— Merci, mon enfant, dit-elle doucement.

— Ne voulez-vous pas que je renouvelle les compresses de votre front ?...

— Mon front ne me fait pas mal...

Juana attendit quelques instants, puis elle murmura :

— Pauvre femme... comme je vous plains...

Puis elle se retira comme elle était venue, sans faire de bruit.

La journée se passa.

Scalabrino ne revint pas !...

Ni le lendemain, ni le surlendemain, il ne reparut.

Soignée par Juana, qui lui tenait compagnie, la mère de Roland attendit pendant quatre jours.

Alors le désespoir commença à envahir son âme.

Pendant ces quatre journées, elle n'avait songé qu'à venger ou à délivrer son fils. Et tout d'abord, l'idée de vengeance l'avait dominée. La disparition de Scalabrino lui porta un coup terrible.

Comment faire, maintenant ?...

Seule dans Venise, vieillie, affaiblie, que pouvait-elle entreprendre ? Elle n'avait autour d'elle que cette Juana, — presque une enfant, quatorze ans à peine.

Alors, pendant ces heures poignantes de solitude et de désespérance, peu à peu le cœur de la vieille dogaresse se fondit, ses yeux pleurèrent, l'idée de vengeance s'atténua.

Mais à mesure qu'elle songeait moins à se venger, à mesure que son orgueil de patricienne s'abattait, l'amour de son fils grandissait dans son cœur et prenait la forme de l'idée fixe.

Le sauver !... oh ! le sauver à tout prix !...

Mais comment ?... L'énergie de la pauvre femme, surexcitée d'abord par les terribles événements qui s'étaient déroulés sous ses yeux, tombait. Et il semblait qu'avec ses larmes s'échappât aussi la force qui l'avait jusque-là soutenue.

Un matin, Juana la vit sortir.

— Où allez-vous, madame ? demanda-t-elle timidement.

Silvia fit ce geste vague qui signifie qu'on va à l'aventure, et elle s'éloigna. Une heure plus tard, elle était devant le palais Foscari, guettant le grand inquisiteur.

La journée se passa sans qu'elle l'aperçût. A la nuit, elle rentra dans la pauvre chambre du quai. Juana poussa un cri de joie en la voyant. Mais la vieille femme n'y fit pas attention : plus rien n'existait pour elle !

Le lendemain et les jours suivants, elle sortit encore, et alla reprendre son poste devant l'entrée du palais Foscari.

Dès lors, ce fut une habitude prise. Tous

les matins, Silvia sortait, restait dehors toute la journée sans manger et ne rentrait qu'à la nuit tombante. Les gens qui s'étonnaient de voir cette statue voilée de noir devant le palais Foscari, venaient la dévisager. Mais quand ils reconnaissaient l'ancienne dogaresse de Venise, ils s'éloignaient avec terreur. Car toute marque de sympathie donnée à la famille condamnée eût été considérée comme un acte de rébellion par les agents qui pullulaient.

Pendant quinze jours, Silvia s'astreignit à cette douloureuse faction. Le soir du quinzième jour, comme elle allait se retirer, plus morne, plus pâle, plus abattue, Foscari parut.

Silvia se dressa devant lui, et il s'arrêta, comme étonné.

— Foscari, demanda-t-elle, je viens vous supplier...

Le grand inquisiteur eut un geste d'ennui. Silvia joignit les mains.

— Ecoutez la prière d'une mère, reprit-elle d'une voix tremblante, rendez-moi mon enfant... Foscari, vous n'êtes pas un méchant homme. Si vous dites un mot, mon fils sera libre demain.

— Votre fils a été condamné par le Conseil des Dix, je n'y puis rien, dit-il sourdement.

Il fit quelques pas pour s'éloigner vers sa gondole qui l'attendait.

Silvia courut après lui, sanglotante et si douloureuse que Foscari, malgré lui, s'arrêta encore.

Tout ce qu'une femme peut dire de choses touchantes, de prières ardentes, Silvia le dit. Tout ce qu'une mère peut trouver de supplications, de paroles capables d'attendrir, Silvia le trouva.

Quand elle eut fini, Foscari se tourna vers deux ou trois gardes qui l'escortaient et dit froidement :

— Ecartez cette femme, et veillez à ce que, désormais, elle ne puisse approcher du palais.

— Foscari ! Foscari ! cria la malheureuse, écoutez-moi, par pitié !

Rudement, les gardes la repoussèrent, tandis que l'inquisiteur prenait place dans sa gondole.

Elle s'éloigna alors, brisée, courbée.

Le lendemain, elle s'aperçut que ses cheveux, de gris qu'ils étaient encore, étaient devenus tout blancs. Et les gens qui la virent marcher, la tête agitée d'un tremblement, les traits creusés, les yeux sans regard, ne reconnurent plus en elle la dogaresse Candiano.

Repoussée par Foscari, Silvia continua le calvaire.

L'un après l'autre, elle tenta de voir tous les personnages qui pouvaient user d'une influence quelconque. Les uns refusèrent de l'entendre. Les autres, après l'avoir écoutée, lui conseillèrent de s'éloigner de Venise. Ainsi elle porta ses supplications sur tous les points de la ville.

Un soir, comme elle rentrait accablée, et cherchait dans sa tête qui elle pourrait essayer d'implorer le lendemain, elle se rencontra avec l'homme qui, le soir de l'émeute, l'avait désignée à Scalabrino.

— Bembo ! fit-elle d'une voix étouffée.

Bembo regarda autour de lui, puis jeta un coup d'œil sur le canal tout proche. Mais des gens passaient encore. Et la sinistre pensée de l'homme fut contrariée. Puis, ayant regardé attentivement la mère de Roland, il sourit et fit un geste comme pour dire :

— Après tout, ce n'est guère la peine...

Hélas, non ! Ce n'était même plus la peine de la tuer...

Cependant, la pauvre vieille reprenait avec la touchante obstination de son cœur sa lamentable cantilène. Bembo n'était pas un personnage influent, ou du moins elle le croyait. Mais Bembo était un ami de Roland. Que de fois le jeune homme lui avait glissé un écu d'or dans la main, sous prétexte de le récompenser de quelque ballade !... Que de fois il l'avait admis à sa table, causant gaiement avec lui !...

Bembo prit un air apitoyé, s'essuya même les yeux.

Et lorsqu'elle eut fini de parler, un sourire infernal parut soudain sur ses lèvres...

— Vous vous étonnez que nul ne veuille réclamer la liberté du pauvre Roland, dit-il. Hélas ! il y a à cela une triste raison. Et je m'étonne, moi, qu'on n'ait pas osé vous la dire. Mais je ne suis pas un bourreau, moi. Votre chagrin me brise le cœur, madame. Et je vais parler... Car cela m'indigne qu'on laisse une femme telle que vous courir de porte en porte pour mendier une pitié impossible...

Le misérable insistait cruellement sur les mots humiliants. Silvia baissa tristement la tête. Elle se rappelait quelle fièvre de vengeance l'avait transportée pendant les premières heures de son désastre. La disparition de Scalabrino avait en effet abattu et brisé son orgueil... Mendier la pitié !... Ah ! ce Bembo avait trouvé le mot juste. Elle mendiait !... Mais qu'importait ! Elle mendierait jusqu'à ce que la pitié qu'on lui refusait ouvrît enfin les portes de l'enfer où se mourait son fils !...

— Comprenez-moi bien, madame : j'ai dit *une pitié impossible*.

La voix de Bembo avait un tel accent de sinistre ironie que Silvia tressaillit de terreur. Elle releva sur l'homme un regard de poignante interrogation.

— Je veux dire, continua-t-il, que le voulussent-ils, ni les inquisiteurs, ni les Dix ne pourraient relâcher votre fils.

— Je sais, bégaya la malheureuse, les lois s'y opposent... mais...

— Ce n'est pas cela, dit Bembo en secouant la tête.

— Qu'est-ce donc, alors ? râla-t-elle.

— Il n'est plus de liberté possible pour les morts ! dit sourdement Bembo.

Silvia vacilla sur ses jambes. Son teint devint terreux. Un horrible soupir gonfla son sein, — pareil au soupir de la bête qu'on égorge. Elle n'eut pas la force de pousser un cri, une plainte ; pas une larme ne jaillit de ses yeux.

Et elle s'en alla dans la nuit tombante, si semblable à un spectre, si glacée et silencieuse, que les passants qui l'aperçurent se signèrent, superstitieux, et dirent qu'ils avaient vu passer la Mort.

Dès lors, on ne la vit plus rôder autour des palais du Grand Canal ni sur la place Saint-Marc. Seule, Juana eût pu dire ce qu'elle était devenue.

XI

LA HAINE

Il est temps d'éclairer cette sombre figure de Bembo, de savoir d'où lui venait tant de haine et sur quellles mystérieuses racines fleurissait le champignon vénéneux qui s'épanouissait en cette âme. Pourquoi Bembo haïssait Roland ?... Pourquoi il avait tissé la trame à laquelle s'était pris le jeune homme ? Pourquoi cet être faible, obscur, sans influence, de par les seules ressources de l'intrigue, avait pu faire servir sa passion par des êtres forts et puissants comme Foscari et Altieri, comme Imperia, et provoqué une révolution pour assassiner un homme ?... il nous suffit, pour savoir tout cela, d'écouter un instant le misérable.

Après le départ de Silvia, Bembo était demeuré immobile, méditatif, le front penché, les bras croisés, se parlant à lui-même.

— Alors, comme ça, monsieur Roland est dans le fond des puits. C'est bien vrai. Je ne rêve pas. Son imbécile de père est au diable, les yeux crevés. Qu'il tente quelque chose maintenant, celui-là ! Et sa vieille folle de mère ! L'ai-je assez écrasée, celle-là ! Ils ne bougeront plus ; les voilà bien tranquilles ; le Roland m'appartient. Et cette brute d'Altieri qui voulait me le tuer, avec sa jalousie. Ai-je eu assez de mal à lui persuader d'obtenir sa grâce. Sa grâce ! Je ris quand j'y songe. Monseigneur Roland Candiano, vous êtes à trente pieds sous terre, à ma discrétion. Et maintenant nous allons nous amuser un peu, et vous rendre avec usure ce que vous m'avez fait souffrir. Car j'ai souffert, moi ! Souffert comme un démon, souffert comme un de ces damnés qui, par surcroît de douleur, voient la félicité des anges, du fond de leur enfer !... Que diable, monsieur Roland ! vous aviez une façon de dire : *Ce pauvre Bembo !* qui va vous coûter cher ! Je suis laid ! Je le sais. Et je grince des dents lorsque je me compare à vous ! Je suis hideux, je suis abject, et vous êtes beau, et cela, vous allez le payer !... Ce pauvre Bembo ! Ce pauvre Bembo ! Voyez, jeunes filles et belles dames, voyez le monstre ! Est-il assez repoussant !... Et maintenant, tournez vos sourires vers moi !... Ce pauvre Bembo ! Nous le ferons manger à notre table pour nous égayer ! Nous lui jetterons quelques écus ! Car nous sommes riches ! Nous sommes fils du doge ! Le peuple nous adore et le patriciat nous redoute !... Tout pour moi, rien pour Bembo ! Rien que les miettes de mon bonheur que je lui laisserai ramasser ! Et puis, après tout, quand il m'ennuiera, ce Bembo, je marcherai dessus comme sur un crapaud ! Halte-là, monseigneur Roland ! Vous allez le voir à l'œuvre, ce pauvre Bembo. Et par ma foi l'œuvre se présente bien jusqu'ici. Le père proscrit ! La mère à moitié folle ! Le fils dans les puits ! Ma parole, je m'admire ! Ça leur apprendra !... Quoi ! j'ai du talent, du génie, je sens dans ma tête tourbillonner les idées, je puis être un prince de la terre, grand dignitaire de l'Eglise même, je puis gouverner un peuple ; mon savoir est vaste et mon intelligence plane sur tous ces imbéciles — et je n'aurais été que ce pauvre Bembo ! Difforme, faible, impuissant, pauvre, je veux qu'on me considère beau, fort et riche ! Je veux cela, moi ! La haine m'a sauvé, la haine me sauvera. Oh ! haïr ! haïr de toutes ses forces ce qui est beau, parce qu'on est laid, tout ce qui admiré parce qu'on est dédaigné, tout ce qui aime et est aimé parce que nul ne vous aime ! Haïr, sentir les flots du fiel circuler dans le corps au lieu de sang, et frapper sans pitié parce qu'on hait sans crainte, quelle jouissance !... Roland Candiano m'a fait connaître les horribles tortures de l'humiliation... Il n'a pas vu que mon sourire était un rictus de douleur. Il a promené sa beauté, son insolent bonheur sous le même soleil qui éclairait ma honte et mon désespoir ! Et moi, dans la nuit de mon ignominie, je l'ai condamné sans rémission... A nous deux, monseigneur !...

Bembo eut un rire silencieux et s'enfonça dans la nuit qui s'épaississait.

Il était effroyable.

XII

LE NUMÉRO 17

Il y avait trois mois que Roland était enfermé dans le cachot numéro 17. Pendant ces trois mois, sa raison demeura flottante et chaotique. En sorte qu'il ignorait où il se trouvait, et ce qui lui était arrivé. Il était simplement comme en état de rêve. Cette folie douce ne lui laissait d'autre impression extérieure que celle du froid. Et encore cette impression s'atténua-t-elle peu à peu. Un jour, un geôlier qui le vit grelotter fut pris de compassion et lui donna une couverture. Toutes les fois qu'il se couchait sur son lit de pierre, Roland se roulait dans cette couverture.

Grâce à cette démence, Roland ne souffrit pas — moralement. Sa santé se maintint vigoureuse. Il mangeait de bon appétit le pain dur et noir qu'on lui donnait tous les deux jours et cuvait avec délices l'eau croupie de la cruche. Le temps coulait donc uniforme, dans un glissement des heures et des jours, — comme l'eau du canal coulait sans bruit, sans laisser de traces.

Un jour, au bout de trois mois, une faible lueur indécise commença à éclairer soudain les ténèbres de son cerveau. La commotion cérébrale avait été d'une violence inouïe. Mais Roland était un être admirablement doué. Ses facultés sommeillèrent, voilà tout : elles ne furent pas atrophiées.

Ce jour-là, donc, Roland, assis sur son lit de pierre, mangeait un morceau de pain, ce qui était son occupation importante.

Tout à coup, il s'arrêta de manger, porta la main à son front, et rejeta la bouchée qu'il avait mordue.

— Comme ce pain est mauvais ! murmura-t-il.

Puis, dans le même instant, il regarda autour de lui, se releva brusquement, fit trois ou quatre pas rapides dans son cachot et s'écria :

— Ah çà ! que fais-je donc ici ?... Et où suis-je ?...

Ce ne fut qu'un éclair. Presque aussitôt, il perdit la notion de ce qui l'entourait et se remit à manger machinalement ; puis, il s'endormit. Il faut noter que, dans cette période, Roland Candiano dormait presque continuellement, ainsi qu'en témoigna plus tard le geôlier spécialement attaché à lui. Ce geôlier, sorte de brute rude et inculte, s'était pris pour le malheureux d'une vague affection qui se traduisait par quelques mots lorsqu'il entrait dans le cachot, et aussi par des actes. C'est ainsi qu'il lui avait donné une couverture. C'est ainsi que, parfois, lorsqu'il était de bonne humeur, il lui apportait un pain un peu moins noir.

Quelques jours après ce rapide accès de clairvoyance que nous venons de signaler, un matin le geôlier entra dans le cachot n° 17. Accoutumé à l'obscurité profonde qui régnait dans cette cellule, il chercha des yeux son prisonnier à la place où il se tenait d'habitude, c'est-à-dire sur la dalle qui lui servait de lit, et ne le vit pas.

Au même instant, son regard fut attiré par deux points lumineux qui brillaient dans l'angle le plus obscur du cachot ; on eût dit les deux yeux de quelque bête sauvage. Puis, de ce même angle, s'éleva une sorte de grondement furieux.

— Diable ! pensa le geôlier, le fou devient méchant !

Il bondit en arrière et referma violemment la porte au moment même où le prisonnier s'élançait sur lui d'un élan terrible.

La tête de Roland heurta contre la porte, et il tomba sur les dalles. Mais il se releva aussitôt, ses mains cherchèrent les ferrures, ses doigts s'y incrustèrent, et de toutes ses forces décuplées il chercha à les secouer. Une sorte de hurlement furieux s'échappait de sa gorge. Comme les ferrures demeuraient inébranlables, de ses ongles il laboura le chêne de la porte massive. Et de l'autre côté, le geôlier, les cheveux hérissés de terreur, écoutait cette voix sans expression humaine qui hurlait :

— Lâches ! lâches !... Ils ont profité de mon évanouissement pour m'enfermer ! Oh ! les lâches ! les lâches !...

Il ne trouvait pas d'autre mot.

Puis, ces paroles elles-mêmes se confondirent, se brouillèrent et le geôlier n'entendit plus qu'un hurlement prolongé, auquel dans l'intérieur de la prison répondirent des grondements et des lamentations, comme si cette voix eût éveillé des douleurs assoupies et des fureurs endormies.

Voyant qu'il ne pouvait rien contre la porte, Roland essaya d'atteindre au soupirail. Mais le soupirail était à la hauteur du plafond, et les bonds que fit le jeune homme étaient inutiles. Alors il se mit à tourner dans son cachot, se heurtant la tête aux murs, se mordant les poings, se lacérant la poitrine avec ses ongles, et, maintenant, c'était ce mot qui s'échappait de sa gorge :

— Horrible ! C'est horrible ! horrible !

C'était horrible, en effet !...

Car Roland *comprenait* maintenant ! Il comprenait qu'il était au fond des puits ! Il comprenait qu'il était dans cette infernale prison d'où jamais personne n'était sorti vivant ! Il comprenait que sa vie allait se terminer dans cette tombe ! et que Léonore était à jamais perdue pour lui ! que jamais il ne reverrait plus la tendresse de ses yeux, l'enchantement de son sourire, — pas plus qu'il ne reverrait jamais Venise, ses canaux, ses gondoles légères, la mer bleue au loin, et le ciel de l'Italie !

C'était horrible !...

Car Roland avait recouvré la raison !

Ce que dura cet accès de rage effroyable : peut-être une journée entière, peut-être plus longtemps encore !... La porte, les ferrures, la dalle qui lui servait de lit, les pierres lisses des murailles, Roland s'attaqua successivement à tout ce qui était son cachot. Et tout cela demeura immuable.

Il finit par tomber épuisé sur le sol de la cellule.

Peu à peu, les battements de son cœur et de ses tempes diminuèrent d'intensité, le halètement de sa gorge devint moins sifflant, sa pensée tourbillonna avec moins de furie, il put penser, il put réfléchir... le malheureux !...

Et tout d'abord il éprouva une stupéfaction morbide lorsqu'il regarda ses mains. La lutte qu'il avait soutenue contre les lances des hommes bardés d'acier était présente à sa mémoire. D'après son compte, cela devait dater de quelques heures, de la veille peut-être. Il se souvenait qu'il s'était évanoui au terrible moment du supplice infligé à son père. On avait dû le descendre au cachot pendant son évanouissement. Le reste n'existait pas pour lui... Il se souvenait que dans sa lutte, ses mains et ses bras coupés, tailladés en plus de vingt endroits, saignaient avec abondance.

Or, en regardant ses mains, en examinant ses blessures, il vit qu'elles étaient cicatrisées !...

Que s'était-il passé ?

L'étonnement de Roland, ou mieux son effarement, fut tel que tout autre souvenir, toute autre préoccupation disparut de sa pensée. Il murmurait :

— Plus de sang ! Plus de blessures ! Pourquoi ?... Pourquoi ?...

L'insoluble problème se tournait dans sa tête sous toutes ses faces. Il ne trouvait pas ! Il n'arrivait pas à savoir ! Il prit ses cheveux à deux mains et rugit :

— Oh ! c'est à devenir fou !...

Fou !... Ce mot retentit dans sa pensée avec un bruit de tonnerre.

Il s'allongea sur les dalles humides, ferma violemment les yeux, se boucha les oreilles, et pendant deux heures, dans le profond silence de sa tombe, il eut avec lui-même une de ces discussions pour la traduction desquelles il n'est pas de parole !

Et alors la solution de l'effrayant problème lui apparut dans sa livide horreur :

Il avait été fou !...

Cela avait duré des jours, des semaines, des mois peut-être !...

Et les détails, les preuves de ce long sommeil de son intelligence vinrent s'accumuler : ses cheveux très longs, sa barbe poussée, ses ongles démesurés, ses vêtements usés par le frottement sur les dalles...

Fou !... Il avait été fou !...

Une terreur sans nom s'empara de lui : il avait été fou... qui prouvait qu'il n'allait pas le redevenir ? que sa raison, après cette éclaircie, n'allait pas sombrer pour toujours ?... Tout ce qu'il avait de force et d'énergie en lui, il l'employa alors à s'empêcher de penser, à calmer les bouillonnements de son cerveau.

Lorsqu'il se releva, au bout de plusieurs heures de ce combat titanesque de sa raison, il alla s'asseoir sur son lit de pierre. Les mâchoires dans les deux mains, les coudes sur les genoux, les yeux grands ouverts sur les ténèbres de son cachot et sur l'abîme de sa pensée, il médita. Ceux qui ont vu au jardin des Tuileries le dramatique groupe d'Ugolin peuvent se représenter l'attitude de Roland, à cette heure où il s'ausculta, pour ainsi parler, s'interrogea, sonda la blessure de son cœur, et secoua brutalement son intelligence pour s'assurer qu'elle ne vacillait pas.

Le geôlier qui entra, non sans être armé d'un solide poignard, le vit immobile et grommela :

— Tiens ! il s'est calmé !

Il s'approcha de lui, le contempla quelques minutes avec étonnement et l'appela :

— Hé ! l'ami !...

Roland ne répondit pas. Il n'entendit pas, ne vit pas le geôlier. Celui-ci finit par se retirer en secouant la tête.

— Pauvre diable ! murmura-t-il. Son accès de fureur n'a fait que l'abattre un peu plus. Il vaut mieux qu'il reste fou, et je serais assez fâché d'être obligé de le tuer.

Décidément, ce geôlier était philosophe et ne manquait pas de pitié.

La longue et douloureuse méditation de Roland aboutit à cette constatation : qu'il n'était plus fou et que sa raison lui semblait solide. Il se retraça l'horrible scène du supplice de son père, insista sur les détails, évoqua l'attitude du bourreau, le grand cri du vieillard aveuglé... Puis il passa à sa mère... sans doute frappée aussi, proscrite, et il se la figura sur les routes poudreuses, pleurant et mendiant... Puis il passa à Léonore et se tortura à se l'imaginer mourante. Tous ces chocs successifs, sa raison les supporta. Seuls, de sourds frémissements lui révélèrent la révolte de sa chair, la souffrance de son cœur. Ah ! ce cœur qui battait à grands coups et dont chaque coup était une vibration de désespoir ! Il eût voulu l'arracher de sa poitrine...

Un mois se passa.

Dans cette période, Roland eut de nouveaux accès de fureur pendant lesquels il se ruait sur la porte, et, comme Samson, cherchait à ébranler les murailles. On entendait alors ses rugissements auxquels succédait tout à coup un profond silence.

Puis vint une période de profond abattement.

Un jour — il y avait six mois que Roland était enfermé — une idée soudaine l'éclaira d'un jour aveuglant et d'un espoir insensé.

C'est qu'on ne le conduisait pas devant le Conseil des Dix parce qu'on le croyait fou !... Mais s'il arrivait à persuader à ses geôliers qu'il avait toute sa raison ! Il faudrait bien qu'on l'entende ! Et dès lors il était sauvé puisqu'il n'avait rien fait, sauvé puisque devant le Conseil même il comptait des amis dévoués comme Altieri...

Dès lors, il s'appliqua à parler au geôlier toutes les fois que celui-ci entr'ouvrait le guichet par lequel on lui passait son pain depuis ses accès de fureur.

Il parla humblement, s'efforça même d'être gai, de rire des choses qui faisaient rire le geôlier d'un gros rire. Si bien que celui-ci s'apprivoisa de nouveau et finit par entrer dans le cachot comme dans les premiers temps.

— Vous voilà bien tranquille, à présent, lui dit-il un soir.

— Oui, oui, vous voyez, dit Roland avec un navrant sourire, tranquille tout à fait.

— Aussi, vous allez être récompensé...

— Ah ! ah ! fit Roland avec un éclair dans les yeux. Récompensé... comment ?

— Vous allez recevoir les consolations de l'Eglise. Un digne homme de prêtre vous témoigne de l'intérêt et a obtenu l'autorisation de vous voir, de vous parler... de vous consoler enfin !

— Et quand viendra-t-il ?...

— Aujourd'hui même. C'est une précieuse faveur qu'on vous accorde là. Car la plupart de mes prisonniers meurent sans s'être réconciliés avec Dieu...

— Dieu ! murmura Roland... Dieu ! Je l'ai vainement cherché dans ma conscience !...

Le geôlier parti, le jeune homme se mit à marcher avec agitation, attendant avec impatience ce reflet de la vie extérieure qui allait venir jusqu'au fond de sa nuit.

Bientôt, en effet, la porte se rouvrit et un prêtre parut.

Il avait la tête couverte d'une cagoule.

Roland courut à lui et lui saisit les mains.

— Soyez béni, dit-il d'une voix ardente, vous qui n'hésitez pas à venir vers le pauvre prisonnier que tout abandonne !

— Mon fils, dit le prêtre, ce n'est pas moi qu'il faut remercier, c'est le Seigneur.

— Le Seigneur !... Laissez-le où il est, croyez-moi... Je vous en supplie, parlez-moi de ceux qui me sont chers...

— Infortuné ! s'écria le prêtre, avez-vous donc souffert au point de renier Dieu ?

Roland grinça des dents.

— Dieu ne s'occupe pas de moi, peu vous importe que je m'occupe de lui... Si vous êtes un homme, si un cœur bat dans votre poitrine, répondez-moi....

— Faut-il que vous ayez souffert ! fit le prêtre avec un étrange accent.

— Souffert ! Ah ! oui. J'ai hurlé pendant des heures dans le silence de cette tombe, j'ai heurté ma tête à mes parois, j'ai pleuré, gémi, appelé la justice des hommes, j'ai senti la folie rôder autour de moi, j'ai meurtri mes ongles sur les fers de cette porte ; j'ai souffert et je souffre, monsieur, je souffre comme si chaque minute de cette infernale existence était une mort nouvelle !...

Le prêtre semblait boire ces paroles.

— Oui, dit-il, et Roland pour la deuxième fois tressaillit à l'accent de sa voix, oui, je vois que vous souffrez beaucoup en effet.

Roland se laissa tomber à genoux.

— Peut-être aurez-vous pitié de moi, dit-il en refoulant ses sanglots ; vous ne savez pas, vous ne pouvez pas savoir ce que c'est que de passer des jours, des semaines, des mois à retourner dans sa tête la même question sans réponse. Figurez-vous, monsieur, que votre père, votre mère, votre fiancée, tout ce que vous aimez au monde, tout ce qui vous est cher, est à quelques pas de vous, derrière des murailles, et que vous savez qu'ils pleurent des larmes de sang...

Roland, maintenant, parlait très doucement. C'était comme une plainte de bête qu'on torture, le gémissement d'un jeune chien qu'on fouette et qui lève vers le bourreau des yeux étonnés et tristes.

— Ce qu'il y a d'horrible, continua Roland, c'est qu'on m'a jeté dans cet enfer sans me dire pourquoi, sans m'entendre... Si je pouvais être conduit devant le Conseil... oh ! si cela pouvait être, ajouta-t-il en serrant les dents par un mouvement spasmodique, je serais sauvé... Altieri... mon ami Altieri... et d'autres...

— Altieri ! interrompit sourdement le prêtre.

— Oui ! Le connaissez-vous ?... Oh ! monsieur, dites...

— Je ne le connais pas !

— N'importe !... Vous irez le trouver... vous lui direz ce que vous avez vu, n'est-ce pas ?... Vous lui direz que ma voix est brisée de sanglots... On me croit fou, monsieur... c'est pour cela sans doute qu'on ne me conduit pas devant le Conseil... Mais vous, vous, monsieur, qui êtes un homme de miséricorde et de justice, vous témoignerez qu'on peut m'entendre...

— Oui, oui, tranquillisez-vous... je le dirai...

— Oh ! s'écria Roland qui se releva d'un bond et saisit la main du prêtre... soyez deux fois béni... Votre nom, monsieur, votre nom, vous qui me sauvez !...

— Je suis un homme de Dieu, voilà tout mon nom... Rassurez-vous, je vais faire dès aujourd'hui les démarches nécessaires...

Le prêtre fit un mouvement comme pour se retirer.

— Restez encore un peu, je vous en supplie... il me semble que ma prison est lumineuse..

— Je n'ai que quelques minutes, et elles sont écoulées.

— Oh ! c'est que je voudrais...

La gorge de Roland se serra. Ses ongles s'incrustèrent dans la paume de ses mains.

— Que désirez-vous, mon ami ? demanda le prêtre.

D'une voix basse, à peine perceptible, Roland supplia :

— Parlez-moi de Léonore...

— Je ne connais pas cette personne, je suis un pauvre prêtre...

— De quelle église ?

— De Sainte-Marie-Formose.

Roland jeta un cri de joie. Il haleta :

— Elle demeure à deux pas de votre église... Léonore ! la fille de Dandolo !...

— Ah ! oui...

— Vous voyez bien !

— J'irai la voir... je lui dirai... Mais l'heure passe... voici le geôlier qui vient me chercher !...

— Quand reviendrez-vous ?... Oh ! bientôt, n'est-ce pas ?... Dites !...

— Oui, oui... dans quelques jours au plus tard... vous saurez tout ce que vous voulez savoir...

Roland voulut balbutier quelques mots de reconnaissance. Mais sa gorge serrée ne laissa passer aucun son. Il accompagna d'un éloquent regard le prêtre qui se retirait. Puis la porte se referma.

Lorsqu'il fut dans l'escalier qui remontait vers la lumière, le prêtre laissa retomber sa cagoule pour essuyer son front inondé de sueur, et la figure de Bembo apparut, balafrée d'un sourire livide.

— J'ai entendu dire, murmura-t-il, qu'on obtient de singuliers phénomènes en dosant avec sagesse dans l'esprit des condamnés les alternatives d'espoir et de désespoir...

XIII

DANDOLO SAUVÉ

Remontons de cet enfer et jetons un coup d'œil dans le monde des vivants où divers personnages sollicitent notre curiosité. Aussi bien ces personnages doivent-ils soutenir la charpente de ce récit.

Trois années s'écoulèrent depuis l'émeute que les hommes d'armes du capitaine général Altieri avaient étouffée avec tant de sauvagerie. Le souvenir de ces tristes événements s'atténua, puis s'effaça dans la mémoire de Venise. Seuls, ceux qui avaient eu un père ou un frère tué sur la place Saint-Marc continuèrent à se raconter tout bas les scènes du massacre.

Foscari avait été élu doge de Venise.

Il gouvernait par la terreur et mettait chaque jour en pratique cet axiome politique qu'il vaut mieux être redouté qu'aimé du peuple. Il avait d'ailleurs habilement partagé la puissance suprême avec quelques patriciens de haut vol, comme Altieri dont il confirma et augmenta les pouvoirs militaires.

Bembo se fit prêtre et continua à être un assidu du palais ducal où il avait souvent de longs et secrets entretiens avec le doge.

Imperia, après l'arrestation de Roland, avait disparu de Venise. On disait qu'elle était à Florence. Puis, un beau jour, elle revint s'installer dans le palais que Davila lui avait donné, et, de nouveau, elle éblouit Venise de son faste.

Seulement, dans le fond du palais, elle avait fait aménager un appartement qu'habitait une fillette d'une douzaine d'années. Cette enfant ressemblait étrangement à Imperia, qui semblait l'adorer avec toute l'ardeur que cette femme mettait dans tous ses sentiments.

Imperia avait-elle oublié Roland ? Se repentait-elle du crime qu'elle avait commis à l'instigation de Bembo et poussée par la jalousie ? Quelle pensée l'avait attirée encore à Venise ? C'est ce que nous saurons sans doute.

Trois ans, donc, avaient passé, et le temps qui lime lentement les douleurs et les joies humaines, avait apporté dans la Cité des Eaux d'autres douleurs, d'autres joies, poussant les premières comme les vagues de l'Océan se poussent l'une contre l'autre, sans arrêt.

Un soir du mois de septembre, dans la maison de l'île d'Olivolo, Léonore, ayant jeté autour d'elle le dernier coup d'œil de la ménagère, s'approcha de son père qui la regardait aller et venir, et lui tendit, comme chaque soir, son front, en disant :

— Bonsoir, mon père...

Dandolo saisit les mains de sa fille, et dit :

— Reste un peu, mon enfant, je voudrais te parler...

Léonore s'assit, sans curiosité, et attendit dans cette attitude un peu raide et automatique qui lui donnait un air d'indifférence étrange.

Léonore était toujours d'une beauté frappante... Bien qu'elle fût généralement pâle et que jamais un sourire ne vînt détendre ses lèvres, bien que ses traits se fussent comme insensibilisés, son visage gardait le charme puissant de ce qui est vraiment beau. On peut même dire que cette beauté pure avait pris une sorte d'harmonie sculpturale ; elle paraissait de marbre, et l'immobilité même de ses traits qui ne reflétaient plus de sentiments ajoutait je ne sais quelle noblesse à sa beauté. Elle n'était pas mélancolique ; on ne la voyait jamais rêver ni pleurer. Seulement, elle ne sortait plus de sa maison. Elle n'était plus la Madone des pauvres. Elle semblait s'être volontairement retranchée du monde.

Dandolo, ce soir-là, contempla avec attention sa fille, et gardant ses mains dans les siennes :

— Comme tu as les mains froides, mon enfant ! dit-il enfin.

— Septembre est un peu froid cette année, répondit-elle paisiblement.

Il y eut un silence. Léonore ne parlait plus que lorsqu'on lui posait directement une question.

— Sais-tu, reprit Dandolo, tout à coup à quoi je pensais tout à l'heure ?

— J'attends que vous me le disiez, mon père.

— Je pensais que tu viens d'avoir vingt ans.

Léonore demeura muette.

— Vingt ans ! reprit Dandolo en se levant pour se promener, les mains au dos, selon son habitude. Vingt ans, selon nos mœurs, ce n'est déjà plus la première jeunesse... Voyons, Léonore...

— Mon père, interrompit la jeune fille d'une voix ferme, vous avez déjà plusieurs fois essayé d'aborder avec moi le sujet de mon mariage avec Altieri... Vous tressaillez... n'est-ce donc pas de cela que vous voulez parler ?... Eh bien, parlons-en donc, puisque vous le désirez. Vous parlez de ma jeunesse. Laissons cela de côté. Il n'y a pour moi ni jeunesse ni vieillesse. Discutons simplement de vos intérêts, car les miens ne comptent pas.

— Mon enfant, tu te trompes... c'est de ton bonheur qu'il s'agit.

— En ce cas, mon père, la question sera vite réglée. Je ne souhaite pas d'autre bonheur que celui de vivre dans cette maison où s'est écoulée mon enfance, et d'y mourir quand mon heure aura sonné.

Cette fermeté — cette sécheresse si on veut — désarçonna d'abord Dandolo.

Mais il se remit, et d'une voix émue :

— Ainsi, tu ne veux pas entendre parler d'Altieri ?

— Pas plus que d'un autre, mon père.

— Tu ne veux pas te marier ?

— Jamais.

Dandolo pâlit. Il se rapprocha vivement de Léonore.

— Et si je te disais que mon bonheur, à moi, dépend de ce mariage !...

— Je comprends, mon père : vous êtes ruiné, vous êtes faible. Altieri est riche et puissant. Il m'aime. Et il vous a fait entendre qu'il est disposé, pour m'acheter, à accepter le prix que vous ferez.

— Tu es dure pour ton vieux père, dit Dandolo d'une voix tremblante.

Léonore demeura impassible et continua :

— Pourquoi voulez-vous me sacrifier ? Pourquoi ne consentiriez-vous pas à vivre la vie que nous menons ? Vous êtes ambitieux, mon père. Mais croyez-moi, pour la satisfaction de vos ambitions, ne touchez pas à mon cœur : vous le briseriez comme ce verre.

Et saisissant dans ses mains fines un gobelet en verre comme on en faisait à Venise, elle le brisa sans effort. Une goutte de sang perla seulement à ses doigts.

— Il ne s'agit pas d'ambition ! dit alors sourdement Dandolo. Il s'agit de ma vie !

— De votre vie !

— Sache donc l'horrible vérité : depuis trois ans, je suis marqué à l'encre rouge, et on ne me laisse en liberté que grâce aux efforts constants d'Altieri. Si tu l'épouses, je deviens inviolable, car nul, dès lors, n'osera me suspecter. Si tu ne l'épouses pas, je suis perdu... Maintenant, tu tiens dans tes mains ma liberté et ma vie... Choisis !... Je te parle comme tu me parles. Je ne fais pas appel à ton cœur. Ton cœur ! je ne sais ce qu'il est devenu. O

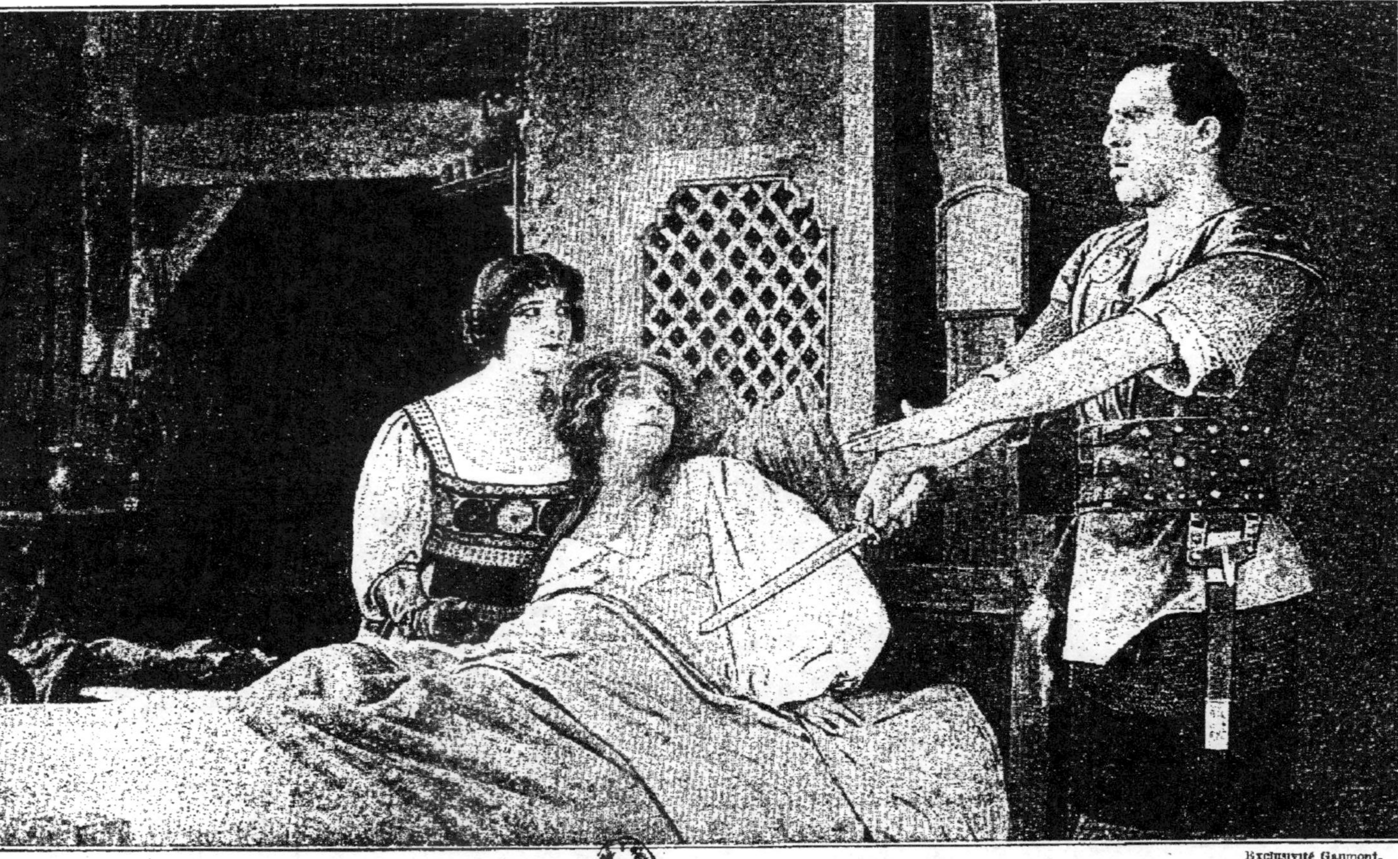

Pasquali-film. Exclusivité Gaumont.

Le bandit étendit la main, et jura dans un serment solennel d'obéir à la mère de Roland.

Pasquali-film.

Exclusivité Gaumont.

D'une épaule, Roland continua à soulever la dalle, et de la main droite il saisit son silex.

Pasquali-film — Exclusivité Gaumont

On entendit des pas... Une dizaine d'hommes entrèrent dans le cachot.

Pasquali-film. Exclusivité Gaumont.

A travers son voile, Roland entrevit des geôliers armés, des soldats... un homme rouge... le bourreau !...

mon enfant, ma pauvre enfant ! Est-il possible que ce soit toi que je vois là sous mes yeux, le sourcil froncé, butée dans je ne sais quelle pensée de dureté... Mais je ne t'en dis pas davantage... Si demain, dans huit jours, on m'arrête, si on me jette dans les puits, si à mon tour je franchis le Pont des Soupirs, on dira que c'est toi, fille dénaturée, qui as condamné le vieux Dandolo à mourir au fond d'une fosse !

Sur ces mots, il sortit, en proie à un trouble qui n'était pas simulé.

Léonore était demeurée sur sa chaise.

Son sein ne battait pas plus fort.

Mais une pâleur plus livide avait envahi son visage.

Elle ne pleura pas...

Le lendemain matin, son père la trouva à la même place, immobile, statue d'un désespoir assez profond, assez incurable pour ne plus même trouver de formule extérieure.

Il s'approcha d'elle, la toucha à l'épaule et murmura :

— Léonore !...

Elle se leva et parut surprise de voir qu'il faisait jour. Certainement, elle ne s'était pas aperçue qu'elle avait passé la nuit sur cette chaise...

Quelles poignantes pensées évoluèrent dans son esprit en cette terrible nuit ?

Quelles résolutions farouches s'agitèrent dans ce pauvre cœur ?

Et quels trésors d'énergie s'étaient accumulés dans cette âme forte et vaillante pour supporter d'aussi rudes assauts ?

Lorsqu'elle vit Dandolo qui, épouvanté, tremblant, la regardait comme jadis Œdipe dut regarder le Sphinx, elle dit d'une voix tranquille :

— Mon père, vous pouvez annoncer à Altieri que je consens à devenir sa femme.

Dandolo jeta un cri de joie féroce et voulut saisir les mains de sa fille. Mais elle se dégagea et se dirigea vers sa chambre où elle s'enferma. Arrivée là, elle voulut gagner un fauteuil, pour y continuer peut-être sa navrante méditation.

Elle n'en eut pas le temps et tomba de son long, sans un cri, évanouie, abîmée par une crise d'effrayant désespoir.

XIV

LA MINE

Roland attendit longtemps le retour du bon prêtre. Il commença par se reprocher de l'avoir probablement chagriné en refusant d'écouter ses exhortations religieuses.

— J'ai été mauvais, se disait-il. Quand il reviendra je lui demanderai pardon. Pauvre brave homme qui consent à m'apporter un rayon de lumière et dont je vais stupidement contrarier les croyances, alors qu'il m'était si facile de lui faire plaisir...

Pendant la quinzaine qui suivit la visite du prêtre, il attendit patiemment. Mais au moindre bruit, il courait à la porte et écoutait, haletant.

Dans cette période, l'image de Léonore s'imposa à lui avec une force et une netteté qui lui furent un charme extraordinaire. Il la voyait devant lui et lui parlait comme si elle eût été présente. Il la consolait et disait des choses enfantines.

Puis, au fur et à mesure que le temps s'écoulait, son inquiétude grandissait. Il interrogeait le geôlier et n'en obtenait aucune réponse.

Un jour, après un temps qu'il ne put évaluer, il demanda à cet homme :

— Combien de temps y a-t-il que ce digne prêtre est venu ?

— Un an à peu près, dit le geôlier.

Un an ! Il y avait un an qu'il attendait !...

Roland prit ses cheveux à deux mains, poussa un sourd rugissement et se jeta en sanglotant sur son lit de pierre.

— Bon ! grommela le geôlier. Ça lui prend ! Pourvu qu'il ne redevienne pas fou furieux !...

Après l'accès de désespoir, Roland eut en effet un accès de fureur.

Pendant plusieurs jours, ces alternatives se succédèrent avec une violence telle que le geôlier, épouvanté, finit par ne plus entrer dans le cachot.

Alors, Roland connut ce supplice de la solitude absolue : ne plus voir de visage humain, ne plus entendre la voix humaine — cette voix et ce visage fussent-ils ceux du geôlier ; et il sut alors ce qu'il y a d'effrayant dans le *secret*.

Il semble au malheureux ainsi privé de tout commerce avec ses semblables qu'il s'éloigne de plus en plus de la vie ; la mémoire s'affaiblit ; les sens dégénèrent ; un brouillard de plus en plus opaque enveloppe la pensée, l'esprit s'atrophie, les forces vitales suivent un mouvement régressif qui s'accentue avec une vitesse mathématique, et bientôt c'est la folie qui étreint ce cerveau naguère puissant — à moins que le suicide ne vienne délivrer le prisonnier enfermé dans la double geôle du cachot et du silence.

Il est probable, d'ailleurs, que le gardien de Roland avait reçu de nouveaux ordres, car non seulement il n'entra plus jamais dans le cachot, mais encore il n'adressa plus la parole à son prisonnier à travers le guichet qui lui servait à lui passer sa nourriture.

Peut-être estimait-on qu'il ne mourait pas assez vite.

Cependant, il est certain qu'on ne voulait pas le tuer d'un coup.

Seulement, on avait cherché pour lui une agonie spéciale.

Dans cette période, Roland fut sauvé par le sentiment d'amour qui veillait en lui avec une force de vitalité extraordinaire. Le nom de Léonore prononcé mille fois par jour, la puissante évocation de l'image de sa fiancée emplirent son cachot.

Il y avait aussi en lui une force naturelle capable de surmonter la déchéance physique qui le menaçait. Sans cesse en mouvement dans son cachot, il gardait une souplesse et une vigueur qui ne firent que s'accroître. Un phénomène en engendre un autre ; les sens de Roland, qui eussent dû s'atrophier, s'exaspérèrent au contraire ; sa vue devint si aiguë qu'il distinguait les moindres objets dans l'obscurité profonde de son cachot ; peu à peu, il avait fini par percevoir des bruits du dehors, et parfois le chant des barcarols arrivait jusqu'à lui, atténué, affaibli, comme un écho de choses mortes.

Il put ainsi délimiter avec assez d'exactitude la position de son cachot.

Un jour, comme il tournait autour de son cachot, de ce pas souple et rapide qu'ont les fauves dans leurs cages, son pied heurta des débris de grès dans un coin. Il se rappela alors que, dans un de ses accès de fureur, il avait renversé et brisé la cruche. Le geôlier avait remplacé la cruche et avait laissé sur place les débris de l'ancienne.

Le débris auquel s'était heurté Roland le blessa au pied. Depuis longtemps, en effet, les escarpins de cérémonie dont il était chaussé au moment de son arrestation n'existaient plus. Ses vêtements étaient en lambeaux. Et sans la couverture que le geôlier lui avait donnée par pitié, il serait sans doute mort de froid.

Blessé au pied, donc, Roland alla s'asseoir sur son lit et étancha le sang avec un pan de sa couverture. Comme il était occupé ainsi, le son lointain d'un chant le frappa soudain. Il se mit à écouter avec cette sorte d'extase ravie où il se plongeait toutes les fois qu'un bruit du dehors venait jusqu'à lui.

C'était un chant de barcarols.

Car la Venise en pleine décadence de nos jours, la Venise qu'on a pu appeler la Ville du Silence, était alors la ville de chansons d'amour ; les gondoliers d'aujourd'hui ne laissent entendre qu'un *ah ! eh !* criard au détour de chaque canal pour se prévenir ; les barcarols de jadis rythmaient les mouvements de leurs rames d'un chant, d'une sérénade, que souvent leurs passagers accompagnaient sur la mandoline ou la guitare.

C'est une de ces chansons qu'entendit Roland.

Il y avait plusieurs voix — des voix de femmes — qu'il distingua nettement.

La gondole qui contenait ces femmes rasait évidemment les murs de la prison dans la direction du Pont des Soupirs. Roland écoutait passionnément. Sa poitrine se gonflait de sanglots. Ses bras se tendaient vaguement. Cet air qui descendait jusqu'à lui, apporté par des voix jeunes et amoureuses, il le reconnaissait ! Les paroles, il les reconnaissait aussi ! C'est lui qui les avait composées en l'honneur de Léonore !... Et dans Venise, où la ballade de Roland était devenue populaire, on continuait à chanter l'hymne d'amour du malheureux enterré vivant...

Une clameur de désespoir jaillit de ses lèvres.

Et peut-être ce cri funèbre arriva-t-il jusqu'aux chanteuses, car subitement les voix se turent.

— Oh ! gronda Roland, lorsque libre, sous le ciel étoilé, je chantais ces vers que l'amour m'avait dictés, qui m'eût dit alors qu'un jour ils seraient douloureux à mon oreille comme un chant de mort... Tout vit, tout vibre au dehors, tout chante, le soleil se lève sur le monde, et moi, je meurs lentement dans ma tombe... Et elle ! elle !... Comme elle doit souffrir si ce chant d'amour vient éveiller en elle le souvenir de notre bonheur à jamais passé !...

Il se mit à tourner dans son cachot. Il ne sentait plus la blessure de son pied nu.

— Oh ! sortir !... sortir de cet enfer !...

Ces paroles, bégayées cent fois, faisaient bondir son cœur et bouillonner sa pensée.

Pour la première fois, l'idée de l'évasion se présenta à son esprit !...

S'évader !...

Soulever la dalle sous laquelle on l'avait enseveli et qu'on avait scellée sur sa vie, reparaître vivant parmi les vivants !... Quel rêve !...

Tout d'abord, Roland en fut comme accablé.

L'impossibilité d'une évasion était si évidente qu'il fallait toute la vigueur de son cerveau pour ne pas s'épouvanter d'avance de cette surhumaine entreprise.

S'évader !...

Mais comment ?

Il était à trente pieds sous terre ; les murailles étaient formidables d'épaisseur ; la porte était en chêne toute bardée de fer ; derrière cette porte veillaient nuit et jour des geôliers.

Sur son lit, Roland haletait dans l'effort de son imagination.

Et soudain, une souffrance plus lancinante de son pied blessé lui fit pousser un rugissement de joie folle ; il se rua vers les débris de cruche, les tâta de ses mains tremblantes, les rassembla et les porta un à un sur son lit ; puis, sanglotant, il tomba sur ces morceaux de grès qu'il couvrit de son corps comme le plus précieux des trésors !

Car ces morceaux de grès, les uns aigus comme des poignards, les autres tranchants comme des couteaux, c'étaient les instruments de la délivrance entrevue !...

. . . .

Roland ne se mit pas tout de suite à l'œuvre.

Il dut d'abord accoutumer peu à peu son esprit à envisager la possibilité de l'évasion, car dès qu'il s'arrêtait à cette idée, les battements de sa poitrine devenaient si violents qu'il lui semblait que son cœur allait se briser.

Etonné du silence, le geôlier l'interpella un jour, de derrière la porte.

Le prisonnier frémit de terreur ; il se leva, se précipita sur la porte et parut en proie à un accès de fureur plus effrayant encore que les précédents ; le geôlier s'éloigna.

Dès lors, toutes les fois qu'il entendait des pas se rapprocher de son cachot, Roland se mettait à hurler : maintenant, il fallait que plus personne n'entrât jamais dans le cachot !

Pendant trois mois, Roland chercha la voie qu'il pourrait suivre, combina des plans ; peu à peu, il était arrivé à déterminer exactement la place de sa cellule dans la prison.

Le plan auquel il finit par s'arrêter était

simple et énorme : la muraille du côté du canal était assez épaisse pour contenir un puits ou mine intérieure.

Roland entreprit de creuser cette mine qui devait se diriger en montant et en obliquant vers la droite. Une fois qu'il serait arrivé au-dessus du niveau de l'eau, il n'aurait plus qu'à faire un trou et se laisserait tomber dans le canal. Il avait calculé qu'il devait ainsi aboutir sous le Pont des Soupirs.

Ce fut le 12 décembre de l'an 1510 que Roland commença à attaquer la pierre dans l'angle nord de son cachot, à l'endroit que l'on montre encore à de rares visiteurs, — c'est-à-dire plus de dix-huit mois après son arrestation.

Il ignorait d'ailleurs cette date, qu'on a pu retrouver grâce à une circonstance toute fortuite. En effet, non seulement Roland avait perdu la notion du temps, mais encore les trois mois pendant lesquels il avait été fou avaient arrêté en lui la possibilité de mesurer les semaines ou les mois qu'il avait passés dans sa tombe.

Son seul instrument de travail était un morceau de la cruche cassée. Son procédé était d'une lenteur décourageante. Il grattait le ciment tout autour de la pierre et le recueillait miette à miette, puis le répandait sur le sol du cachot.

Il lui fallut quatre mois d'un travail de tous les instants pour dégager cette première pierre. Que de fois, pendant ce labeur acharné, lui arriva-t-il de s'arrêter, pris de désespoir, la tête dans les deux mains, et accroupi dans cet angle noir, de sangloter pendant des heures !... Puis, brusquement, par un de ces ressauts inexplicables de la pensée, l'espoir lui revenait et il se reprenait à travailler.

Lorsqu'enfin, de ses doigts ensanglantés, il put arracher le bloc de son alvéole, il demeura haletant, éperdu, pendant le reste de la journée.

Alors, il poussa la pierre sous son lit et attaqua la suivante.

Le travail devenait plus facile.

Et puis, il acquérait une habileté de manœuvre qui lui faisait défaut dans les premiers temps.

La deuxième pierre arrachée, Roland se trouva en présence d'une couche de terre tassée, mêlée à des cailloutis et à du mortier. Cette couche était placée entre deux parois composées chacune d'une double rangée de grosses pierres de granit. En sorte que si Roland eût percé cette couche droit devant lui et traversé ensuite la deuxième paroi, il eût abouti exactement sous le canal.

Il commença alors à creuser en montant selon une ligne oblique qui, selon ses calculs, devait d'abord aboutir au lit du canal, puis à la surface de l'eau.

Bientôt il put se tenir debout dans sa mine, qu'il commença alors à diriger suivant la ligne oblique prévue. Au fur et à mesure qu'il faisait tomber un amas de terre en creusant au-dessus de sa tête, il lui fallait sortir du boyau formé par la place vide des deux blocs qu'il avait arrachés. Il enlevait alors les débris et les répandait, les émiettait en poussière sur le sol de son cachot dont le niveau se trouva peu à peu surélevé.

Dès qu'il entendait le moindre bruit derrière la porte, Roland simulait par des cris et des bonds désordonnés la folie furieuse. Il savait le moment exact où on lui glissait sa nourriture, et lorsque le geôlier entr'ouvrait le guichet, il percevait toujours la figure contractée et les yeux brillants de son prisonnier. Le guichet était d'ailleurs disposé de façon que les malheureux reclus du cachot n° 17 ne pussent atteindre le geôlier en allongeant le bras. Il résultait de cette disposition que le geôlier était à l'abri de toute tentative de meurtre, mais aussi qu'il pouvait très difficilement se rendre compte de ce qui se passait dans le cachot.

Au bout de trois ans, Roland était pour ainsi dire oublié. On entendait bien parfois ses hurlements ou ses lamentations, mais on n'y faisait plus attention. Et seul le geôlier spécial du n° 17 continuait machinalement sa besogne : tous les deux jours, il renouvelait le pain et l'eau. Il ouvrait alors le guichet, jetait un coup d'œil sur son prisonnier, lui disait même de loin en loin un mot, puis se retirait, et Roland avait deux jours de tranquillité.

Alors il se mettait au travail avec acharnement. Il dormait à peine cinq heures. Il avait pris des habitudes, avait partagé son temps, mangeait à heure fixe, et parfois s'accordait un quart d'heure de repos. Mais ces repos étaient pour lui des instants terribles. Car dès que ses mains n'étaient plus occupées, dès que son esprit ne se tendait plus vers l'idée fixe de la délivrance, les souvenirs demeurés vivants dans son cœur venaient l'assaillir et l'accabler. Alors, il pleurait amèrement.

Puis un jour vint où les larmes ellesmêmes se trouvèrent comme taries.

A cette époque, Roland eût épouvanté quiconque l'eût aperçu. Il était d'une maigreur extraordinaire. Son visage s'était émacié. Des rides creusaient son front d'un pli dur. Ses yeux brillaient d'un éclat insoutenable. Il était pour ainsi dire nu et n'avait sur lui que quelques loques informes. Quand il sortait de son trou, couvert de terre et de poussière, avec sa physionomie sauvage, il ressemblait à quelque bête des temps préhistoriques, à demi homme, à demi animal.

Depuis longtemps, les débris de cruche qui lui avaient servi d'outils s'étaient usés, pulvérisés. Mais à mesure qu'il avançait, il rencontrait sous sa main des silex, des cailloux de toutes formes qu'il avait classés, se servant des uns comme de ciseaux, des autres comme de marteaux ou de masses.

A mesure qu'il montait, il se ménageait dans son boyau des trous pour y poser ses pieds. Lorsqu'il travaillait, il demeurait ainsi, pendant des heures, creusant au-dessus de sa tête, arc-bouté des deux genoux, semblable à quelque fabuleux animal souterrain.

Un jour, en déblayant au-dessus de lui, son silex rencontra un corps dur qui n'était ni de la terre tassée, ni du mortier... Il crut d'abord qu'il se heurtait à quelque grosse pierre, comme il en avait déjà rencontré quelques-unes, et continua à gratter. Plus il déblayait, plus la pierre semblait s'élargir... Toute la journée, Roland gratta la terre au-dessous de cette pierre. Le lendemain, il reprit son travail, et après plusieurs heures, l'affreuse vérité lui apparut enfin très nettement :

Cette pierre, c'était une large dalle, et à côté de cette dalle, il y en avait d'autres. Le malheureux eut un soupir d'indicible désespoir : Son boyau avait abouti au-dessous d'un autre cachot !

Roland redescendit lentement le boyau qui avait alors environ trente-cinq pieds de hauteur. Il se coucha sur le sol de son cachot. Et la tête cachée dans ses deux bras, il essaya de réfléchir à sa situation.

Le premier effort des natures bien organisées, lorsqu'elles se trouvent en présence d'une catastrophe, c'est de dompter le désespoir, de mettre de l'ordre dans leurs pensées. Une fois le désarroi moral réparé, il est possible de réparer le désarroi matériel.

Roland subit une crise pareille à celle qu'il avait essuyée lorsque, pantelant d'horreur, il avait combattu et terrassé la folie. Il y a ainsi dans certaines vies d'hommes des orages qui se forment et se déchaînent avec la même violence et pendant lesquels l'âme se tapit, pour ainsi dire, attendant le coup qui va la foudroyer.

Pendant deux jours, Roland demeura en face de cette idée que le travail gigantesque accompli avec la patience d'un termite qui entreprendrait de percer le globe, serait inutile, que tout était à recommencer, que des années et des années encore, il lui faudrait creuser, incruster ses ongles dans la pierre, creuser jusqu'à ce que ses mains lui refusassent tout service !

— Mais comment ai-je abouti là ? Comment me suis-je trompé ?...

Cette question, il se la posa mille fois, avec un rugissement sourd qui était maintenant son sanglot.

Puis, brusquement, l'irrésistible besoin lui vint de soulever cette dalle, d'entrer dans ce nouveau cachot, de voir une autre tombe !... Et puis, qui savait ?... Peut-être, de là, trouverait-il un chemin plus sûr vers la liberté, — vers la vie !

Il courut au boyau, se hissa jusqu'au sommet et se mit à desceller la dalle en grattant le ciment. De temps à autre, il s'arrêtait, arc-boutait ses épaules contre la dalle et essayait de la soulever. Et il prenait alors, dans la nuit de ce boyau, l'allure d'une titanesque cariatide soutenant le monde qui s'effondre.

A la douzième tentative, la dalle se souleva.

Roland passa sa tête, et, du premier coup, ses yeux tombèrent sur un regard d'homme qui, effaré, hagard, se fixait sur lui ! Roland serrait dans ses dents un long silex pointu qu'il avait peu à peu taillé en forme de poignard. D'une épaule, il continua à soulever la dalle, et de la main droite il saisit son silex, résolu à tuer ou à être tué !...

XV

LE CACHOT DES CONDAMNÉS A MORT

D'un mouvement rapide, Roland se dégagea, et laissant retomber la dalle, se dressa en face de l'homme qui, hébété de stupéfaction, cloué sur place, le regardait sans un mot, sans un geste.

— Qui êtes-vous ? gronda Roland d'une voix rauque.

L'homme ne répondit pas tout de suite. Il avait une figure farouche, une barbe épaisse, longue et hirsute, des traits durs et accentués, des yeux où se lisait un singulier mélange de férocité et de timidité.

Il poussa un profond soupir et répondit enfin :

— Un prisonnier...

Le visage de Roland s'adoucit aussitôt. Il regarda alors avec une curiosité passionnée cet être humain qui n'était ni un juge, ni un bourreau, ni un geôlier, mais un prisonnier comme lui, — peut-être un martyr comme lui. Et il observa qu'il était, lui aussi, à peine vêtu de loques. Une mauvaise culotte en lambeaux et un reste de justaucorps formaient tout son accoutrement.

— Depuis quand êtes-vous ici ? reprit-il.

— Je ne sais pas... je ne sais plus ! dit l'homme d'une voix sombre, douce et rauque.

Roland sentit sa gorge se serrer d'angoisse. Une indicible émotion l'étreignit : il reconnaissait cette voix brisée comme si elle eût été la sienne. Et à la misère effroyable de ce malheureux, il mesurait sa propre misère.

Il tendit sa main d'un mouvement de sympathie et presque de joie.

Cet homme, cette sorte de brute où la flamme d'intelligence paraissait vaciller dans un dernier effort, c'était son semblable, — un ami, presque un frère !

L'homme se recula, effarouché.

— Je suis un prisonnier comme vous, dit Roland avec une étrange douceur ; j'ai souffert et je souffre comme vous. Qui que vous soyez, nos destinées sont semblables en ce moment, et nos souffrances sont sœurs... Ne voulez-vous pas fraterniser en me touchant la main ?

— Savez-vous qui je suis ? fit l'homme d'une voix sauvage. Il paraît que je suis un grand criminel qui fait horreur à l'humanité. J'ai volé, j'ai tué, j'ai commis bien des forfaits. Quand j'habitais la terre, tout le monde avait horreur de moi. On me redoutait, on me fuyait. Ici, les geôliers eux-mêmes me considèrent comme un tigre. Ils n'entrent dans ce cachot qu'avec le poignard à la main. Je vous dis que je suis un profond scélérat, un maudit, un être à part. Vous, vous avez peut-être quelqu'un qui vous pleure. Moi, je n'ai ni père ni mère, ni frère, aucune famille, pas d'amis, — rien, rien au monde. Si je pleure, si les tortures m'arrachent des cris et des sanglots, si j'ai faim, si j'ai soif, nul ne le saura, nul ne s'en inquiète. On ne s'inquiète que de savoir quel crime je médite dans ma tête jusqu'au fond de cette prison. Et la main que voici est encore rouge de mon dernier forfait. Touchez-la, si vous osez !

Violemment, d'un geste farouche, le prisonnier tendit alors sa main tremblante.

Roland la saisit et la serra convulsivement.

Quelque chose comme une larme brilla un instant à ses paupières brûlantes depuis si longtemps desséchées.

Il gardait dans ses mains la main noueuse et terrible de l'homme.

— Comme ça, reprit celui-ci timidement, vous n'avez pas horreur de moi ?...

— Non ! dit Roland qui fit effort pour parler.

— Vous ne me repoussez pas ?...

— Vous voyez !...

Et Roland, cette fois, parvint à sourire.

— Cependant, il paraît que je suis un fameux scélérat...

— Vous êtes un pauvre prisonnier comme moi. Je vous consolerai. Car vous, par votre seule présence, vous me consolez.

— Taisez-vous, taisez-vous ! Votre voix me remue les entrailles...

— Pauvre malheureux ! Auriez-vous donc souffert encore plus que moi !

— Oh ! vous me parlez trop doucement, taisez-vous !...

Le prisonnier s'affaissa sur lui-même, enfouit sa tête dans ses deux mains et se prit à sangloter. Roland le considérait avec une sorte d'envie qui était quelque chose d'atroce.

— Il peut encore pleurer, lui ! murmura-t-il. Non, il n'a pas souffert autant que moi ! Allons, allons, reprit-il, prenez courage... Je suis bien venu à bout de creuser un souterrain à moi tout seul. A deux, nous travaillerons mieux, et nous sortirons ensemble de cet enfer.

— Que dites-vous ? s'écria l'homme en palpitant.

— Je dis que si vous voulez m'aider, nous pouvons tous les deux conquérir la liberté.

Le prisonnier se releva.

— Comment cela ? dit-il.

Roland alla soulever la dalle qu'il avait laissé tomber et qui bouchait sa mine.

— Voilà ce que j'ai fait ; regardez !

L'homme jeta un coup d'œil dans le sombre boyau, puis releva sur Roland un regard plein d'étonnement et d'admiration.

— Comment avez-vous fait ?

Roland sourit.

— Avec les morceaux d'une cruche brisée, j'ai descellé deux blocs ; avec les cailloux que j'ai trouvés dans le mortier, j'ai gratté, creusé cette galerie. Vous voyez que c'est simple.

L'homme l'écoutait avec un inexprimable ravissement.

— Je me suis trompé, reprit Roland ; il n'y a qu'à recommencer.

Cette fois, l'homme secoua la tête.

— Recommencer ! Pour aboutir où ?...

— Au canal !

— Impossible !...

— Impossible ! gronda Roland dont le front se mouilla d'une sueur froide. Pourquoi donc ?

— Ecoutez, dit le prisonnier. Je ne suis ici que depuis peu de jours.

— Et où étiez-vous avant ? palpita Roland.

— J'étais sous les plombs. Or, la lucarne de mon cachot donnait sur le canal. A force de travail, j'avais fini par écarter deux barreaux, en sorte que je pouvais passer ma tête, et alors, je dominais les environs, je voyais le palais ducal, je voyais le Pont des Soupirs, je voyais le canal...

— Eh bien ?...

— Eh bien ! moi aussi, j'avais eu un moment l'idée de m'évader en me laissant tomber dans le canal au risque de me briser la tête ou de me rompre les os. Mais j'ai dû y renoncer...

— Pourquoi ? Pourquoi ?

— Parce que le canal est gardé toutes les nuits !... En plein jour la surveillance est inutile : mais vous n'auriez pas plutôt creusé un trou et perforé le mur que les gardes du palais s'en apercevraient, et que vous tomberiez sous les balles des arquebuses...

— Mais la nuit ! rugit Roland.

— La nuit, trois gondoles pleines d'hommes d'armes se promènent continuellement en rasant les murs de la prison ! J'ai su dans les premiers temps pourquoi la prison était ainsi surveillée. Il paraît qu'on redoutait un coup de main qui eût enlevé un prisonnier important... Croyez-moi ! quand on entre ici, on n'en sort plus jamais...

Roland n'écoutait plus.

Il ne songea même pas que ce prisonnier d'importance que le Conseil des Dix gardait si précieusement ne pouvait être que lui-même. Il était atterré. L'acharnement et l'injustice du destin contraire lui causaient une sorte de vertige. Et à ce moment, une révolte furieuse, une révolte de tout son être, d'autant plus puissante qu'elle était silencieuse, lui inspirait de suprêmes résolutions.

Il se voyait condamné à jamais. L'impossibilité de la fuite ne lui laissait plus d'espoir, et ce fut à cette minute solennelle qu'il adopta l'idée du suicide... l'évasion dans la mort !

Cependant le prisonnier reprenait d'une voix assombrie :

— D'ailleurs, en admettant que vous arriviez à vous sauver, vous, moi je ne le pourrais pas !

— Pourquoi ? fit Roland se rattachant instinctivement à un vague espoir.

— Parce que je vais être probablement condamné à mort... Oui, continua-t-il en voyant le mouvement que faisait Roland, cela vous étonne que je vous dise cela tranquillement. Mais la mort est encore préférable à l'éternelle réclusion... En ce moment, les juges délibèrent sur mon sort, et demain, tout à l'heure peut-être, on viendra me dire que le bourreau m'attend !

— Le bourreau ! exclama sourdement Roland, qui tressaillit comme si une idée soudaine, une idée funeste et tragique se fût levée, tel un spectre, sur les ruines de ses espérances.

— Oui ! le bourreau !... Il y a quinze

jours, dans un accès de colère, j'ai frappé un geôlier. Il n'en est pas mort. Mais on a établi que j'avais voulu l'assassiner. Alors, on m'a transféré dans ce cachot en me disant que c'était celui des condamnés à mort !...

— Le cachot des condamnés à mort ! murmura Roland avec un sourire livide. C'est là que je devais aboutir !...

Maintenant, l'homme s'était accroupi dans un coin de la cellule, et la tête dans les deux mains, réfléchissait sans doute à cette mort si proche de lui.

Roland le contemplait, et même en ce moment terrible il y avait place pour la pitié dans ce cœur généreux.

— Courage ! dit-il. Peut-être vous laissera-t-on la vie.

L'homme secoua la tête :

— Non, non !... *Cette fois*, on me tuera !

— Vous dites : cette fois ?

— Oui... on m'a fait grâce de la vie lorsque je fus arrêté... Pourtant... Pourtant, j'étais condamné à mort, et ma tête était mise à prix...

Malgré lui, malgré le désespoir immense qui l'avait envahi, Roland s'intéressait au récit du prisonnier. Parfois, il lui semblait qu'il avait déjà entendu sa voix. Il retrouvait sur son visage des traits qui s'étaient comme effacés de sa mémoire, mais qu'il avait dû entrevoir à une époque qu'il n'arrivait pas à préciser.

— Vous dites qu'on vous fit grâce ? reprit-il.

— Oui... j'avais rendu un grand service, paraît-il, au Conseil des Dix... Un service ! oh ! quand j'y songe, je me suis dit bien souvent que ce service-là, c'est le grand crime de ma vie...

L'homme laissa retomber sa tête sur ses genoux...

— Quel service ? demanda Roland dont le cœur battait sourdement. Parlez...

— A quoi bon ? Tout est fini, puisque je vais mourir sans doute...

— N'importe !... Parlez... je vous en prie, je le veux ! Pourquoi dites-vous que ce service rendu au Conseil des Dix fut un crime ?

— Parce que grâce à ce service, grâce à ce crime, une famille d'innocents fut frappée ! répondit le prisonnier avec un indicible accent de désespoir... Mais tenez, laissons cela ! je voudrais mourir sans éveiller en moi ces épouvantables souvenirs. Peut-être, alors, que je mourrai tranquille !...

— Et moi, dit Roland d'une voix concentrée, je veux que vous parliez !

L'homme, étonné, regarda Roland. Puis, subjugué sans doute, il reprit :

— Vous le voulez ?... Eh bien, soit ! Vous m'avez plaint tout à l'heure, votre voix m'a paru si douce que j'en ai pleuré. Et puis, ce sera ma punition... Sachez donc qu'il y avait alors une famille si heureuse que Venise en était comme éblouie. Le père, c'était le doge...

Roland tressaillit violemment.

— Le doge et la dogaresse avaient un fils jeune, beau, fort, aimé, admiré. Et ce jeune homme aimait jusqu'à l'adoration une noble et pure enfant qui, de son côté, le considérait comme un dieu... Mais qu'avez-vous ?... Vous gémissez !...

— Continue ! fit Roland d'une voix rauque.

— Silence ! exclama sourdement le prisonnier, qui se redressa et prêta l'oreille.

Roland fit un violent effort pour dominer les sentiments qui se déchaînaient en lui. Il écouta... On venait... on entendait un bruit de pas nombreux...

— Vite ! dit le prisonnier qui, d'un bond, courut à la dalle et la souleva

Roland s'enfonça dans le boyau en disant avec un singulier accent de menace :

— Je reviendrai !

A ce moment, la porte s'ouvrit.

Le prisonnier avait jeté sa couverture sur la dalle et s'était assis sur la couverture.

Une dizaine d'hommes entrèrent dans le cachot. L'un avait l'air d'un scribe ou héraut du tribunal et tenait à la main un papier. Derrière lui venait un hercule vêtu de rouge, qui portait sur son bras une étoffe noire. Les autres étaient des geôliers armés.

— Debout, et écoutez l'arrêt du suprême Conseil, dit le scribe.

Le prisonnier se leva.

Le scribe se mit à lire rapidement son papier, en bredouillant — comme lisent et ont lu de temps immémorial les huissiers de tribunaux, qui semblent vouloir ne pas laisser entendre un mot de ce qu'ils lisent, peut-être parce que, dans le fond de leurs consciences, ce qu'ils lisent leur paraît horrible à être entendu.

Le prisonnier comprit pourtant qu'il était condamné à avoir la tête tranchée par le bourreau.

— Bon ! dit-il d'une voix sauvage. Et quand serai-je exécuté ?

— Vous n'avez donc pas écouté ?... Demain matin !... Le suprême Tribunal, dans sa mansuétude, vous laisse jusqu'à demain matin pour vous réconcilier avec le ciel que vos crimes ont offensé. Quant aux hommes, je suis chargé de vous dire qu'ils vous pardonnent !

— Beau pardon, par tous les diables ! s'écria le condamné en éclatant d'un rire nerveux.

— Voulez-vous un prêtre ?

— Pourquoi faire ?

— On va vous en envoyer un. Tâchez d'écouter les exhortations de ce saint homme !

— Par les cornes de Satan ! Si quelqu'un entre dans ce cachot d'ici demain, je l'étrangle ! gronda le prisonnier qui songea à la visite que lui avait annoncée Roland.

— C'est bon ! fit le scribe. Crève donc comme un chien, en ce cas !... Bourreau, commence ton office !

Alors il s'écarta. L'homme vêtu de rouge s'avança vers le condamné et lui jeta sur la tête l'étoffe noire qu'il portait sur le bras.

Cet homme rouge, c'était le bourreau, et cette étoffe noire, c'était le sac dont on revêtait les condamnés à mort, — la dernière toilette !

Sous ce sac, qui descendait jusqu'aux genoux, les mains du condamné étaient liores et l'étoffe était assez mince pour qu'il pût se guider. On ne ligottait le condamné qu'au pied de l'échafaud en lui retirant le sac.

Le prisonnier eut un frisson lorsqu'il sentit sur ses épaules les plis de la toilette funèbre, sorte de drap des morts qu'il porterait vivant toute une nuit ! Le rire de bravade qui avait éclaté se glaça sur ses lèvres. Il fut agité d'un tremblement, et lorsqu'il eut surmonté cette impression d'horreur, son cachot était vide !

Il demeura quelques minutes comme hébété.

Le souffle de la mort toute proche le glaçait jusqu'aux moelles.

Un rauque soupir lui échappa, et ses lèvres laissèrent tomber ce seul mot :

— Mourir !

Le son de sa voix l'effara, l'épouvanta comme quelque chose d'inconnu et de terrible. L'instinct vital en révolte faisait courir sur sa chair les rapides frissons de l'horreur. Tant que la mort était demeurée problématique, tant qu'il avait eu un prétexte pour se raccrocher à l'espoir de vivre, il n'avait pas tremblé.

Mais maintenant !... oh ! maintenant, la vie dans ce sombre cachot lui apparaissait comme un charme lointain ; son pain noir, une délicieuse nourriture ; ses geôliers, des hommes qu'il eût embrassés avec joie ! Les puissances de la vie gonflèrent tout son être, les regrets impossibles l'envahirent... Il grinça des dents et un atroce sanglot râla dans sa poitrine, en même temps que ce mot, à son tour, tombait de ses lèvres tremblantes, plus lugubre, plus désespéré que le premier :

— Vivre !...

Le condamné s'était lentement avancé vers la porte qui venait de se refermer et tendait ses bras dans un geste de vague supplication.

Une main se posa sur son épaule.

Il eut une secousse violente et se retourna, hagard.

A travers l'étoffe du sac, il reconnut alors le prisonnier qui lui était apparu, sortant de dessous terre comme du fond d'une tombe.

— Ah !... ce n'est que vous ! murmura-t-il.

Roland le contemplait avec un singulier regard qui brillait dans l'ombre. Le condamné vit ce regard et tressaillit d'une épouvante nouvelle.

Il retira le sac noir que le bourreau avait jeté sur lui et le jeta dans un coin.

— Vous voyez, dit-il avec un lamentable sourire, je vais mourir !

— Quand ?...

— Demain matin !

Il essuya de sa main la sueur froide qui inondait son front, et respira bruyamment. Il était livide, et Roland le reconnaissait à peine.

Peu à peu, cependant, le condamné se remettait. Cette suprême impression de terreur, qui désorganise l'être humain soudainement placé en présence du néant, se dissipait, et sa nature de bête inculte et violente reprenait le dessus.

— Tu vas mourir ! reprit Roland.

— Oui, mourir !... Pourquoi me regardez-vous ainsi ?...

— Tu avais commencé à me conter une histoire, dit Roland sans répondre.

— Une histoire ? balbutia le condamné.

— Oui... cette famille heureuse qui, grâce à toi, fut détruite, dispersée, frappée de malheurs inouïs...

— C'est vrai ! c'est vrai !...

— Le père, n'est-ce pas, eut les yeux crevés ! La mère, n'est-ce pas, mourut de douleur ! Le fils fut jeté dans les puits ! La fiancée !... Ah !... Et la fiancée... dis ! parle !... que devint la fiancée ?...

— Oh ! bégaya l'homme épouvanté, on dirait que vous savez déjà cette lamentable histoire !... Qui êtes-vous ?... Qui êtes-vous ?

— Tu le sauras !... Mais parle, réponds, qui es-tu toi-même ?...

— Je suis le bandit Scalabrino ! dit l'homme en claquant les dents.

— Scalabrino ? fit Roland en fouillant dans ses souvenirs. Scalabrino ?... Et puis, qu'importe après tout !... Voyons, dis-moi la vérité ! Que t'avait fait, à toi, le doge Candiano, pour que tu aides les Dix à le frapper ? Que t'avait fait Silvia ? Que t'avait fait Léonore ?... Et misérable, que t'avais-je fait ? Voyons, parle !

Roland avait saisi la main de Scalabrino qu'il broyait dans la sienne.

Au fur et à mesure qu'il parlait, le condamné le regardait avec stupéfaction d'abord, puis avec épouvante, puis avec désespoir. Aux derniers mots, ses yeux agrandis par une sorte d'horreur laissèrent échapper un double flot de larmes, il tomba à genoux, frappa les dalles de son front, et parmi ses gémissements, ses sanglots, Roland entendit ces paroles, balbutiées avec un accent de désespérance infinie :

— Oh ! je vous reconnais, maintenant ! Vous êtes monseigneur Roland !... Oh ! je suis maudit, puisque vous m'apparaissez au moment de ma mort !...

Pendant quelques minutes, les plaintes du bandit prosterné emplirent le cachot. Les derniers mots de Scalabrino avaient fait tressaillir Roland. Il avait oublié cela ! Cet homme allait mourir dans quelques heures ! L'intense colère qui bouillonnait en lui tomba tout à coup. Il eut pitié !... Un sentiment de miséricorde détendit ses traits.

— Relève-toi, dit-il doucement.

— Oh ! monseigneur ! gémit le condamné, j'entends à votre voix que vous me pardonnez encore !... Pourquoi êtes-vous si bon !...

« Pourquoi ne m'avez-vous pas tué sur le quai de l'île d'Olivolo, lorsque vous me teniez sous votre poignard !...

Brusquement, la scène évoquée par Scalabrino passa sous les yeux de Roland. Il reconnut le colosse qu'il avait renversé, à qui il avait fait grâce.

— Voyons, dit-il, raconte-moi tout, et surtout, ne mens pas !

Il s'assit, ou plutôt s'accroupit près de Scalabrino, et les sourcils froncés, l'esprit tendu, s'apprêta à essayer de percer le mystère de son malheur.

Scalabrino le regardait avec une timidité farouche.

— Monseigneur, dit-il tristement, au moment de mourir, on ne ment point. D'ailleurs, je m'étais repenti, je vous le jure !

— Tu t'étais repenti ?...

— Oui ! trop tard, il est vrai, mais je vous jure que mon repentir était sincère. Il datait du moment où vous m'avez dit : « Tu n'as pas eu peur, je te fais grâce ! ». Dès ce moment, voyez-vous, j'eusse voulu mourir pour vous... Rappelez-vous ! J'ai voulu vous parler... mais vous, vous avez refusé de m'entendre !

— C'est vrai, je me souviens, dit Roland en passant une main sur son front. Et que m'aurais-tu dit, si je t'avais écouté ?

— Je vous aurais dit, monseigneur, que cette femme... celle que vous avez délivrée...

— La courtisane ?

— Oui, c'est cela ! Eh bien, elle nous avait apostés là pour nous emparer de vous. Mais nous ne devions pas vous faire de mal...

— Continue ! fit Roland, voyant que le bandit hésitait.

— Cette femme voulut sans doute voir comment ses ordres seraient exécutés. Elle vint ! Mes hommes la virent. Les bijoux les tentèrent. Ils l'attaquèrent ; elle cria ; vous savez le reste... Mais ce que vous ne savez pas, monseigneur, c'est ce qui se passa après votre départ... Le lendemain ce devait être le jour de vos fiançailles... vous souvenez-vous ?...

— Oui, je me souviens ! dit Roland qui laboura sa poitrine de ses ongles pour étouffer la souffrance morale sous la souffrance physique.

— Eh bien, cette nuit-là, donc, lorsque vous fûtes parti avec la courtisane, je fus abordé par un homme qui me dit : « Tu es Scalabrino ; tu es condamné ; ta tête est à prix ; veux-tu avoir grâce pleine et entière ? Veux-tu, par-dessus le marché, gagner beaucoup d'or ? Tout cela ne tient qu'à toi. » — « Que faut-il faire ? ». demandai-je — « Demain soir, venir place Saint-Marc avec le plus de monde que tu pourras, et crier à tue-tête : Vive Roland Candiano ! » — « Parbleu ! dis-je, s'il ne faut que crier Vive Roland Candiano, mon compte est bon. Je le crierai de bon cœur, même si on ne me paye pas... » — « Tout va bien ! » dit alors l'homme.

— Quel était cet homme ? demanda Roland qui haletait.

— Je ne l'ai jamais su, monseigneur !

Roland, qui s'était à demi soulevé pour recueillir avec plus d'attention le nom de l'homme, retomba sur les dalles et dit :

— Continue...

— L'homme me paya, poursuivit Scalabrino. Mais quand il m'eut payé, il ajouta : « Il sera bon que vous soyez armés d'arquebuses. Si vos cris attiraient les hommes d'armes et qu'il veuillent vous empêcher d'acclamer Roland Candiano, quelques bonnes arquebusades seront les bienvenues... » — « Bataille ! m'écriai-je. Ça me va !... »

Scalabrino s'arrêta un moment, souffla fortement, secoua la tête, et reprit :

— Ce fut là mon vrai crime, monseigneur. Car ce fut grâce à mes cris que la bataille s'engagea entre le peuple et les hommes d'armes. Le peuple fut vaincu. Et le lendemain nous apprenions votre arrestation... Mais ce n'est pas tout !...

— Parle ! dit Roland qui, la sueur au front, faisait un titanesque effort pour reconstituer le guet-apens.

— Le soir de la bataille, dit Scalabrino, le même homme qui m'avait parlé dans l'île d'Olivolo se dressa tout à coup près de moi, me montra une femme et me dit : « Enlève cette femme, et tue-la !... » J'enlevai la femme, monseigneur... mais je ne la tuai pas ! Pourquoi ? Par quel miracle ? Je ne sais !... Mais je ne la tuai point ! Et je pleurai de joie, je pleurai de bonheur lorsque cette femme m'eut dit qui elle était !...

— Qui était-ce ? fit Roland, livide.

— C'était votre mère, monseigneur !...

— Ma mère !...

— Oui ! votre mère qui s'était jetée sur la place Saint-Marc pour appeler le peuple à votre délivrance !

Un râle déchira la gorge de Roland :

— O ma mère, ma mère ! comme tu as dû souffrir !

— Elle a souffert à un tel point, dit Scalabrino, que j'en ai pleuré, moi que les bandits les plus féroces de la Haute-Italie avaient surnommé Cœur de bronze !

Roland poussa un gémissement. Et comme son compagnon reprenait son récit, il lui mit la main sur la bouche.

— Tais-toi ! Attends ! attends !...

Son cœur se gonflait d'amertume. Ses yeux secs et brûlants ne pleuraient plus. Mais il lui semblait qu'il pleurait en dedans et que des larmes tombaient sur son cœur comme des gouttes de plomb fondu. Pendant une demi-heure, il se débattit contre cette douleur nouvelle. Puis, par degrés, un sentiment plus acerbe, quelque chose d'âcre et d'âpre et de rude envahit son âme... C'étaient les premières atteintes de la haine.

— Tu disais donc, reprit-il enfin, que ma mère voulut me délivrer ?

— Oui. Mais autant eût valu essayer de renverser la cathédrale d'un coup d'épaule. Le peuple fut dispersé. Votre mère se réveilla chez moi. Elle me demanda si je voulais l'aider à vous sauver, et moi je lui répondis que je me donnais à elle corps et âme...

Roland tendit sa main au condamné.

— Tu es un homme ! dit-il.

Scalabrino le regarda avec cet étonnement timide et farouche qu'il avait éprouvé déjà deux ou trois fois devant Roland.

Il toucha du bout des doigs la main qu'on lui tendait. Et ses yeux se remplirent de larmes.

— Monseigneur, fit-il sourdement, vous allez trop me faire regretter la vie.

Puis, baissant la tête, il continua :

— Je sortis pour exécuter les premiers ordres de votre mère. Au détour d'une petite rue, je fus assailli par une vingtaine de sbires qui m'attaquèrent à l'improviste. Renversé, lié, réduit à l'impuissance, je fus jeté sous les plombs. Puis on m'apprit que j'avais la vie sauve à cause de ce que j'avais fait le soir de vos fiançailles. Puis je n'entendis plus parler de rien. Et voilà, monseigneur !... Dans quelques heures, ma tête va rouler sous la hache du bourreau. Mais je meurs content, puisque votre mère me pardonna, puisque vous me dites que je suis un homme...

Un silence poignant suivit ces paroles.

Chacun des deux condamnés suivait la même pente de pensées, comme deux arbres déracinés sont entraînés côte à côte par le même torrent.

Et ce torrent aboutissait à ce funèbre océan d'infini qu'on appelle le néant... la mort ! Oui, la mort avait été évoquée en chacun d'eux par les derniers mots du bandit.

Scalabrino luttait contre une crise d'horreur et d'épouvante, comme il en avait déjà subi une. Son récit terminé, l'intérêt qui le rattachait à la vie épuisé, il se retrouvait en présence de l'affreuse idée que sa vie forte, puissante, d'un seul coup allait être tranchée.

Dans l'esprit de Roland se levait aussi l'aurore blafarde d'un dernier effort vital. Il était résolu à mourir, à se tuer. Puisque son travail était inutile, puisque l'évasion était impossible, puisqu'il était à jamais séparé de Léonore, de son père, de sa mère, de tout ce qu'il aimait, à quoi bon vivre ?... D'un coup d'œil vertigineux comme celui qu'on jette sur un insondable abîme du haut de quelque montagne, il envisagea les années qu'il aurait à vivre encore dans sa tombe. Il était jeune et se sentait plein de forces. Il estimait que malgré l'usure du corps dans les tourments, malgré la nuit éternelle, il pourrait peut-être vivre encore une quinzaine d'années, peut-être davantage !... Quinze ou vingt ans d'horreur, dont chaque minute serait une nouvelle crise de désespoir, dont chaque pulsation de son cœur compterait la mesure d'une douleur sans fin ! Quinze ou vingt ans dont chaque seconde reproduirait l'image de Léonore, mourante, désespérée, l'appelant en vain !...

La mort seule pouvait le délivrer d'une telle torture du corps et de l'âme.

Il se sonda, et sourit : loin de l'effrayer, la pensée de mourir lui donnait un calme étrange ; son front brûlant en était comme rafraîchi, et il sentait les orages de sa pensée doucement s'apaiser. Et dans ce sourire il murmura :

— O mort ! ô mort libératrice...

Sa résolution prise, activement il chercha le moyen de mourir...

Ne plus manger, se laisser périr de faim ? Peut-être !... Ou peut-être se briserait-il la tête contre les parois de son cachot... Ou peut-être enfin se tuerait-il d'un coup de ce silex qu'il avait taillé, aiguisé en forme de poignard...

Mais s'il se manquait ! Si un faux mouvement, un tremblement de la main le sauvait !...

Oh ! ce serait horrible !... Il réfléchit :

— On veut mourir de la faim, et la torture finit par être plus forte que la volonté ; alors on se jette sur le pain. On veut se briser le crâne contre un mur, — et on n'arrive qu'à s'infliger une souffrance de plus !... Que faire ?... Que faire ?...

Mourir n'est pas facile pour un prisonnier !

A ce moment, Scalabrino, avec un frisson d'épouvante, répéta sourdement :

— Oui... bientôt... le bourreau va venir !...

Le bourreau !...

Roland fut agité d'un profond tressaillement. Et l'idée, la funèbre idée, l'idée tragique qui s'était levée sur ses espérances, prit corps, se dessina, se formula !

Il se pencha vers Scalabrino, et, souriant, il dit :

— Rassure-toi... Tu ne mourras pas !

XVI

AGONIE !

Scalabrino leva vers celui qui parlait ainsi un regard de stupéfaction sans bornes. A ce moment, Roland dut lui apparaître comme un de ces anges dont il avait entendu parler dans son enfance. Il balbutia :

— Je ne mourrai point ?

— Non, dit Roland.

Scalabrino reprit en tremblant :

— Oh ! monseigneur, prenez garde ! Ce serait trop horrible de me faire entrevoir la vie pour me laisser ensuite retomber dans la mort !

— Lève-toi, et suis-moi...

Scalabrino obéit et suivit Roland, en vacillant sur ses jambes.

Roland alla à la dalle qui recouvrait sa galerie, et la souleva en disant :

— A toi cette mine ; à moi le voile noir du bourreau.

Scalabrino recula en joignant les mains et en secouant la tête.

Roland se méprit au sens de ce mouvement :

— Il se passera peut-être plusieurs années avant qu'on aperçoive cette galerie ; quant à mon cachot, on n'y entre jamais. En tout cas, le jour où on s'apercevra que c'est moi qu'on a exécuté à ta place, on te fera sûrement grâce de la vie.

— Monseigneur, dit le bandit, la vie à ce prix ! Tenez, monseigneur, je viens d'avoir une heure d'épouvante que je me rappellerai, dussé-je vivre cent ans. Une autre heure pareille me rendrait fou. Mais j'aimerais mieux souffrir autant de mois qu'il y a eu de minutes dans le moment terrible qui vient de s'écouler, plutôt que de consentir une telle abomination !

— Et moi, gronda Roland, je te dis que je veux mourir... Tu as dit jadis à ma mère que tu te donnais à elle corps et âme ! Ce que tu as offert à la mère, le refuses-tu au fils ?

— Monseigneur ! s'écria le bandit en se tordant les mains, si j'ai parlé ainsi à votre mère, ce fut par amour pour vous ! Oh ! si je pouvais être exécuté dix fois à condition que vous soyez sauvé.

Roland saisit les deux mains de Scalabrino.

— Ecoute-moi, dit-il d'une voix concentrée. Toi, dans ton cachot, tu ne souffres que par le corps ; tu ne souffres que de la faim, du froid, du silence et des ténèbres. Eh bien, figure-toi que ces tortures sont le paradis, en regard de ce que je souffre, moi ! Figure-toi que mon esprit est encore plus glacé que ton corps ; que mon âme a faim plus que tu n'as jamais eu faim ; que le silence de ma pensée est plus épouvantable que le silence de la tombe, et que les ténèbres de ton cachot sont lumineuses auprès des ténèbres qui enveloppent mon amour !

— Monseigneur !...

— Mais tu ne vois donc pas, tu ne comprends donc pas que la mort me délivre, et que si tu me refuses le suprême service que je te demande, je vais être obligé de souffrir encore à la recherche d'un suicide possible !

Le bandit eut un cri de douleur.

Dans ce cerveau inculte, la vérité descendit pour un instant.

S'il ne comprit pas distinctement, il eut la foudroyante intuition qu'il ne pouvait, en effet, rendre qu'un service à Roland : c'était de l'aider à mourir !

— Oh ! murmura-t-il éperdu, ceci est atroce !...

— Es-tu mien ? reprit Roland, dans un paroxysme de volonté ; as-tu juré à ma mère d'obéir ?...

— Oui, oui !...

— Eh bien, obéis donc !

— Grâce, monseigneur ! haleta Scalabrino.

— Obéis, par l'enfer !... Va !... va donc !

Il le poussait violemment vers la galerie béante.

Livide, sans forces, Scalabrino s'enfonçait dans le trou...

Une dernière fois ses mains se tendirent vers Roland dans un geste de supplication affolée, puis il disparut... Roland laissa retomber la dalle !

La voix étouffée, comme lointaine, de Scalabrino monta des entrailles du sol :

— Adieu, monseigneur... adieu !...

Roland ne répondit pas.

Puis, quand il fut bien certain que Scalabrino avait compris, qu'il n'essaierait pas de revenir, il alla ramasser le sac d'étoffe noire, s'en couvrit, et attendit...

A ce moment, un grondement sourd roula dans le lointain.

Roland ne l'entendit pas.

Il était tout à sa pensée d'agonie. L'image de son père et de sa mère passèrent un instant devant ses yeux. Pendant un temps qu'il ne put apprécier, il essaya aussi de déchiffrer l'effrayant mystère de son martyre et de mettre un nom sur les visages des inconnus qui l'avaient plongé dans cet abîme de douleurs. Mais bientôt, une image remplaça toutes les images qui flottaient dans son esprit, une seule pensée absorba ses pensées éparses, une seule ferveur, un seul souvenir, et toute cette intime méditation se résuma dans un seul nom qu'il prononça avec une passion d'amour absolu, qu'il susurra comme un baiser d'ivresse suprême :

— Léonore !...

Le sourd grondement de tout à l'heure se fit entendre à nouveau, suivi d'un fracas qui secoua l'énorme prison jusque dans ses assises.

Cette fois, Roland entendit et comprit... Cette voix qui venait de mugir, c'était la voix du tonnerre... au dehors se déchaînait sans doute quelqu'un de ces effroyables orages comme il s'en forme parfois dans le ciel pur de Venise et qui ont toute la violence des cyclones. Il se représenta le ciel noir crevé d'éclairs, les gondoles s'amarrant aux pieux des canaux, la foudre courant d'un bout à l'autre de l'horizon... puis, presque aussitôt, il retomba dans son extase funèbre.

Combien de temps s'écoula ainsi ?

Roland n'en eut pas conscience. Sa puissante imagination l'avait transporté dans le jardin de l'île d'Olivolo, sous le grand cèdre, par une nuit étoilée, et il reconstituait, avec la formidable volonté de son agonie, le baiser, le premier baiser d'amour qu'il avait échangé avec Léonore... Seulement les coups de tonnerre qui d'instant en instant ébranlaient le ciel et la terre parvenaient à son oreille comme une suprême malédiction.

Tout à coup il se leva d'un bond, et le cou tendu, les yeux hagards, se rapprocha de la porte... Derrière cette porte, un bruit de ferrures, un bruit de pas... puis elle s'ouvrit... A travers son voile, Roland, comme dans un rêve noir, entrevit des geôliers armés, des soldats... un homme rouge... le bourreau !...

— Es-tu prêt ? dit une voix.

— Je le suis ! dit Roland, dont la voix fut couverte par un grondement furieux des éléments déchaînés.

Les gardes l'entourèrent. Près de lui, un prêtre murmurait des paroles confuses. Devant lui marchait l'homme rouge. Un fracas de tonnerre secoua les murailles comme si la foudre eût frappé la prison. Autour de lui, Roland vit les visages qui blêmissaient et le prêtre qui faisait un signe de croix en tremblant. Une âcre odeur de souffre se répandit dans les sombres couloirs et se mêla à l'odeur fade des humidités accumulées. Coup sur coup, d'effroyables décharges d'électricité éclatèrent.

Roland avait franchi le seuil du cachot entouré de gardes.

Au bout de quelques pas, il se trouva au pied d'un escalier que toute l'escorte commença à monter, tandis que le prodigieux mugissement de la tempête s'accentuait encore.

Alors, il respira largement.

Une sorte d'ivresse faite d'ivresses multiples le fit vaciller : l'ivresse de cet air qui, tout méphitique, n'était plus l'air du cachot, l'ivresse de l'ouragan en délire... l'ivresse suprême de la mort...

A ce moment, dans l'angle du cachot d'où le dernier geôlier venait de sortir, la dalle se souleva.

Une tête blafarde et sauvage apparut.

Et Scalabrino, muet d'horreur, les cheveux hérissés, fixa ses yeux mornes sur cette porte que Roland venait de franchir pour aller à l'échafaud.

Et cette porte !...

Ah ! quel rugissement monta aux lèvres du spectre qui se dressait au-dessus de la dalle ! De quel flamboiement ses yeux s'emplirent soudain !... Cette porte !...

Cette porte... on avait dédaigné de la refermer, *puisque le condamné n'y était plus !* Cette porte, elle était restée entr'ouverte !...

XVII

LE PONT DES SOUPIRS

Il était environ sept heures du matin, c'est-à-dire qu'il aurait dû faire grand jour. Mais le ciel était noir, et le peu de lumière épandue dans les airs ne jetait qu'un éclat livide ; en sorte que c'était un jour crépusculaire qui éclairait les objets baignés dans des nappes de lueur grise. Seulement, d'instant en instant, ce ciel noir s'ouvrait, comme éventré par quelque gigantesque faucille de feu, et Venise apparaissait une seconde dans la clarté bleuâtre de l'éclair...

La plupart des exécutions avaient lieu dans la prison même. Quelquefois on exécutait le condamné sur la chaise de pierre du Pont des Soupirs. Une sorte de rigole recueillait le sang et le déversait dans le canal. D'autres fois enfin, et quand on voulait frapper l'esprit populaire, on dressait un échafaud sur la place Saint-Marc.

Pour se rendre à l'échafaud, le condamné devait alors traverser le Pont des Soupirs. Ce pont avait la forme d'un sarcophage, nous l'avons dit. Il unissait les prisons au palais ducal. Il était recouvert d'une voûte en maçonnerie légère. En sorte que le Pont semblait n'être que la continuation d'un des couloirs de la prison. Sur le côté qui était tourné vers la mer, on avait ménagé une sorte de fenêtre garnie de barreaux.

Devant cette fenêtre, on permettait au condamné de s'arrêter un instant, afin qu'au moment de mourir, il pût emplir ses yeux d'une dernière vision de Venise.

Des tablettes accrochées selon l'usage aux portes de toutes les églises avaient, la veille, annoncé au peuple que le célèbre bandit Scalabrino aurait la tête tranchée sur la place Saint-Marc.

Mais, ce matin-là, la place demeura vide.

Sur les canaux, les gondoles demeurèrent attachées à leurs pieux.

Les rues étaient désertes.

Lorsque les éléments se livrent bataille, l'homme se tapit ; il lui semble alors qu'il se passe des choses qu'il ne doit pas voir et que les bataillons serrés des nuées qui portent la mort vont tourner contre lui leur fureur s'il se hasarde au dehors.

L'ouragan sifflait, rugissait. Dans l'air où couraient, éperdues, des loques de vapeurs livides, retentissaient d'effroyables coups de cymbale et grondaient les bombardes du ciel. A ces sifflements qui exécutaient des gammes chromatiques vertigineuses, se mêlaient les appels de bronze du tocsin ; car sur plusieurs points de la ville, la foudre avait allumé des incendies dont les lueurs rouges se tordaient, échevelées, parmi les lueurs des éclairs.

Par intervalles, passaient aussi de grands vols de ramiers qui fuyaient, cherchant un refuge...

Roland avait commencé à monter l'escalier.

Directement devant lui se trouvait le bourreau, sa hache à l'épaule.

A sa gauche, un prêtre qui murmurait des prières.

En avant et en arrière, des gardes.

A mesure que Roland montait, il aspirait plus fortement l'air moins impur. Il se sentait plus fort. Et la certitude qu'il allait mourir, que ses tortures allaient être finies lui avait rendu un calme, une lucidité d'esprit, une activité de pensée qu'il n'avait jamais eus dans son cachot.

Lorsqu'on eut monté un étage, le prêtre dit :

— Mon fils, vous allez entendre la sainte messe et communier...

Roland frémit.

Pour communier, il faudrait qu'on lui retire le voile noir.

Et alors on le reconnaîtrait !

Il serra convulsivement les poings, décidé à se faire tuer sur place plutôt que de rentrer dans sa cellule.

L'huissier qui marchait en tête se retourna :

— Vénérable père, dit-il, si nous ne hâtons le pas, l'exécution sera impossible ; la cérémonie de la chapelle empêchera la cérémonie de la place Saint-Marc.

Comme pour lui donner raison, un violent coup de tonnerre vint répercuter ses échos puissants le long des sombres corridors.

Le prêtre pâlit.

— Marchons donc ! dit-il ; je remplacerai la messe par une prière et la communion par un *De profundis !*

Le bourreau approuva de la tête ; le cortège se remit en marche ; Roland respira, tranquillisé : cette fois, il était sûr de mourir !

Arrivé en haut des escaliers, le cortège s'avança sur le Pont des Soupirs et, selon l'usage, on montra au condamné la fenêtre grillée, pour qu'il s'y arrêtât un instant.

A ce moment, un large éclair déchira l'obscurité du pont : Roland fut enveloppé d'une violente lumière, et une voix, dominant les grondements du tonnerre, s'écria :

— Cet homme n'est pas le bandit Scalabrino !...

Les gardes s'arrêtèrent, effarés, stupéfaits.

Le bourreau leva la main sur le condamné pour lui arracher le sac noir.

Une imprécation de furieux désespoir éclata sur les lèvres de Roland, et avant que le bourreau eût pu accomplir son geste, lui-même déchira l'étoffe légère ; il apparut étincelant, formidable, baigné de lumière électrique, et sa voix puissante, rauque, avec un accent sauvage, rugit :

— Tête pour tête, bourreau ! Il t'en fallait une ! prends la mienne !...

L'imprévu de cette scène tragique, l'éblouissement livide des éclairs, les détonations répétées du tonnerre glacèrent de terreur les gardes, leurs chefs, et jusqu'au bourreau.

Cela dura deux ou trois secondes.

Qui était cet homme si hâve et si terrible ?...

Nul ne le reconnaissait !

Comment était-il là ?...

Nul ne le savait !

De cette seconde de suprême répit, Roland profita pour, d'un bond, renverser les gardes qu'il avait sur sa gauche et s'acculer contre la paroi de la voûte, près de la fenêtre...

Mourir !... Oui, il mourrait !... Mais ce ne serait pas sur l'échafaud !... Ce serait dans une bataille dernière, dans une lutte forcenée... il serait déchiqueté, lacéré sur place ! Mais il ne redescendrait pas vivant dans sa tombe !

— Eh bien, bourreau ! tonna-t-il. Eh bien, gardes !... Et toi, prêtre !... Où est votre échafaud ?... Pourquoi tremblez-vous ?... A quarante que vous êtes, vous viendrez bien à bout de me tuer !

— Saisissez-le ! gronda la même voix que tout à l'heure. Saisissez-le sans le tuer !

Roland éclata de rire; et les deux gardes qui s'avançaient les premiers roulèrent sur le sol.

— Mort pour mort ! hurla Roland. J'aurai de belles funérailles !

— Saisissez-le, par l'enfer !

Une dizaine de gardes marchèrent ensemble sur Roland qui, acculé comme un sanglier, les dents découvertes par un rictus terrible, attendait, en garde.

— Saisissez-le ! rugit une troisième fois la voix.

Mais cette voix fut couverte par un effroyable coup de tonnerre. Le pont vacilla. La paroi de la voûte se lézarda. Une violente odeur de soufre emplit la voûte, une fumée âcre déroula ses volutes...

— Sauve qui peut ! hurlèrent des voix affolées tandis que retentissait le rire puissant du condamné. Sauve qui peut ! La foudre est sur le pont ! Le pont est en feu !

A ce moment précis, un spectacle inouï acheva d'épouvanter gardes, prêtre et bourreau !

Au bout du pont, à l'entrée des prisons, un homme apparut, un colosse velu, avec les bras nus, la poitrine nue, le visage livide, les muscles saillants, comme prêts à crever la peau. Il était énorme, fantastique, fabuleux. Et c'était quelque chose d'énorme qu'il portait sur sa tête... une pierre monstrueuse, une dalle géante... Et il arrivait en courant d'un pas alourdi, râlant, les yeux en feu, la bouche mâchant des grognements informes !

Cet homme, cet être cyclopéen, pareil à quelque effroyable cariatide de Michel-Ange, poussa droit devant lui comme une tempête qui se fût mêlée à la tempête du ciel. Le bloc qu'il portait sur la tête renversa sept ou huit gardes, qui roulèrent le front fendu. Et dans le boyau du pont fuligineux, dans le tumulte des coups de tonnerre, dans l'épouvante des spectateurs, il bondit, s'arrêta devant la fenêtre grillée... On vit un instant la dalle se balancer au bout de ses deux bras de titan, puis cette dalle lancée comme une catapulte vola, passa, tomba dans le canal avec cinq ou six grosses pierres arrachées, déchirées par le choc...

En même temps, Scalabrino saisit Roland, et par le trou béant, sauta dans le vide...

Pétrifiés, stupides d'égarement, les geôliers, les gardes, le bourreau avaient assisté à cette scène rapide comme un éclair, et ils ne comprirent qu'au moment où ils entendirent la chute des deux corps dans l'eau du canal.

— Feu ! Feu !...

Des coups d'arquebuse retentirent... mais l'instant d'après, les gardes massés dans le boyau du pont reculèrent, aveuglés, asphyxiés par l'épaisse fumée... Le pont brûlait... le feu se communiquait au palais ducal !

Le bourreau demeuré le dernier se pencha par la large ouverture qui avait été la fenêtre du pont, et jeta un regard sur le canal.

Il ne vit rien !... Rien que l'eau noire qui se zébrait de reflets rouges, rien que les gondoles armoriées qui se heurtaient et craquaient l'une contre l'autre, sous le ciel livide, dans le furieux déchaînement de la tempête à son paroxysme !...

XVIII

LA TABLETTE DU CONDAMNÉ

Roland se sentit d'abord entraîné au fond de l'eau et son pied toucha le lit du canal. Il était dans cet état de surexcitation nerveuse où on accomplit des prodiges.

Le prodige, en cette minute inouïe, fut que Roland put coordonner ses pensées, reprendre une sorte de sang-froid, envisager instantanément la situation et comprendre ce qu'il fallait faire.

D'abord, il n'eut dans l'oreille que le bourdonnement de l'eau, et dans la pensée que le bourdonnement de mille pensées qui tourbillonnaient.

Il n'eut qu'une idée :

Ne pas reparaître tout de suite à la surface.

Un crépitement s'abattit sur l'eau : c'étaient les balles des arquebuses.

Roland se mit à nager entre deux eaux, cherchant à gagner le plus possible à chaque brasse, en s'éloignant du Pont-des-Soupirs. Près d'une demi-minute s'écoula ainsi. A ce moment, Roland sentit qu'il lui fallait à tout prix respirer. Il se mit sur le dos, et là-haut, à la surface de l'eau, il entrevit des formes qui se balançaient ; il comprit que c'étaient les dos de quelques gondoles amarrées côte à côte. Alors, d'un vigoureux coup de talon, il remonta, et sa tête émergea entre deux gondoles serrées l'une contre l'autre. Cramponné des deux mains aux flancs des deux barques, Roland aspira avec une sorte de volupté furieuse l'air pur que balayaient des souffles d'ouragan, l'air de la liberté !...

Et sa tête se dressa vers le ciel en feu. Ses yeux flamboyants contemplèrent avec un inexprimable ravissement l'horreur de la tempête déchaînée.

Pendant quelques secondes, il éprouva des délices effrénées d'une renaissance, et il s'emplit les yeux de la vision adorable de choses qui n'étaient ni des murailles noires, ni des verrous, ni des barreaux.

A ce moment, près de sa tête, surgit de l'eau une autre tête.

Scalabrino apparut, s'ébroua fortement.

Ils ne se dirent rien.

Trop de pensées, et des pensées trop violentes, se heurtaient dans leurs têtes pour que la parole pût les traduire.

Bientôt Roland replongea, suivi de son compagnon.

Ils recommencèrent la même manœuvre, et lorsqu'ils revinrent respirer, ils étaient à plus de cent brasses du pont.

Autour d'eux, les quais étaient déserts.

Maintenant, une pluie de déluge s'abattait sur Venise. Ils distinguaient à peine les maisons et les palais, comme noyés d'une ombre liquide.

Deux fois encore, ils nagèrent entre deux eaux.

A la dernière fois qu'ils revinrent à la surface, ils avaient tourné l'angle du canal, et le Pont des Soupirs, le palais ducal, les prisons avaient disparu.

Scalabrino, cette fois, se hissa dans une barque amarrée à un pieu.

Roland le rejoignit et s'étendit, pantelant, sous la tente dont son compagnon referma les rideaux de cuir. A l'arrière de la barque, Scalabrino trouva le large caban du gondolier et le jeta sur ses épaules. Puis il détacha la gondole et, s'emparant de la rame, il se mit à pousser activement l'embarcation.

Roland, étendu sous la tente, avait vu comme dans un rêve Scalabrino refermer les rideaux de la tente.

Mais, d'un geste, il les ouvrit.

Et couché sur le dos, la face tournée vers le ciel en feu, sous la pluie diluvienne qui semblait voguer dans les airs par larges rafales, les yeux grands ouverts, il regarda, il écouta... il aspirait, pour ainsi dire, de la vie.

Et comme au moment de mourir, à cette minute où il revenait à la vie, le même nom fut murmuré par ses lèvres, tout doucement :

— Léonore !

Et, en même temps qu'il prononçait le nom de sa fiancée, un frémissement le secouait. A ce moment, nulle autre pensée ne pouvait prendre corps dans son esprit ; l'arrestation, la prison, les longues tortures, la misère physique et morale, il oubliait tout. S'il voulait habituer ses yeux à la vision des choses vivantes qui l'entouraient, c'était Léonore qu'il voyait ; s'il voulait écouter en lui-même, c'était le cri de joie de sa fiancée qu'il entendait...

Et déjà, il bâtissait un plan :

Il irait à l'île d'Olivolo, se ferait reconnaître de Dandolo, puis il se montrerait à Léonore. Ensemble, ils partiraient de Venise. Il retrouverait sa mère, il retrouverait son père, et soit à Milan, soit à Florence, il recommencerait pour lui et les siens une vie qu'il sentait capable de leur faire assez belle pour que l'horrible aventure fût à jamais oubliée.

Nous devons le dire : en cette heure, il n'y avait point de haine dans ce cœur.

Ses ennemis, il les ignorait. Il se croyait encore victime de quelque fausse dénonciation. Seulement, quand il évoquait le supplice infligé à son père, toutes ces obscurités s'illuminaient d'un éclair pareil à ceux qui déchiraient le ciel, et à tout son rêve d'amour se mêlait un seul projet de vengeance : avant de quitter Venise, il tuerait Foscari qui avait présidé au supplice du vieux Candiano.

— Monseigneur, dit tout à coup Scalabrino, nous sommes arrivés.

Roland se dressa et vit que son compagnon venait d'amarrer la barque à un quai d'un quartier pauvre de la ville. Il se rappela alors que, jadis, il avait parcouru ce quartier, insoucieux, amoureux de la vie, exubérant, le rire et la chanson aux lèvres. A ces souvenirs, il essaya de sourire. Mais il sentait que sa bouche se crispait.

— Peut-être suis-je déshabitué de sourire, pensa-t-il.

A la hâte, il ramassa sous la tente quelques hardes de marinier oubliées là sans doute par le patron de la gondole, et il s'en revêtit...

Dix minutes plus tard, Scalabrino entrait dans une maison délabrée, montait tout en haut par un escalier de bois très raide et toquait à une porte.

Une jeune femme vint ouvrir.

Il paraît que l'aspect de Roland et de son compagnon devait être effrayant, car cette femme se recula en tremblant.

— Qui êtes-vous ? Que voulez-vous ? murmura-t-elle. Il n'y a rien à prendre dans ce pauvre logis !...

— Juana ! dit Scalabrino. Je suis donc bien changé ?...

Sa voix tremblait.

La femme le considéra un instant avec des yeux agrandis par l'effroi et la stupéfaction.

— Jésus Marie ! fit-elle enfin. Est-il possible que ce soit toi !...

— Entrons maintenant, fit Scalabrino.

Roland pénétra dans le logis. Tout y était pauvre, mais non dépourvu d'une certaine coquetterie. Juana elle-même rehaussait sa toilette d'un ruban et d'un collier de verroterie. Elle était demeurée immobile, toute pâle, et sa main qui tremblait convulsivement, désignait sur une table un morceau de parchemin cloué sur une planchette.

Roland suivit la direction de la main, aperçut le parchemin et s'en approcha.

Il entendit alors Juana qui bégayait :

— Je l'ai arraché hier à la porte basse de Notre-Dame de la Salute.

Ce parchemin, c'était une des tablettes qui annonçaient au peuple l'exécution publique du bandit Scalabrino.

Il était daté du 4 juillet de l'an 1515.

Cette date fulgura devant les yeux de Roland.

Et il murmura :

— Six ans !...

Il y avait six ans et un mois, presque jour pour jour, que par une nuit sereine, pleine d'étoiles et de chansons d'amour, il avait attendu Léonore dans le palais ducal !... Six ans qu'il avait été arrêté ! Six ans d'angoisses, de douleurs, de sanglots !...

Le premier moment fut un étonnement inexprimable chez Roland. Si, la veille, on lui eût brusquement demandé depuis combien de temps il était enfermé, il eût répondu :

— Deux ou trois ans, peut-être...

Il y a, en effet, deux manières de perdre la notion du temps : chez les uns, les secondes sont des heures, et les mois des années ; chez d'autres, dont la pensée s'extériorise par suite d'un sentiment très fort, la sensation du temps s'atténue, au contraire. On croit avoir consacré quelques minutes à la réflexion, et on a médité pendant plusieurs heures.

— Six ans ! répéta Roland.

Au-dessus de la table, il y avait un miroir.

Il se regarda et fut épouvanté de ne pas se reconnaître. Deux plis verticaux très durs, très profonds barraient son front ; ses lèvres s'étaient comme pétrifiées ; ses traits devenus durs s'étaient creusés.

Il détourna son regard qui, machinalement, retomba sur la tablette.

Il la lut avec une sorte de curiosité maladive.

Ele était signée de trois noms.

Et ces trois noms, c'étaient :

— DANDOLO, *grand-inquisiteur d'Etat.*

— FOSCARI, *doge.*

— ALTIERI, *capitaine général.*

Au-dessous des trois noms, l'évêque de Venise demandait au peuple une prière pour l'âme du condamné.

Et ces dernières lignes étaient signées :

— BEMBO, *par la grâce de Dieu évêque de Venise.*

Roland, sans un mot, attira à lui une chaise. Il s'assit, plaça ses deux coudes sur la table, mit sa tête dans ses deux mains.

Et alors, d'une voix étrange, il assembla ces quatre noms qui, sur la tablette du condamné, se détachaient en lettres de feu :

— Dandolo ! Foscari ! Altieri ! Bembo !...

Et il lui sembla que le nom du condamné ce n'était pas Scalabrino, mais Roland Candiano !...

XIX

JUANA

Scalabrino, lui aussi, avait vu la tablette que lui montrait Juana. Mais il ne lui avait accordé qu'un coup d'œil indifférent et un haussement d'épaules. La première émotion passée, il saisit la jeune femme dans ses deux bras, l'enleva et l'embrassa sur les joues en disant :

—Tu ne t'attendais pas à me voir ce matin, dis ?...

— Je priais ! répondit la pauvre Juana qui éclata en larmes.

— Tu ne m'avais donc pas oublié, toi ? Tu ne m'avais donc pas maudit ?...

— T'oublier ! te maudire ! N'est-ce pas toi qui as pris soin de mon enfance ? Tu as été mon frère aîné, mon père, ma famille... Pour d'autres, peut-être, tu étais le bandit... mais pour moi, tu fus toujours le bon frère...

— C'est vrai ! dit Scalabrino attendri. Tu m'avais ensorcelé.

Le géant s'était assis. Juana était sur ses genoux. Elle pleurait doucement et regardait celui qu'elle appelait « frère » avec des yeux à la fois effarés et ravis.

— Mais comment as-tu fait ? reprit-elle. Ils t'ont donc fait grâce ?

— Grâce ! fit sourdement Scalabrino. C'est moi qui me suis fait grâce !

— Que veux-tu dire ?

— Que je me suis évadé ; que si le bourreau ou les sbires des Dix apprenaient que je suis ici, dans une heure ma tête roulerait sur les dalles de la place Saint-Marc !

Juana frissonna.

Elle bondit légèrement et alla s'assurer que personne n'écoutait derrière la porte, qu'elle ferma soigneusement. Puis elle revint vers Scalabrino et reprit, les mains jointes :

— Tu t'es évadé ! Le matin où tu allais être... Oh ! je tremble quand j'y songe !... Comment as-tu pu...

— Comment ? Ne me le demande pas ! Je ne sais plus moi-même !... Mais, cornes du diable, je meurs de faim, moi !...

— Et lui ? fit Juana à voix basse en désignant Roland.

— Lui ! murmura le colosse, dont les yeux se voilèrent.

— Qui est-ce ?...

— Tais-toi !... Tais-toi !... Laisse-le !... Viens, donne-moi à manger...

Le logis se composait de deux pièces. Celle dans laquelle se trouvait Roland servait de chambre à coucher. L'autre, plus petite, dans laquelle Juana entraîna Scalabrino, était une cuisine où mangeait la jeune femme. Elle improvisa un repas sommaire que Scalabrino dévora avec volupté, grognant seulement de temps à autre :

— Que c'est bon, le pain blanc !

Lorsque l'appétit du colosse fut à peu près satisfait, il se mit à regarder Juana avec un certain étonnement et parut remarquer pour la première fois cette coquetterie que nous avons signalée, — pauvre coquetterie, d'ailleurs, dont le luxe principal était le fameux collier de verroterie jaune et bleue.

Scalabrino poussa un vaste soupir.

— Sang du Christ ! gronda-t-il, la vie est tout de même une bonne chose ! J'en suis tout ahuri, et je me demande encore si c'est moi qui suis ici, à cette table, devant ma petite Juana !... Oh ! les plombs ! les lourdes journées d'été torride où ma gorge haletante cherchait en vain un peu d'air !...

— Pauvre toi !...

— Et les puits !... Ah ! les plombs ne sont rien auprès des puits !... Et quand je pense qu'il y est toujours resté, lui ! ajouta le colosse en frissonnant.

— Qui, lui ?

— Tais-toi, Juana ! Il te dira qui il est s'il veut. Moi, je ne suis que son esclave...

Mais comme tu as grandi ! Comme te voilà belle ! Laisse-moi t'embrasser encore.

Juana se jeta au cou du géant.

Il la contempla avec attendrissement.

— Oui, te voilà belle, reprit-il... et même, on dirait... plus coquette que jadis...

Juana pâlit.

— Oh ! oh ! continua Scalabrino... un ruban rouge dans tes cheveux ? Un collier à ton cou ?

Juana baissa la tête.

Scalabrino la considéra avec attention.

Notons, en passant, qu'il n'avait jamais été question d'amour entre le colosse et la jeune fille. Il l'avait trouvée toute petite, abandonnée probablement. Il l'avait élevée à la diable. Il avait pour elle une sorte d'affection bourrue, une fraternité rude. Elle l'aimait comme un grand frère, selon sa propre expression. Et c'était tout.

— Tu as un amoureux ? fit brusquement Scalabrino.

Elle répondit, comme dans un souffle :

— Non !...

— Alors ?... Voyons, dis-moi...

Elle pâlit davantage encore et se mit à pleurer

— Oh ! je comprends ! dit sourdement Scalabrino. Pauvre petite ! Pauvre Juana !... Tu as donc souffert de la misère en mon absence, pour en être réduite à ce terrible métier !...

— Ainsi, tu ne me méprises pas ? demanda la pauvre fille en sanglotant.

— Moi, te mépriser !... Eh ! que suis-je donc pour avoir le droit de mépriser quelqu'un ! Et puis, quand même j'aurais ce droit... Pleure, va, ma pauvre petite... ne te gêne pas avec moi...

Juana essuya ses yeux et dit :

— Tu es bon, frère...

— Allons, console-toi. Je suis là, maintenant, et par la Madone tu redeviendras ce que tu étais...

Elle secoua la tête.

— Tout mon mal, continua-t-elle, est venu du jour où la sainte qui partageait mon logis...

Elle s'interrompit, frissonnante.

Scalabrino tressaillit violemment.

— De qui veux-tu parler ? fit-il, haletant.

— Souviens-toi, dit Juana. Souviens-toi... celle que tu apportas ici par cette nuit d'émeute et de bataille... celle devant qui, pour la première fois, je te vis pleurer... souviens-toi...

— Oui, oui !...

—Sais-tu qui elle était ?... C'était la femme du doge Candiano, la mère de cet infortuné jeune homme arrêté au moment de ses fiançailles...

— Je sais ! je sais !... Tais-toi !...

— Pauvre femme ! reprit Juana.

— Qu'est-elle devenue ?...

— Elle est morte.

— Morte ! exclama Scalabrino en pâlissant.

A ce moment, la porte qui faisait communiquer les deux pièces s'ouvrit, et Roland apparut. Il était livide. Mais il semblait étrangement calme, et pas un pli ne faisait frissonner ses traits.

Scalabrino épouvanté serra violemment la main de Juana.

Roland avait refermé la porte et s'y était appuyé.

D'une voix douce et qui ne tremblait pas, il dit :

— Raconte-moi comment ma mère est morte...

— Monseigneur ! supplia le colosse.

— Votre mère ! exclama douloureusement Juana qui bondit. Vous êtes donc...

— Je suis Roland Candiano, mon enfant. Et puisque tu as vu mourir ma mère, je désire que tu me dises comment ma mère est morte.

Et il semblait tout naturel que cet homme jeune appelât « mon enfant » une femme qui paraissait presque son âge, et son tutoiement avait quelque chose de solennel, non d'avilissant ou de familier.

Juana, palpitante, le considérait avec une sorte d'effroi mélangé de douleur.

— Monseigneur, balbutia-t-elle, employant l'expression dont s'était servi Scalabrino, c'est une chose terrible que vous me demandez là...

— Ah ! fit-il en essuyant son front ; c'est si terrible que cela ?...

— Oui ! oh ! oui...

— Eh bien, raconte tout de même. Il est bon, il est juste que le fils sache comment est morte la mère...

— Vous le voulez, monseigneur ?...

— Je le veux ! N'oublie aucun détail...

Juana se recueillit quelques minutes. Puis elle dit :

— D'où faut-il prendre les choses, monseigneur ?

— Du moment où Scalabrino sortit d'ici pour ne plus revenir...

— Soit, donc, puisque vous le voulez... bien que ce soit pour moi une histoire bien triste à dire, et pour vous bien terrible à entendre... Donc, Mme Silvia...

Roland tressaillit en entendant le nom de sa mère.

— Monseigneur, s'écria Juana, peut-être vaut-il mieux attendre...

— Non, non... il faut que je sache tout de suite...

— Eh bien, Mme Silvia attendit en vain le retour de Scalabrino. Qu'était-il devenu ? J'appris un mois plus tard qu'il avait été arrêté. Je pleurai... Mais que pouvaient mes larmes ?

— Pauvre petite Juana ! dit le colosse.

— Mme Silvia, elle, ne pleura pas. Mais cette douleur muette me déchirait vraiment le cœur. Tous les jours, elle sortait de bonne heure et ne rentrait que le soir à la nuit. Je la suivais de loin, pour lui porter secours, car il m'avait semblé voir qu'on la regardait de travers. On eût dit qu'elle faisait peur aux gens.

— Ainsi, demanda Roland d'une voix calme, nul n'eut pitié de ma mère ?

Juana baissa la tête.

— Du moins, murmura-t-elle, ceux qui eurent pitié n'osèrent le montrer !

Roland ferma les yeux, comme s'il eût voulu se pénétrer de ce spectacle qu'évoquait la jeune femme : sa vieille mère parcourant les rues de Venise sous des regards de terreur et de haine.

Et il tressaillit.

Car lui aussi, maintenant, sentait monter dans son cœur ce terrible sentiment de la haine, cette passion nouvelle si prenante, si absorbante qu'il semble à ceux qui en sont vraiment possédés que la vie devient une chimère tant que la haine n'est pas assouvie.

Ce fut pourtant avec le même calme qu'il reprit :

— Et que faisait-elle dehors ?...

— Elle rôda longtemps autour des palais qu'habitaient les principaux chefs de l'Etat.

— Oh ! je comprends ! râla avec un sanglot intérieur Roland, elle demandait ma grâce !...

— Un jour, elle put approcher le seigneur Foscari, continua Juana ; mais il la fit repousser par ses gardes.

— Le seigneur Foscari n'est-il pas doge de Venise ? demanda Roland d'une voix étrange.

— Oui ! il est doge !...

— C'est bien... continue !

— Que vous dirai-je ?... Un soir, comme je l'avais suivie de près, je vis un homme qui l'abordait et qui lui parla. Que lui dit-il ?... Je ne sais. Mais lorsque Mme Silvia eut regagné le logis, je vis qu'elle était d'une pâleur de cire et que ses lèvres tremblaient. Toute la nuit, malgré mes prières, elle demeura sur une chaise. Ce ne fut qu'à la pointe du jour qu'elle se laissa soulever dans mes bras. Et elle eut alors un soupir que j'entendrai toute ma vie. Je la couchai. Elle tourna la tête contre la muraille. Je crus qu'elle allait s'endormir. Mais lorsque, sur la pointe des pieds, je revenais la voir, je remarquais que ses yeux étaient grands ouverts et qu'elle murmurait constamment ces mots : « *Mort ! Il est mort ! Tout est fini !* »

Roland essuya son front couvert de sueur et fit quelques pas dans la petite pièce.

Ses ongles s'incrustaient aux paumes de ses mains.

Il revint s'appuyer à la porte et demanda :

— Et cet homme qui avait parlé à ma mère, le connais-tu ?...

— Oui, monseigneur !

Roland fut secoué d'un long frisson et ses yeux flamboyèrent.

— Son nom ? fit-il avec cet accent bref de l'impatience poussée à ses dernières limites.

— Il s'appelait Bembo et est devenu évêque de Venise...

Comme tout à l'heure, Roland ferma les yeux, mais cette fois, comme si une trop violente clarté eût blessé ses prunelles.

— Continue ! dit-il sourdement au bout de quelques minutes pendant lesquelles il s'était parlé à lui-même comme on se parle en certaines occasions terribles, c'est-à-dire avec des paroles sans expression humaine.

— C'est le plus triste qu'il me reste à vous raconter, monseigneur, dit alors Juana. Je parcourais les rues vendant des oranges et des citrons, ou des roses et des œillets, selon les saisons. Cela me rapportait tout juste l'existence pour moi et pour deux colombes qui m'avaient prise en affection et qui, tous les matins, venaient becqueter à ma fenêtre ; alors j'ouvrais et je leur donnais à manger. Lorsque j'eus Mme Silvia à la maison, je cherchai à augmenter ma vente. Mais, loin d'augmenter, elle diminuait de jour en jour, en sorte que ce fut bientôt la misère. Et pourtant, grand Dieu ! la pauvre madame ne mangeait guère... Mais si peu qu'il nous fallût, à nous tous, encore ce peu vint-il à me manquer. Un jour, j'en fus réduite à ne plus ouvrir à mes deux colombes. Pendant quelque temps, elles revinrent frapper du bec à ma fenêtre. Puis, voyant que je les abandonnais, elles ne revinrent plus. Ce fut un gros chagrin pour moi, et je pleurai...

A ce souvenir, les yeux de Juana se voilèrent.

Scalabrino serrait ses poings énormes.

— Cependant, reprit tout à coup Juana en secouant la tête, mes petites affaires allaient de mal en pis. Je ne pouvais deviner la cause de ce malheur, mais de plus en plus les clients s'écartaient de moi, et les fleurs que j'achetais pour les revendre se fanaient dans mon panier. Enfin, un jour, j'eus l'explication que je cherchais en vain. Une femme que je ne connaissais pas me dit, en regardant autour d'elle avec effroi, que tous ceux qui m'achetaient des fleurs étaient dénoncés... « Mais pourquoi ? » balbutiai-je, interdite. « Pourquoi, enfant ? Pourquoi recueilles-tu chez toi la mère du rebelle condamné par le puissant Conseil ?... » Cette femme, en parlant ainsi, s'éloigna précipitamment. Je demeurai étourdie, indignée. Hélas ! à quoi cela servait-il ? Que pouvais-je faire ?...

— Et l'idée ne te vint pas de te séparer de cette vieille femme qui causait ton malheur ?

Roland posa cette question d'une voix très douce.

— Non, monseigneur, répondit ingénument Juana. Je m'étais attachée à Mme Silvia, et je l'aimais comme une mère ; moi qui n'ai jamais eu de mère, cela me semblait très doux d'avoir une affection en ce monde...

Roland tremblait. Deux larmes brillantes perlèrent un instant à ses yeux, puis s'évaporèrent sous le feu de la haine qui brûlait son visage, comme deux gouttes de pure rosée qui s'évaporent sous le feu d'un soleil torride.

— Que fis-tu donc ? demanda-t-il.

Juana baissa la tête, et de ses deux mains, couvrit son front devenu pourpre.

— Monseigneur, fit-elle à voix basse, ne me le demandez pas... car je fus fautive...

— Tu fus fautive... toi ?...

— Hélas !... Bientôt je manquai d'argent. Et pourtant, il fallait un certain vin vieux pour la pauvre vieille qui m'avait embrassée, m'avait bénie et m'avait appelée sa fille...

— Tu dis que ma mère t'appela sa fille ?

— Oui, monseigneur !... Mais peut-être n'étais-je pas digne de ce beau titre... car je ne sus pas résister... Un soir, je voyais bien que les forces de Mme Silvia s'épuisaient... il eût fallu acheter un cordial... je me désespérais, et elle, cependant, me-

Pasquali-film. Exclusivité Gaumont,

Scalabrino poussa un rugissement de joie, la porte était restée ouverte.

Pasquali Film | Exclusivité Gaumont.

Cet homme, cet être cyclopéen poussa droit devant lui. Le bloc qu'il portait sur la tête renversa sept ou huit gardes qui roulèrent le front fendu.

Pasquali-film.

Exclusivité Gaumont.

L'inconnue sépara les bandits, voulant, puisqu'il lui fallait appartenir à l'un d'eux, choisir elle-même son amant.

souriait. Et elle me disait si tristement que ses peines allaient finir que je me tordais les mains, et que je me mordais les lèvres pour ne pas crier... Alors, je perdis la tête... Oh !... monseigneur... épargnez-moi le reste...

— Parle, mon enfant, dit Roland d'une telle voix de douceur que Juana reprit en bégayant :

— Je descendis.. il faisait nuit... un homme m'aborda... un jeune seigneur... Quand je remontai, j'avais le cordial, j'avais des vivres... Ah ! monseigneur, pardonnez-moi d'avoir employé de l'argent impur à nourrir votre mère !....

Roland fit un pas, et lourdement se laissa tomber à deux genoux, et il saisit les mains de Juana sur lesquelles, pieusement, humblement, il déposa un baiser, tandis que des sanglots lui secouaient les épaules.

— Que faites-vous, monseigneur ? s'écria Juana. Vous, aux pieds d'une pauvre courtisane !...

— Ce que je fais ! sanglota Roland. Je te révère et te bénis, et je te dis : O Juana, ma sœur, tu m'es sainte, tu m'es sacrée, et j'adore ton pauvre cœur sublime...

— Tonnerre de Dieu, j'étouffe ! gronda Scalabrino en ouvrant violemment la fenêtre.

Pendant quelques minutes, ce fut dans l'humble petite pièce un concert de lamentations ; le cœur de Roland se brisait, et peut-être fût-il mort de cette angoisse, si les larmes ne se fussent échappées à flots de ses yeux brûlés. Juana, pensive, sereine, acceptait maintenant ces baisers de piété qu'il déposait sur ses mains comme si elle eût compris que cet hommage suprême était en harmonie avec son obscur dévouement.

Roland se releva enfin, ses traits bouleversés s'immobilisèrent, et il dit :

— Achève, mon enfant...

— Je n'ai plus que peu de mots à vous dire, poursuivit Juana avec une sorte de timidité. Les forces de votre pauvre mère déclinèrent rapidement... Je fis ce que je pus pour qu'elle n'eût pas à souffrir. Quand je n'avais plus d'argent, je savais maintenant où en trouver... Un soir, c'était le 10 juin de l'an 1510, un an jour pour jour après votre arrestation, elle s'éteignit dans mes bras, en murmurant votre nom. Je mis un rameau de buis entre ses mains pâles, et je l'ensevelis dans un drap blanc. Et le lendemain, quand on l'eut enlevée, quand je me retrouvai toute seule en ce monde, je pleurai amèrement. C'est tout, monseigneur !...

Longtemps, Roland garda le silence, tandis que Juana, d'avoir remué ces souvenirs, pleurait doucement.

Quelles pensées se levèrent, spectres livides, dans l'esprit de Roland ?

Quel orage se déchaînait dans son âme, tandis que son visage pétrifié gardait une énigmatique immobilité !...

Assistait-il à la mort de sa mère ?

Reconstituait-il les douleurs secrètes de la morte ?

Ses lèvres tremblaient parfois légèrement comme s'il eût parlé à quelqu'un...

A qui parlait-il ?... Et que disait-il ?...

Un dernier grondement de la tempête qui s'apaisait au dehors le fit tressaillir, le réveilla de cette tragique rêverie.

— Juana, dit-il doucement, à partir de ce jour, tu n'es plus seule en ce monde. Tu as un frère. C'était d'ailleurs la volonté de ma mère qui sans doute, avec ses yeux de mourante, a vu ce qui se passerait, puisqu'elle t'a appelée sa fille... Va, Juana, va, ma sœur... Va aussi, Scalabrino... Laissez-moi seul... J'ai besoin de descendre en moi-même et de reconnaître l'homme nouveau que je sens se lever en moi...

Juana et Scalabrino, ayant jeté sur Roland un regard où il y avait presque de l'effroi, obéirent...

Quant à Roland, il s'assit dans le coin le plus sombre de la petite cuisine, et la tête dans les mains, s'abîma dans une profonde méditation.

XX

LE JARDIN DE L'ILE D'OLIVOLO

Ce fut vers le soir seulement que Roland rejoignit Juana et Scalabrino. Il prit alors sa part du repas que la jeune femme prépara en toute hâte, et s'ingénia à causer, interrogeant tantôt Juana, tantôt Scalabrino, qui raconta sommairement ses six ans de plombs. Mais des événements qui le touchaient directement il ne dit pas un mot.

La nuit vint.

La tempête s'était tout à fait apaisée.

Accoudé maintenant à la fenêtre qui dominait le port, Roland aspirait les émanations de l'Adriatique, qui, passant par-dessus la langue de terre du Lido, arrivaient jusqu'à lui, chargées des puissants et charmants parfums de la mer.

Sur sa tête s'étendait un beau ciel étoilé, et il levait les yeux vers les astres scintillants, comme s'il eût cherché à lire dans leurs yeux le secret de sa destinée.

En bas, Venise renaissait.

Il entendait les cris des marchands d'eau fraîche et de pastèques, les chants des gondoliers, les rires des jeunes filles que suivaient de beaux garçons.

Après la journée terrible qu'il venait de passer en tête à tête avec la Haine, Roland se reprenait à un peu d'espoir et de vie. Peu à peu, les pensées amères passaient au second plan, et enfin, l'image de la bien-aimée, de nouveau victorieuse, vint occuper toute son âme.

Onze heures sonnèrent à un clocher.

Roland parut se réveiller soudain, et se retournant vers Scalabrino :

— Je vais sortir, dit-il ; tu m'attendras ici.

— Je vous accompagne, monsegneur.

— Non pas. Il faut que je sois seul dans la visite que je vais faire.

— Pourtant, vous ne pouvez sortir ainsi, dit Juana. Vous ne feriez pas cent pas sans être reconnu et suivi par quelque espion.

Juana avait raison. Roland, avec ses cheveux broussailleux et sa longue barbe inculte, et le vêtement sommaire qu'il avait trouvé sous la tente de la gondole, eût infailliblement attiré l'attention des passants et la curiosité des sbires.

— Asseyez-vous, reprit Juana. J'ai quelque adresse.

Roland se laissa faire et prit place sur l'escabeau que lui aprochait Juana. En quelques coups de ciseaux, celle-ci eut fait tomber la barbe de Roland ; puis elle peigna soigneusement ses cheveux, qu'il avait fins comme des cheveux de femme. En dix minutes, Roland se trouva transformé.

— Des habits, maintenant ! fit Juana qui courut ouvrir un grand coffre. Voici les habits de fête du pauvre Nino qui mourut l'année de ton arrestation.

— Nino ? interrogea Roland.

— Un de mes compagnons, répondit Scalabrino. Un de ceux qui eurent si grand peur en vous reconnaissant sur le quai d'Olivolo...

Bientôt, Roland eut revêtu le costume de marinier que lui présenta Juana. Ainsi transformé, il était méconnaissable.

Alors il sortit, après avoir fait un geste affectueux à Juana.

Dehors, il se mit à marcher d'un bon pas, traversa Venise à pied, prenant par les ruelles. Il fallait connaître la Ville des Eaux comme Roland la connaissait pour aller ainsi à son but sans employer les grandes voies des canaux qui sont les véritables rues de Venise.

Tout était désert.

Cependant, en longeant un quai du Grand Canal, Roland passa près de quelques groupes et il entendit que ces groupes s'entretenaient de l'évasion de deux bandits redoutables. L'événement avait dû faire sensation.

Tout en marchant, Roland se posait cette question :

— Comment et pourquoi Dandolo est-il devenu grand inquisiteur d'Etat ? Quand et pourquoi le père de Léonore a-t-il remplacé Foscari dans cette terrible fonction ?

D'ailleurs, il n'en éprouvait pas une grave inquiétude.

Une autre question, à la suite des deux premières, se dressait dans sa tête comme un implacable corollaire de géométrie :

— Puisque le père de Léonore est grand inquisiteur d'Etat, pourquoi n'a-t-il pas employé son pouvoir à ma délivrance ?

Mais cette question, il l'écartait obstinément.

Et les sourdes angoisses qui lui étreignaient la gorge s'évanouissaient devant cette solution à laquelle il se raccrochait :

— Léonore, d'un mot, va tout m'expliquer.

Et tandis que ce débat se poursuivait tout au fond de lui-même, comme en sourdine, il affectait de s'inquiéter surtout de la façon dont il éviterait à Léonore le choc d'une joie trop soudaine et trop puissante. Il combinait un plan. Il sauterait dans le jardin par-dessus le mur, tâcherait de réveiller quelque servante et ferait prévenir le père de Léonore. Une fois là, il verrait.

Lorsqu'il eut enfin traversé un dernier pont et qu'il se trouva dans l'île d'Olivolo, presque à la place où, six ans avant, il avait renversé Scalabrino, son cœur se mit à battre plus fort. Il continua à s'avancer. Mais bientôt, il fut saisi d'un tel tremblement que ses jambes se dérobèrent et qu'il dut s'asseoir sur une marche de la porte basse de l'église. Il chercha alors à se raisonner.

— Voyons, la joie ne la tuera pas. Sans doute elle a dû souffrir autant que j'ai souffert. Sans doute l'émotion de me revoir est redoutable. Mais, au bout du compte, la douleur est plus à craindre que la joie... et ces minutes d'hésitation sont autant de minutes perdues pour son bonheur...

Mais, tout en parlant ainsi, il ne pouvait se décider à gagner la maison Dandolo, et il sentait bien que la question n'était pas là !... Il le sentait, que la cause de son angoisse, c'était ce terrible point d'interrogation :

— Pourquoi Dandolo, devenu puissant, ne m'a-t-il pas délivré ?

Brusquement, il se leva et marcha au jardin en longeant l'église. Il y marcha comme il eût marché à l'échafaud. A cette minute affreuse, le ciel s'écroulant sur sa tête lui eût semblé une catastrophe moindre *que celle qu'il attendait.*

Quelle catastrophe ?...

Il ne savait !... Léonore morte, peut-être ! Ou autre chose ! Et c'était cette autre chose qu'il n'avait pas le courage d'évoquer.

Il se trouva tout à coup en présence du mur qui entourait le jardin Dandolo. Il vit la petite porte. Il vit les frondaisons que dominait le grand cèdre noir dans la nuit. Tous les détails familiers qu'il avait mille et mille fois reconstitués au fond de son cachot, il les avait sous les yeux !

Au même instant, ses craintes s'évanouirent.

Un flot d'amour emporta les angoisses, les terreurs imprécises et les questions sans réponse.

Il demeura quelques minutes haletant, muet, tremblant, et l'impression fut si forte qu'au moment où il s'élança sur la crête du mur, il avait la certitude absolue que Léonore allait lui apparaître !

Deux secondes plus tard, il était dans le jardin.

Il s'arrêta pour respirer, pour refouler l'émotion des souvenirs réveillés en foule, et il regarda autour de lui.

Le jardin était désert. Il paraissait abandonné. Une herbe épaisse avait envahi les allées. Les massifs de fleurs disparaissaient sous l'invasion des arbustes sauvages.

— Qu'est-ce que cela veut dire ? bégaya Roland.

Il essuya son front et gronda :

— Si elle est morte, il vaut mieux que je le sache tout de suite.

Il était chancelant. Jamais il n'avait ressenti pareille angoisse. Il marcha droit à la maison, oubliant toutes les précautions qu'il avait convenues et frappa rudement.

Dans le même instant, il fut tout étonné de se voir là et d'avoir déjà frappé. Il lui sembla que ce coup de poing qui venait de résonner dans une porte était quelque chose d'irréparable. Il eût voulu être loin, ne jamais être venu... Et il eut cette épouvantable appréhension que nul ne lui répondrait, que la maison était vide, comme le jardin était abandonné...

Mais non...

A l'intérieur il entendait des pas... On venait... Mais le bruit de ces pas pesants, que Roland entendait, résonnait avec moins de violence que le bruit de son cœur... Il eut une seconde cette sensation vertigineuse qu'il allait mourir... expirer de joie sous les yeux de Léonore accourue...

— Qui va là ? demanda une voix.

Roland fit un effort. Il assura sa voix et répondit :

— Quelqu'un qui apporte une nouvelle importante.

La porte s'entre-bâilla, maintenue par une chaîne. Une lumière parut. Et dans le limbe de cette lumière, une tête que Roland reconnut aussitôt.

C'était un vieux serviteur de Dandolo.

— Qui êtes-vous ? demanda-t-il. Comment êtes-vous entré dans le jardin à pareille heure ? Sûrement, ce n'est pas sans mauvaise intention. Je vous engage donc à gagner au large...

— Monsieur, dit Roland en joignant les mains, ne me chassez pas. Je me confie à vous. Je suis un proscrit. Je suis entré, il est vrai, dans ce jardin ; mais je ne pouvais faire autrement que j'ai fait sans risquer d'être reconnu. N'aurez-vous pas pitié d'un proscrit ?

Le serviteur regarda cet homme qui parlait ainsi d'une voix si douce qu'il en frissonnait. Et il vit tant de souffrance sur son visage, une telle loyauté dans ses yeux, qu'il retira la chaîne et ouvrit en disant :

— Entrez. Il ne sera pas dit qu'après une vie de probité, le vieux Philippe aura refusé asile à un proscrit! Dieu veuille que Venise connaisse bientôt un autre temps que celui des proscriptions, de ces dénonciations ! Pourquoi tant de malheurs, seigneur Jésus !

Roland était entré et, tandis que le vieillard se livrait à des lamentations prolixes, regardait autour de lui avec une violente émotion.

— Vous tremblez ! reprit le vieillard, et vous êtes tout pâle. Rassurez-vous...

Roland remercia d'un signe de tête. Ses dents claquaient. Sa poitrine se gonflait de sanglots.

Il se trouvait dans la salle à manger de Dandolo.

Là, rien n'avait été changé, et il en reconnaissait les moindres détails. C'étaient les mêmes chaises de bois sculpté à haut dossier, recouvertes d'une tapisserie que Léonore avait brodée ; c'était la même table massive, le même argentier avec son aiguière, les mêmes candélabres.

C'est là, à cette place, qu'il s'asseyait, jadis, près de Léonore. Il revoyait des scènes de son passé. Il étouffait. Il se sentait mourir.

— Asseyez-vous, dit le vieux Philippe, et remettez-vous. Par la vraie croix, nul n'aura l'idée de venir vous chercher en cette maison, je vous le jure.

Roland s'assit.

Le serviteur lui versa un verre de vin qu'il avala d'un trait.

— Peut-être avez-vous faim ? reprit le vieillard.

— Non... merci, dit Roland.

Cependant, il se remettait peu à peu. Lorsqu'il se crut enfin sûr de lui, lorsqu'il eut commandé à ses nerfs de ne pas tressaillir et à son cœur de ne pas se briser, lorsqu'il eut refoulé l'effrayante émotion, il dit :

— Monsieur, je vous remercie de votre bon accueil. Je vais vous dire la vérité. Proscrit, je suis rentré secrètement à Venise pour parler au grand inquisiteur ; on m'a dit que cette maison était la sienne, j'ai attendu la nuit et je suis entré...

— Mais vous vous êtes trompé ! s'écria le serviteur.

— Comment ! Cette maison ne serait-elle pas celle de Dandolo ?..

— Si fait. Cette maison lui appartient. Mais il ne l'habite plus. Et même il n'y vient jamais. Je suis seul ici pour garder la maison. Quant au seigneur Dandolo, il habite son palais du Grand Canal...

Roland respira.

Dandolo n'habitait plus l'île d'Olivolo. Tout s'expliquait ! Il eut un cri de joie et reprit :

— Ah ! c'est donc cela que le jardin m'a paru abandonné !... Et depuis quand Dandolo habite-t-il son nouveau palais ?

— Il y a eu deux ans à la Saint-Jean.

— Et... sans doute... sa famille habite avec lui... n'est-ce pas ?...

— Sa famille ?... Quelle famille ?...

Roland frissonna ; une sueur froide perla sur son front. Il balbutia :

— On m'avait assuré.. qu'il avait... une fille ?...

— Ah ! vous voulez parler de la signora Léonore ?...

— Oui... elle est donc... morte ?...

L'effort qu'il fallut à Roland pour prononcer ce mot le fit blémir.

— Morte ? s'écria le vieillard. A Dieu ne plaise ! elle est pleine de vie et de beauté !...

Roland se mordit les lèvres jusqu'au sang pour étouffer le rugissement de joie infinie qui montait du fond de son cœur. Cette seconde payait six ans de torture.

A ce même instant, le vieillard, d'une voix indifférente, ajouta :

— La signora Léonore, naturellement, habite le palais de son illustre époux... Holà ! holà ! seigneur proscrit ! qu'avez-vous donc ?...

Roland s'était relevé d'un bond. Livide, échevelé, flamboyant, il avait saisi le vieux serviteur par les deux épaules et le secouait frénétiquement. Il rugissait :

— Misérable vieillard, tu dis que Léonore est mariée !...

— Oui !...

— Depuis quand ? Parle, ou je t'étrangle.

— Depuis deux ans ! hoqueta l'homme.

— Le nom du mari ?

— Altieri !...

Roland leva vers le ciel ses poings crispés et ses yeux convulsés. Puis, avec un long gémissement, une sorte de clameur sans expression humaine, chancelant, éperdu, il s'en alla comme un chêne foudroyé s'en va au gré du torrent qui l'emporte.

Pendant quelques minutes, le vieillard tremblant entendit cet horrible gémissement qui s'éloignait et finit par s'éteindre.

Puis le silence se fit de nouveau, majestueux et serein, dans le jardin de la maison Dandolo, troublé seulement par les trilles d'un rossignol qui chantait l'amour à la cime du grand cèdre.

Que devint Roland dans le cours de cette nuit ?

Erra-t-il dans cette Venise silencieuse pour y retrouver dans ses souvenirs un reflet de son bonheur passé ? Alla-t-il rôder autour du palais Altieri pour essayer d'entrevoir l'ombre de Léonore ? Quelles pensées l'assaillirent ?... Et comment triompha-t-il du désespoir ?...

Qui eût pu le dire ?

Il y a des heures dans la vie de certains hommes qui échappent à toute analyse et à toute appréciation, parce que ces hommes, à ces heures-là, sont hors l'humanité...

Reprenons donc simplement le fil de notre récit, nous confiant aux événements pour nous dire quelles résolutions suprêmes avaient dû se présenter en cette nuit à l'esprit de Roland.

Il entra au matin dans le logis de Juana.

La jeune femme et Scalabrino n'étaient certes pas des observateurs rigoureux. Mais ils furent frappés de l'expression de ce visage qui s'était comme pétrifié. Scalabrino dit plus tard qu'à ce moment, il lui avait semblé voir entrer une statue de marbre et que cela lui avait causé une sorte de terreur. La bouche semblait avoir pris un pli définitif, et c'est en vain qu'on eût cherché dans les yeux le reflet d'un sentiment quelconque — tendresse ou haine. Et pourtant, il y avait dans ces prunelles un peu dilatées un éclat insoutenable, pareil à l'éclat de l'acier.

En le voyant entrer, Scalabrino avait poussé un cri de joie.

Il avait passé la nuit dans une mortelle inquiétude, et comme Juana lui avait un moment reproché de ne pas avoir suivi Roland de loin, il avait répondu :

— Puisque le maître veut être seul, je n'ai pas le droit de le suivre.

C'était la première fois que Scalabrino employait cette expression de « maître ». Elle lui vint tout naturellement, car elle traduisait avec exactitude sa pensée. Sa réponse à Juana indiquait le culte qu'il avait voué à Roland et révélait probablement quelque obscur serment d'obéissance absolue et de fidélité sans bornes qu'il avait dû se faire à lui-même.

Scalabrino avait mis d'ailleurs à profit une partie de la nuit.

Accablé de fatigue, il avait dormi trois heures sur une chaise, dans la cuisine, la tête sur la table, tandis que Juana lui accommodait activement un costume. Puis il avait coupé ses cheveux, taillé sa barbe, et enfin procédé à une toilette qui l'avait entièrement transformé.

En entrant, Roland but coup sur coup deux verres d'eau.

Puis se tournant vers Scalabrino, il dit :

— N'est-ce pas aujourd'hui dimanche ?

— Oui, monseigneur.

— Ne serais-tu pas bien aise d'entendre la messe à Saint-Marc ?

Scalabrino le regarda avec étonnement. Il ne connaissait pas ces sentiments religieux à Roland, et pour son compte il ne croyait ni à dieu ni à diable. Et puis la question était si bizarre, l'accent de la voix si étrange qu'il ne savait trop que penser.

Il se contenta donc d'un grognement qui pouvait à la rigueur passer pour une approbation.

— Puisque tu éprouves le besoin d'aller remercier le Seigneur des évidentes faveurs dont il nous comble, je veux t'accompagner, reprit Roland de cette même voix qui avait déjà si vivement impressionné Scalabrino.

Juana joignit les mains.

— Si on allait vous reconnaître ! fit-elle.

— On ne nous reconnaîtra pas, dit Roland avec une telle assurance que la jeune femme, l'ayant regardé, se prit à murmurer :

— En effet, c'est à peine si je le reconnais moi-même ! Qu'a-t-il pu se passer cette nuit ?...

— C'est donc entendu, acheva Roland, nous assisterons à la grand'messe de midi. En attendant, viens avec moi.

Ils sortirent tous deux...

Au moment de son arrestation, le soir des fiançailles, Roland portait sur lui plusieurs bijoux de grand prix, selon la mode du temps.

D'abord, une chaîne d'or autour du cou.

Puis une ceinture enrichie de pierreries.

Puis une épée dont la poignée était garnie de rubis et de diamants.

Enfin une bague à l'un de ses doigts.

La chaîne lui avait été donnée par le Conseil des Dix à l'occasion de son ambassade auprès du pape ; la ceinture lui venait de sa mère ; l'épée était un présent de son père, le doge Candiano, et la bague lui avait été donnée par Léonore, la veille même des fiançailles.

Chaîne, épée et ceinture avaient disparu, soit au moment de l'arrestation, soit au moment de la lutte quand on l'avait poussé vers les puits.

Mais la bague était restée à son doigt.

Pendant les six ans qu'il avait passés au fond des puits, cette bague lui avait été une sorte de fétiche protecteur, et bien souvent, à contempler le diamant qui brillait dans la nuit de son cachot, il s'était figuré que Léonore le regardait.

Cette bague était maintenant l'unique richesse de Roland. Elle était, d'ailleurs, d'une grande valeur et portait un magnifique solitaire.

Roland, en sortant de la maison de Juana, se dirigea vers le Rialto.

Le Rialto, maintenant désert et triste, était alors le centre des élégances de Venise. C'était un large et superbe pont qui supportait les boutiques les plus riches, sortes de caravansérails où se vendaient les tapis de l'Inde, les écharpes brodées, les pierres précieuses, les bijoux, les ustensiles d'or et d'argent.

Roland entra sans hésiter dans la boutique d'un marchand chez qui, jadis, au temps de son adolescence un peu fiévreuse, il avait fait maint achat. Le marchand le regarda. Roland supporta cet examen sans sourciller ; il arracha de son doigt la bague de Léonore, — presque la bague des fiançailles.

Il n'eut pas un tressaillement, pas une hésitation.

Seulement, comme la bague s'était pour ainsi dire incrustée à son doigt, il dut faire violence, le diamant l'écorcha légèrement, et une goutte de sang perla.

— Mauvais signe ! ricana le marchand. Cette bague eût fini par vous tuer.

— C'est pour cela que je m'en débarrasse, dit Roland.

Le marchand prit la bague, en extirpa délicatement la pierre, la pesa, l'examina à la loupe, parut se consulter, fit la grimace, joua enfin la comédie que jouent tous les marchands de toute éternité, et offrit deux cent écus d'or. Elle en valait cinq cents.

Roland, sans un mot, prit les deux cents écus d'or et les remit à Scalabrino.

Puis Roland sortit et se dirigea vers un fripier.

Il faut noter que deux cents écus d'or constituaient une petite fortune. Il faut se rappeler aussi que Scalabrino n'avait interrompu que pour entrer en prison l'honorable métier qu'il exerçait avant d'être arrêté, et que ce métier, c'était celui de bandit, de détrousseur. Six ans auparavant, Scalabrino, en recevant les deux cents pièces d'or toutes rutilantes, n'eût songé qu'à gagner le large ; avec une pareille somme, il eût eu de quoi vivre un an à sa fantaisie.

Lorsque Roland lui remit le sac d'or, Scalabrino demeura un instant étourdi. Quelque chose comme une flamme d'orgueil parut dans ses yeux, puis ses yeux se reportèrent sur celui qu'il appelait son maître avec une reconnaissance profonde. Ainsi, on lui confiait une grosse somme, à lui *aussi !*... Ce simple geste de Roland fut peut-être dans l'âme de Scalabrino plus considérable, ce fut une chose plus énorme que la grâce du quai d'Olivolo et l'entretien dans le cachot à la minute de l'exécution.

— Eh bien, que fais-tu donc ? fit Roland en se retournant et voyant que son compagnon s'était arrêté, pensif.

— Je vous suis, maître ! dit Scalabrino d'une voix étranglée.

Chez le fripier, Roland choisit deux costumes complets de cavaliers étrangers.

— Nous allons donc voyager à cheval ? demanda Scalabrino.

— Peut-être ! Emporte le paquet et viens me rejoindre au pied du Lion.

Scalabrino s'éloigna rapidement. Roland gagna la place Saint-Marc et s'arrêta au pied de la colonne qui portait le Lion allégorique aux ailes éployées. Là, il y avait un rassemblement assez considérable. Et ce rassemblement était occupé à lire et à commenter une tablette qui dénonçait l'évasion du bandit Scalabrino et, disait l'affiche, « d'un autre bandit plus dangereux encore ».

Suivait un signalement détaillé des deux fugitifs et l'annonce d'une récompense de cent écus à qui donnerait un indice.

Roland s'approcha à son tour de la tablette, et la lut attentivement.

— Avec un pareil signalement, les deux bandits n'iront pas loin, lui dit un bourgeois.

— En effet, monsieur, répondit Roland.

Et il songeait :

— *Pourquoi la tablette ne donne-t-elle pas mon nom ?*

Quelques instants plus tard, il fut rejoint par Scalabrino. Ils entrèrent tous deux dans la vaste église, et à travers la foule, se frayèrent un chemin jusqu'à quelques pas du maître-autel.

L'office était commencé.

L'officiant allait et venait sur les degrés de l'autel.

Scalabrino, qui entrait peut-être pour la première fois dans une église, regardait avec étonnement cette foule de gens attentifs comme à un spectacle.

Roland avait les yeux fixés sur l'officiant.

Celui-ci se retourna un instant vers la foule, les bras ouverts, puis se dirigea vers l'évangile, dont il se mit à tourner les pages.

Un imperceptible tressaillement avait agité Roland, et si maître de lui qu'il fût devenu depuis quelques heures, il dut se faire violence pour étouffer le rugissement qui montait à sa gorge pendant que ses yeux s'injectaient de sang.

Et l'officiant eût défailli d'épouvante s'il avait pu percevoir ce rugissement et en deviner la cause.

Car cet officiant, c'était Monseigneur Bembo, par la grâce de Dieu évêque de Venise.

Roland l'avait deviné dès qu'il l'avait aperçu. Maintenant, il était bien sûr que ce Bembo, évêque, était bien le Bembo ami de son adolescence et courtisan de son heureuse jeunesse, — le Bembo qui avait glissé dans l'oreille de sa mère ces paroles mystérieuses qui l'avaient tuée !...

Alors, Roland saisit la main de Scalabrino.

Et au moment où Bembo se retournait une fois encore vers la foule, il dit :

— Regarde bien l'évêque !

Scalabrino fixa son regard sur l'évêque.

Et il pâlit... Il trembla, ses poings se crispèrent.

Roland entraîna le colosse.

Et quand ils furent dehors, il lui dit :

— Eh bien, Scalabrino, on dirait que la vue de l'évêque t'a affecté ?...

— Oui, monseigneur ! fit l'hercule d'une voix sombre.

— Bah !... Pourquoi donc ?

— C'est que cet évêque, monseigneur...

— Eh bien ?... parle, voyons !

— Eh bien, c'est l'homme qui m'a payé pour me faire crier « Vive Roland Candiano » le soir de vos fiançailles ! C'est l'homme qui, au moment de l'émeute, m'a désigné votre mère à tuer !...

Quelque chose comme un livide sourire glissa sur les lèvres de Roland, qui murmura :

— Je ne m'étais pas trompé !... O Bembo, pour ta trahison, pour le forfait que tu méditas, je te ferai souffrir... œil pour œil, douleur pour douleur ! Mais pour avoir détruit dans mon cœur la croyance à l'amitié, que devrai-je te faire ?...

En rentrant au logis de Juana, Roland prit quelques heures de sommeil. Il voulait maintenant garder toutes les forces de son corps et s'habituait à commander au sommeil comme à ses sensations et à ses sentiments.

Sur le soir, il sortit en recommandant à Scalabrino de ne pas s'inquiéter s'il ne rentrait pas de quelques jours.

En effet, il fut absent pendant huit jours.

Le soir du huitième, il reparut, et sans parler de ce qu'il avait fait pendant ce temps, se contenta de dire à Juana :

— Nous allons partir ; dans trois ou quatre jours, Scalabrino viendra te chercher, Juana. Consentiras-tu à le suivre ?

— Pour où aller, monseigneur ?

— Pour me rejoindre.

— Je serai prête, dit Juana.

— Bien. Voici quelque argent pour subvenir à tes besoins pendant mon absence.

— Monseigneur...

— Ne t'ai-je pas dit, Juana, que je me chargeais de ton existence ? Ne pleure plus, ne songe plus au passé ; dès maintenant, tu as un frère qui, de près ou de loin, s'inquiétera de toi...

Roland et Scalabrino revêtirent alors les costumes de cavaliers achetés chez le fripier du Rialto et s'éloignèrent.

Au quai, Roland sauta dans une grande barque, et s'allongeant sous la tente, ferma les yeux, tandis que Scalabrino s'installait à l'avant.

Sans doute, le barcarol attendait et était prévenu ; car il se mit aussitôt à pousser sa gondole qui traversa Venise de l'est à l'ouest. Une fois hors la ville, il hissa une voile, et la barque se mit à glisser, légère et rapide, sur la grande lagune qui sépare Venise de la terre ferme.

Lorsqu'on aborda, il faisait nuit noire.

XXI

LA ROUTE DE TRÉVISE

A peine débarqué, Roland s'engagea sur un chemin de traverse, marcha une partie de la nuit et parvint à la petite ville de Mestre, qui était comme l'avant-garde de Venise en terre ferme. Il coucha dans une auberge, et au soleil levant, s'enquit à l'hôte de deux chevaux qu'il voulait acheter. L'hôte répondit :

— Il y a justement dans mon hôtellerie un seigneur qui désire vendre plusieurs magnifiques chevaux dont il n'a plus que faire, puisqu'il va s'installer à Venise. Si Votre Seigneurie veut bien me suivre...

Roland acquiesça d'un geste et suivit l'aubergiste qui, le bonnet à la main, le conduisit à la plus belle chambre de son hôtellerie.

Au moment d'entrer, l'hôtelier se tourna vers Roland et lui dit :

— Ne vous étonnez pas des façons de ce seigneur : il est très riche et aime peut-être un peu trop ses aises.

Sur ce, le patron du *Soleil d'Argent* — tel était le nom de l'hôtellerie — frappa, et sur une réponse faite de l'intérieur par une voix tonitruante, il entra, suivi de Roland.

— Illustre Seigneurie, dit-il en se courbant, le bonnet à la main, voici justement quelqu'un qui désire acheter des chevaux.

— Eh ! maraud ! répondit l'homme, est-ce la peine de me déranger pour si peu ! Et ne pouvais-tu t'adresser à l'un de mes secrétaires ?...

— J'ai cru bien faire, monseigneur, balbutia l'hôte.

— C'est bien, va-t'en. Monsieur, ajouta l'homme en s'adressant à Roland, tandis que l'hôtelier disparaissait, veuillez pardonner à ma juste colère... Car n'est-ce pas un crime de déranger un homme tel que moi, à l'instant même où il va avoir un tête-à-tête avec Bacchus et Vénus !... Cependant, votre figure me plaît, bien que, par les mamelles de Margarita ! vous ayez plutôt l'air d'un déterré que d'un bon vivant comme moi. S'il vous plaît nous tenir compagnie...

— Excusez-moi, monsieur, dit Roland, je suis assez pressé. Dites-moi simplement s'il vous convient de me vendre deux de vos chevaux, et le prix que vous en désirez.

— Le prix ! le prix ! maugréa l'inconnu. C'est à voir ! Car, malgré les apparences, je tire le diable par la queue, moi !

Ce disant, il s'installa devant une table qui, malgré l'heure matinale, était déjà chargée de tous les éléments d'un plantureux déjeuner. Près de lui prirent place deux jeunes femmes qui avaient toute l'apparence de courtisanes, avec leurs bras nus chargés de bracelets, leurs seins à peine cachés par une légère chemisette et leurs cheveux dénoués.

Roland attendait avec une patience impassible.

— Monsieur, reprit l'inconnu en attaquant un pâté qu'il repoussa ensuite devant les deux femmes, tout compte fait, je vous vendrai mes deux meilleurs chevaux Neptune et Pluton.

Il était évident que cet homme cultivait la mythologie.

— En effet, reprit-il, je vais m'installer à Venise... Venise la belle, Venise où la rudesse des chevaux est inconnue et où la douce mollesse des gondoles évite au poète jusqu'à la moindre fatigue sur ces chemins neptuniens qu'on appelle des canaux et qui transportent nos rêves en les berçant d'un rythme qui... au diable la période ! Chiara, une rasade de Falerne, mon enfant !

L'une des deux femmes remplit le verre de l'inconnu qui le vida d'un trait, essuya ses fortes moustaches noires en les suçant du bout des lèvres, poussa un large soupir de satisfaction, et continua :

— Bref, je vais honorer de ma présence l'illustre Venise à qui cette dernière illustration manquait. J'y suis appelé par mon digne ami Bembo...

Roland fit un mouvement imperceptible.

— ...Et par d'autres seigneuries notables, poursuivit l'homme, entre autres le grand, le magnifique et sublime Foscari lui-même, qui n'est autre que le doge de Venise.

Roland tressaillit, et ses paupières eurent un battement rapide.

Mais il ne fit pas un geste qui pût trahir sa pensée.

Le bavard inconnu, étonné de n'avoir pas produit plus d'effet, grommela :

— Au diable la figure énigmatique ? Cet homme va-t-il chez Satan, ou en revient-il ?

Il se renversa dans son fauteuil et, décidé à écraser son interlocuteur, il ajouta :

— Monsieur, je m'aperçois que nous avons oublié une formalité à laquelle se soumettent tous les hommes de la bonne société dont je suis et dont je ne doute pas que vous soyez aussi. Nous ne nous sommes pas dit qui nous sommes. Pour réparer cet oubli, je vous annoncerai donc que je m'appelle Pierre Arétin...

L'homme attendit en dévisageant Roland.

Celui-ci ne broncha pas.

— Pierre Arétin ! reprit l'homme avec désappointement. Et vous ?

— Monsieur, je suis un passant qui désire acheter deux chevaux. Vous convient-il de me vendre les vôtres ?

— Par le sein, par la gorge, par le ventre satiné de Chiara ! Je vous vends Neptune et Pluton, deux bêtes qui ont eu l'honneur de porter maître Pierre Arétin de Ferrare à Mantoue, de Mantoue à Vérone, de Vérone à Padoue et de Padoue à Mestre ! Mais c'est la première fois qu'il m'arrive de voir un mortel accueillir avec indifférence le nom à jamais fameux de Pierre Arétin !... Peut-être êtes-vous étranger ?

— Je le suis.

— Tout s'explique ! Mais ma renommée a franchi les bornes de l'Italie. Il faut que vous veniez de bien loin ?...

— De très loin.

— S'il en est ainsi, votre ignorance est excusable. Restez, je vous citerai quelques-unes de mes poésies.

Roland secoua la tête.

— Oui, vous êtes pressé, ô homme pâle et taciturne. Enfin, laissez-moi vous dire que si vous repassez par Mestre dans une dizaine de jours, vous me retrouverez ici, et alors peut-être serez-vous moins pressé. Car, avant de confier la vie de l'Arétin au frêle esquif qui va le transporter à Venise, j'ai l'intention d'aller visiter les gorges de la Piave qui sont au-dessus de Trévise.

« Mais puisque vous êtes pressé, je vous déclare que je vous céderai Neptune et Pluton pour cinquante ducats, et j'y perds, mais votre air me plaît.

Roland tira les cinquante pièces d'or de sa bourse et les plaça sur la table devant celui qui s'était appelé Pierre Arétin.

Puis, ayant salué d'un léger signe de tête, il se retira, tandis que Pierre Arétin comptait soigneusement son or. Comme il allait atteindre la porte, Roland se retourna à demi et dit :

— Vous dites donc, monsieur, que vous êtes l'ami du doge Foscari ?

— Certes ! Et des plus illustres seigneurs de Venise...

— L'évêque Bembo, par exemple ?

— Oui-dà. Et si vous avez besoin d'une recommandation, venez hardiment me trouver à Venise. Je serais content de vous être utile, car vous avez une façon de payer, sans marchander, qui m'a fort touché. Viendrez-vous ?

— Peut-être ! dit Roland.

Et cette fois il disparut.

Un quart d'heure plus tard, Roland et Scalabrino prenaient la route de Trévise. Il se trouva que Neptune et Pluton étaient en effet deux bêtes solides. Vers deux heures de l'après-midi, ils entraient dans Trévise où Scalabrino et les deux chevaux mangèrent de bon appétit et où Roland but un verre de vin.

Puis ils se remirent en route, vers le nord.

De temps à autre, Roland interrogeait quelque paysan.

Bientôt, se profilèrent à l'horizon les masses bleuâtres des premiers contreforts des Alpes. Le terrain devenait accidenté. Plus on avançait, plus Scalabrino regardait autour de lui avec une inquiétude croissante. Roland notait les signes d'agitation que donnait son compagnon de route.

Comme le soleil se couchait à l'horizon, ils arrivèrent en vue d'un village.

— Reconnais-tu ce village ? demanda Roland.

— Oui, monseigneur, fit Scalabrino ; j'y suis venu autrefois.

— Ah ! dit Roland d'une voix altérée. Et comment s'appelle-t-il ?

— Nervesa.

— Nervesa ! exclama sourdement Roland.

Il arrêta net son cheval et ses yeux flamboyants se fixèrent sur une agglomération de maisons basses, placées au pied d'un monticule au bas duquel coulait l'eau rapide d'un fleuve. Scalabrino, étonné, respectait le silence de celui qu'il appelait son maître. Il l'entendit murmurer des paroles confuses. Enfin, Roland mit pied à terre, et indiquant d'un geste à Scalabrino qu'il devait l'attendre à cet endroit, s'avança à pied vers le village.

Devant la première maison, assise sur un banc de pierre, une vieille femme filait sa quenouille. Roland la vit et se dirigea vers elle, puis, brusquement, s'arrêta et passa sa main sur son front.

— Aurai-je le courage de demander ? murmura-t-il.

Sa tête retomba sur sa poitrine. Un sanglot râla dans sa gorge, et de nouvelles paroles indistinctes firent trembler ses lèvres :

— J'ai cherché ma mère... et ma mère était morte d'horreur... J'ai cherché ma fiancée, et ma fiancée s'était donnée au plus lâche de ceux qui m'avaient condamné... Que vais-je apprendre, maintenant que je cherche mon père ?

Il fit encore un pas vers la vieille femme qui l'examinait curieusement ; mais il s'arrêta de nouveau... Non !... Il n'osait pas.

A ce moment, un bruit confus de cris

aigres, comme une clameur d'enfants qui jouent, se fit entendre. Des chiens aboyèrent. Roland entendit des éclats de rire enfantins.

— Qu'est-ce que cela ? gronda-t-il en frissonnant.

Tout à coup, d'une ruelle latérale, à cinquante pas de lui, déboucha sur la grande route une bande joyeuse qui scandait une façon de ritournelle enfantine, parmi des cris et de grands rires clairs. La bande entourait quelque chose ou quelqu'un qui devait marcher lentement et que Roland ne distinguait pas bien. Le cœur défaillant, il s'avança à grands pas.

A ce moment, des cris plus aigus, des rires plus perçants retentirent et la bande se recula, élargit son cercle, comme effarouchée... Et dans l'éclaircie, Roland aperçut un homme, un vieillard à longue barbe blanche, mal vêtu, maigre, qui marchait courbé sur un bâton ; le vieillard venait de faire un geste de menace... ou de supplication... de là, les cris plus joyeux et les rires plus féroces...

Cet homme, Roland le reconnut du premier coup d'œil.

Un épouvantable battement de cœur, un de ces battements comme il en avait déjà subi deux ou trois et qui semblent sonner la mort dans la poitrine soulevée... une sorte de rugissement rauque... un peu de sang à ses yeux... ce furent les signes de son angoisse à cette station nouvelle de son calvaire. Il voulut s'élancer, et ses jambes se dérobèrent sous lui... il voulut jeter quelque terrible invective à la bande, et sa gorge râla une plainte. Seulement ses bras se tendirent...

La bande, à cet instant, s'éparpillait. Le vieillard venait de lever son bâton. Un enfant ramassa une pierre et la jeta au vieux qui, de ses mains tremblantes, essuya son visage ensanglanté... S.. pierre jetée, l'enfant, gamin d'une douzaine d'années, en ramassait une autre lorsqu'il poussa un cri de terreur folle ; il se sentit saisi, soulevé en l'air par deux mains qui s'incrustaient dans ses bras. Une seconde, Roland balança l'enfant au-dessus de sa tête comme pour le broyer contre le mur d'une maison proche...

Comment ne tua-t-il pas le misérable gamin ?

Par quelle force prodigieuse put-il s'arrêter à temps ?

Brusquement, il déposa sur le sol l'enfant blême de terreur, et livide lui-même, il dit doucement :

— Va, mon enfant, dépêche-toi, sauve-toi, dans une seconde, je ne serai plus maître de moi... Va...

L'enfant jeta un regard sur cet étranger, et sans doute il comprit, car, avec une clameur d'épouvante, il se sauva à toutes jambes. La bande, d'abord interdite par cette apparition soudaine, fut à son tour prise de panique et, en deux secondes, il n'y eut plus sur la grande route que le vieillard qui s'essuyait le visage, et Roland qui le regardait haletant, éperdu, comme on regarde dans les cauchemars.

A ce moment, un homme s'approcha de lui et tranquillement lui dit :

— Est-ce que par hasard, vous connaissez *le Fou ?*

— Quel fou ? rugit Roland hagard.

L'homme, du doigt, lui montra le vieillard, le doge Candiano... son père ! Roland tomba à la renverse, évanoui dans la poussière de la route.

. . . .

Lorsque Roland revint à lui, quelques minutes plus tard, il vit qu'on l'avait transporté dans une maison, et qu'il était assis dans un fauteuil.

Devant lui, l'homme qui lui avait parlé sur la route le regardait avec étonnement.

Roland se leva, et tout de suite son regard tomba sur le vieux Candiano qui, assis sur un escabeau, souriait d'un sourire paisible et indécis.

— Monsieur, dit l'homme, je suis le magistrat de ce village, et, voyant que vous vous intéressiez à l'aveugle, je l'ai fait entrer chez moi...

Roland détacha de son père ses yeux agrandis par l'horreur.

— Monsieur, murmura-t-il, êtes-vous un homme ?... Avez-vous dans le cœur un peu de pitié ?... Si oui... laissez-moi quelques instants seul avec... lui !...

Le magistrat eut un geste vague, s'inclina et sortit

Roland, alors, fit un violent effort et s'avança vers le vieillard.

— Mon père ! appela-t-il à voix basse.

L'aveugle fit un mouvement comme pour mieux écouter, mais son visage demeura fermé.

— Mon père ! répéta Roland dont les poings se crispèrent.

— Ces enfants, dit le vieillard, sont bien méchants. Je ne puis donc jamais sortir respirer un peu sans risquer d'être frappé ?...

—Mon père ! répéta Roland d'une voix brisée.

Il saisit les mains du vieillard.

— Il n'y a plus de justice en ce monde, prononça sourdement celui-ci.

— Il y a une justice, puisque je suis là !... Mon père... écoutez... votre fils... ne vous rappelez-vous pas votre fils... Roland ! Ce nom ne vous dit-il rien ? Roland !

Le vieillard écoutait sans paraître étonné, et son visage n'indiquait pas cet effort de l'intelligence qui se cherche, de la mémoire qui se réveille.

Il répondit très calme :

— Je n'ai pas de fils... Je n'ai jamais eu d'enfant... tout le monde sait cela ici... D'ailleurs, les enfants ne m'aiment pas... ils me frappent ou me jettent des pierres...

Roland tomba à genoux.

— Mon père, ô mon père, bégaya-t-il, vous ne reconnaissez pas ma voix !

Il sanglotait, ses mains serraient convulsivement les mains de l'aveugle.

— Votre voix ! fit celui-ci. Qui êtes-vous donc ?...

— Je suis ton fils... ton fils Roland... Ecoute-moi, père, écoute ma voix ?...

— Je n'ai jamais eu de fils, dit le vieux Candiano. Vous êtes bon, monsieur... qui que vous soyez, je vous bénis... vous me caressez... vous essuyez mon visage... Jamais personne ne m'a caressé... oui, vous devez être bon...

Roland s'était relevé.

Il avait entouré de ses bras la tête blanche du vieillard, et maintenant il lui parlait d'une voix douce et plaintive, il lui racontait ses longues tortures et la trahison de Léonore, il laissait déborder son cœur avec ses larmes, comme si son père l'eût compris, comme s'il en eût attendu une consolation.

Mais rien ne venait troubler la sérénité du visage de l'aveugle — rien, sinon une sorte de vague étonnement qu'éprouvait le vieillard à entendre cet homme se lamenter d'une voix si brisée.

Cette explosion de douleur, qui eût été effrayante pour qui eût pu la comprendre, laissait indifférent le père de Roland — corps sans âme, selon la vieille expression si juste et si terrible.

Cette douleur parut se tarir presque soudainement.

Une sombre expression de haine, de défi, de menace, remplaça sur la figure ravagée de Roland l'expression de sa souffrance.

Il se tut.

Pendant près d'une heure, immobile, les bras croisés, il contempla son père qui, peu à peu rassuré, était tombé dans un paisible sommeil d'enfant.

Avidement, il compta les rides de ce front, supputa les souffrances endurées, s'enfonça dans l'abîme de désespoir au fond duquel son père avait trouvé la folie.

Puis cette expression de haine elle-même disparut.

Les traits de Roland se figèrent.

Il redevint cette statue de marbre qui avait effrayé Juana et Scalabrino.

Alors, il alla ouvrir la porte par laquelle avait disparu le magistrat, et il l'appela. Cet homme avait-il entendu les gémissements de Roland ? Peu lui importait. Il ne cherchait pas à le savoir.

— Monsieur, dit-il de cette voix rauque et brève qui était maintenant sa voix ordinaire, lorsqu'une émotion violente ne l'adoucissait pas, monsieur, je vais emmener avec moi... ce... vieillard. Y voyez-vous un obstacle ?

— Aucun, répondit le magistrat après une légère hésitation. Mais, sans doute, vous avez le droit de faire ce que vous voulez faire ?... Et vous pouvez m'en donner la preuve ?...

— Monsieur, je ne puis vous en donner aucune preuve, dit Roland avec une irritation contenue. Mais je vous affirme que j'ai le droit de l'emmener et cette affirmation vous suffira...

— Cependant...

— Silence ! gronda Roland en saisissant le poignet du magistrat. Vous avez laissé pendant six ans torturer ce vieillard ; vous avez permis qu'il devînt la risée des enfants de ce village, et peut-être l'amusement des hommes. Soyez heureux, monsieur, de ce que je me contente de l'emmener sans vous demander compte de ce qu'il a souffert chez vous ! Soyez heureux que la malédiction ne retombe pas en partie sur votre tête !

— Faites ce que vous voudrez ! s'écria le magistrat. Après tout, nous ne connaissons pas cet homme !

— Bien ! fit Roland dans un dernier grondement.

Puis, faisant effort pour se calmer :

— Maintenant, dites-moi comment a vécu pendant six ans l'hôte qu'une catastrophe déposait à la porte de votre village et confiait à votre humanité.

— De la charité publique, monsieur, répondit le magistrat de ce ton de suffisance et de politesse féroce avec lequel tous les magistrats de la création ont toujours émis leurs énormités.

Il est évident que celui-là croyait avoir proféré la réponse de beauté définitive devant laquelle on s'incline très bas.

— Qu'appelez-vous la charité publique ? demanda Roland en essuyant la sueur qui inondait son visage.

— Dame !... vous savez... il allait de l'un à l'autre... récoltant ici un croûton de pain... là, l'autorisation de dormir dans un fenil... enfin, la charité ! Car nous sommes tous charitables, par ici... Et je suis bien sûr qu'il lui est rarement arrivé d'avoir faim...

Un rugissement souleva la poitrine de Roland.

Il alla à son père et lui prit la main.

— Voulez-vous venir avec moi ? demanda-t-il avec une telle douceur que, pour la première fois, le magistrat s'avisa que cet inconnu avait dû beaucoup souffrir.

Les yeux sans regard du vieux Candiano se fixèrent dans le vide, vers cette voix.

— M'en aller d'ici ?...

— Oui !

— Ne plus entendre les cris et les rires ?

— Oui !

— Ne plus entendre les malédictions quand je demande du pain ?

— Oui !

— Partons ! partons tout de suite...

Roland passa son bras sous le bras du vieillard.

— Appuyez-vous, dit-il, n'ayez pas peur de me fatiguer... je suis fort...

Il sortit de la maison, doucement, au petit pas.

Devant la maison, une vingtaine de paysans et de commères, mis en éveil par les récits des gamins, faisaient demi-cercle.

Roland apparut, soutenant l'aveugle... le Fou.

Il ne les vit pas, tout attentif à guider son père.

Ils s'écartèrent en silence, et devinant que quelque chose de très grand passait devant eux, ils demeurèrent sur place, étonnés et frissonnants.

Lorsque Roland arriva à l'endroit où il avait laissé Scalabrino, il faisait nuit. Un vent âpre descendu des montagnes balayait la vallée de la Piave, qui grondait à un demi-quart de lieue. Roland défit son manteau et en couvrit les épaules de son père. Puis, non sans peine, il le hissa sur son cheval et l'assujettit sur la selle. Puis il prit le cheval par la bride et dit :

— En route !

— Monseigneur, dit Scalabrino, prenez mon cheval, c'est moi qui irai à pied.

Roland secoua la tête d'un air tel que Scalabrino, étonné, n'insista pas.

Alors Roland, à pied, la main sur la bride du cheval, penché en avant, s'enfonça dans la nuit et dans le vent.

. . . .

A Trévise, Roland dit quelques mots à Scalabrino qui s'éloigna rapidement dans la direction de Mestre et de Venise. Quant à lui, il s'arrêta dans une auberge de modeste apparence, acheta des vêtements pour remplacer les haillons que portait son père, commanda un repas substantiel et servit lui-même le vieillard à table. Après le repas, le vieux Candiano s'endormit de cet air heureux et confiant des enfants qui s'endorment sous la protection de la mère éveillée. Roland le laissa dormir jusque dans l'après-midi ; puis, pour quelques pièces d'argent, acheta une petite carriole à laquelle il attela son cheval. Dans le fond de la carriole, il plaça la selle. Sur le banc il fit asseoir son père, s'assit lui-même auprès de lui, et prit la route de Mestre. Il y arriva fort tard dans la nuit et descendit dans une pauvre auberge située en face du *Soleil d'argent*.

Trois jours s'écoulèrent.

Pendant ces trois jours, Roland ne quitta pas une minute le vieux Candiano.

Il eut avec lui de longues conversations — étranges conversations où il parlait seul et où l'aveugle-fou ne répondait parfois que par quelques mots confus.

Le soir du troisième jour, un homme et une femme arrivèrent dans l'auberge.

C'étaient Scalabrino et Juana.

Alors Roland sortit et erra par la ville. Dans un faubourg, presque au bout de la petite cité, il trouva une petite maison, entourée d'un jardin, qui était à louer.

Il fit aussitôt marché et paya six mois d'avance. Puis il alla chercher son père et Juana et les conduisit dans la maison qu'il venait de louer. Scalabrino, lui, était resté à l'auberge.

— Juana, dit Roland, reconnais-tu cet homme ?

Juana secoua la tête.

— C'est mon père, dit simplement Roland.

Juana joignit les mains.

— Monseigneur Candiano, doge de Venise ! murmura-t-elle.

— Non, Juana ! Candiano l'aveugle ! Candiano le fou ! Candiano le proscrit ! Candiano le père de Roland le bandit, qui vient de s'évader des puits de Venise et qui a rêvé en ce jour de foudroyer l'humanité comme le feu du ciel foudroyait le Pont des Soupirs !..

Juana écoutait, haletante.

Roland fit un geste brusque comme pour chasser de funestes pensées.

— Juana, reprit-il doucement, je te confie mon père. Me comprends-tu ? Cet homme qui a souffert un supplice de damné, cet homme à qui on a crevé les yeux devant moi, qui a vécu six ans de mendicité, dont le désespoir a tué la raison, cet homme, c'est mon père... et je te le confie... à toi, Juana, parce que tu es le seul être en ce monde à qui je voudrais confier ce trésor qui porte en lui tout mon amour et toute ma haine. Me comprends-tu, Juana ?

— Je vous comprends, monseigneur, fit Juana frissonnante.

— Donc, je te le confie. C'est comme si je te confiais mon cœur, mon âme, tout ce qui reste de vivant en moi... Me promets-tu de veiller sur lui, à tout instant de jour et de nuit, de faire en sorte qu'il ne souffre pas, et que de nouvelles larmes ne viennent pas raviner ce visage dont chaque ride cache une douleur ? Dis, Juana, puis-je m'éloigner tranquille ?... Me le promets-tu ?...

Juana se mit à genoux et dit :

— Par la mémoire sacrée de celle qui m'appela sa fille, à chaque instant de jour et de nuit, je veillerai sur lui, et moi vivante, il ne lui arrivera plus de pleurer, sinon de joie !

Roland releva la jeune femme, la pressa sur sa poitrine, déposa un baiser fraternel sur son front et murmura :

— Tu es ma sœur chérie et vénérée... A mon tour, je te le jure, Juana, tes peines prendront fin et je prends ton bonheur à ma charge...

Cette dernière nuit, Roland la passa près de son père.

Et cette fois encore, il lui parla doucement, lentement, du bout des lèvres. Et les paroles qu'il murmura ainsi étaient peut-être de solennelles et terribles paroles. Car dans sa figure immobilisée dont pas une fibre ne vibrait, ses yeux seuls vivants flamboyaient d'un feu sombre...

Au point du jour, il sortit de la chambre de son père, fit ses adieux à Juana, rentra à l'auberge, se jeta sur un lit et dormit trois heures d'un sommeil pesant.

Puis il monta à cheval avec Scalabrino et reprit la route de Trévise.

Comme à son premier passage, il traversa Trévise et marcha dans la direction de la Piave

Seulement, au moment où le village de Nervesa fut en vue, il se jeta à gauche sur un chemin de traverse, s'enfonça dans une forêt de pins et commença à monter les flancs de la montagne.

Comme à son premier passage, aussi, Scalabrino avait à maintes reprises donné des signes d'inquiétude que recueillait Roland.

— Reconnais-tu cette route ? demanda celui-ci, au moment où il sortait de la forêt.

Et Scalabrino, comme la première fois, répondit sourdement :

— Oui, monseigneur, j'y suis venu jadis.

— Où conduit-elle ?...

— Aux gorges de la Piave, monseigneur.

XXII

LES GORGES DE LA PIAVE

Roland mit pied à terre et invita Scalabrino à en faire autant. Les deux chevaux furent attachés au tronc d'un pin. Alors, Roland s'assit sur le revers du sentier.

Scalabrino regardait autour de lui, prêtait l'oreille, enfin donnait des signes manifestes de son inquiétude grandissante. Enfin, il n'y put tenir et s'écria :

— Tenez, maître, si vous m'en croyez, nous rebrousserons chemin.

— Et pourquoi donc ? J'ai envie de voir les gorges de la Piave, moi.

— Les gorges de la Piave ! fit Scalabrino en tressaillant.

— Mais oui, j'en ai fort entendu parler ; et l'autre jour, même, le seigneur à qui j'ai acheté ces deux chevaux me disait qu'il voulait les visiter. On dit que le site est d'une beauté grandiose.

— Je ne sais pas si les gorges sont belles ; elles me paraissent plutôt sauvages à moi ; mais toujours est-il qu'elles sont dangereuses.

— Bah ! que risque-t-on ? De faire un faux pas et de rouler dans quelque précipice ?

« Mais nos chevaux paraissent avoir le pied montagnard.

— Ce n'est pas cela, monseigneur.

— Qu'est-ce alors ? De tomber peut-être dans quelque grotte... dans quelque caverne ?...

Scalabrino ouvrit des yeux effrayés.

— Vous savez donc qu'il y a des cavernes par ici ? fit-il sourdement.

— Non, je ne le sais pas, mais je le suppose.

— Eh bien, oui, monseigneur, s'écria Scalabrino, ce sont les cavernes qu'il faut redouter. Croyez-moi, n'allons pas plus loin.

— Mais on dirait vraiment que tu as peur...

— Oui, maître... mais pas pour moi.. pour vous !

— Raconte-moi donc tout ce que j'ai à craindre... Tu m'as l'air de très bien connaître ce pays, et je m'en rapporte à toi du soin de m'instruire...

— Monseigneur, ce que vous devez redouter, ce sont mes anciens amis, dit Scalabrino à voix basse.

— Ah ! ah !... Explique-toi, voyons.

Scalabrino regarda autour de lui, sonda les fourrés et les rochers environnants d'un coup d'œil.

— Je t'écoute, fit Roland. Parle sans crainte.

— Oh ! monseigneur, ce n'est pas de parler qui me fait peur... Enfin, voici... Vous n'ignorez pas ce que j'ai été jadis... ce que j'étais encore le soir où je vous vis pour la première fois.

— Oui, tu étais un bandit. Pourquoi baisses-tu la tête ? Le métier que tu faisais était tout aussi honorable que celui de doge, d'évêque ou de grand-inquisiteur. Crois-moi, Scalabrino, ce n'est pas dans les gorges de la Piave qu'on trouve les plus redoutables bandits.

Roland avait prononcé ces mots avec un accent qui avait fait frissonner Scalabrino. Celui-ci garda un instant le silence, puis reprit :

— Je ne comprends pas bien ce que vous me dites, maître ; mais toutes vos paroles m'étonnent, me bouleversent, et me relèvent à mes propres yeux. Il me semble qu'avant de vous connaître, j'étais une sorte de bête féroce...

— Parce que tu as lutté pour la vie à ta manière ?... Bah ! console-toi. Tu n'as volé que de l'argent, toi. Il en est qui volent des trésors plus précieux. Je connais quelqu'un à qui on a volé sa fiancée. Tu peux croire qu'il eût été heureux si on ne lui eût volé que des ducats. Je connais des gens qui assassinent plus sûrement qu'avec un poignard ou une arquebuse. Ils se promènent tête haute, et on les respecte. Je te le dis donc : tu n'as pas à rougir de ton passé. Pauvre sauvage, jeté dans un monde pourri, tu as lutté avec tes armes... des armes grossières après tout. Tu as tué ?... Parle franchement.

— Heu ! quelques sbires qui me poursuivaient et me serraient de trop près.

— Les héros ne font pas autre chose à la guerre. N'est-ce pas toi qui, jadis, renvoyas les douze vierges, sans les avoir violentées ?

— Oui, monseigneur. J'eusse considéré comme une félonie d'abuser de la faiblesse de ces femmes. Elles n'eurent à souffrir ni d'un geste, ni d'un mot outrageant.

— Ô Bembo, murmura Roland, ô Foscari, ô Altieri ! que n'êtes-vous là pour prendre des leçons d'humanité de ce bandit... ô évêque, ô capitaine général, ô doge !

Scalabrino était devenu pensif. Roland le regarda quelques minutes avec une pitié qui adoucissait l'amertume de ses yeux.

— Continue ton récit, dit-il doucement.

— Je vous disais, monseigneur, reprit l'ancien bandit en tressaillant, que j'étais le chef d'une bande qui opérait dans ce vaste triangle dont la base va de Trévise à Padoue et dont le sommet est à Venise. Souvent, nous faisions des descentes sur Venise, soit par terre, soit par eau. Pour nous en aller, nous franchissions sur nos bateaux la passe du Lido, et nous allions débarquer à l'embouchure même de la Piave... Alors nous remontions avec notre butin le cours du fleuve, jusqu'au village de Nervesa, et c'est là, dans les gorges de cette montagne, que nous avions établi notre quartier général.

— Ah ! çà, mais tu étais un véritable chef d'armée ; tu avais une flotte, tu avais de l'infanterie et de la cavalerie...

— Comme vous dites, monseigneur ; c'était une véritable armée qui comprenait près de mille hommes bien armés, audacieux, capables de toutes les entreprises.

L'œil de Roland flamboya un instant, mais cette flamme s'éteignit aussitôt.

— Moi, reprit Scalabrino, je n'étais que chef de bande, c'est-à-dire que je commandais à une cinquantaine d'hommes.

— Il y avait donc un chef général pour guider toutes les bandes pareilles à la tienne ! fit Roland qui se souleva à demi.

— Non, monseigneur ; mais nous nous prêtions mutuellement aide et assistance. Nous partagions les prises ; les marins qui nous transportaient, soit à l'aller, soit au retour, avaient leur part. Bref, nous vivions en bonne intelligence.

— Et tu dis que ta bande, à toi, se cachait dans les gorges de la Piave ?

— Elle ne s'y cachait pas, monseigneur.

Nous y avions notre antre de rendez-vous, voilà tout. A part cela, chacun vivait dans sa ville. A Venise, nous étions une quinzaine.

— Eh bien, mais dans tout cela, je ne vois pas ce que je puis avoir à redouter, moi, en visitant les gorges...

— Monseigneur, ceci m'amène à vous parler de moi d'une façon un peu plus personnelle. Mais je crains de vous ennuyer...

— Tu m'intéresses prodigieusement... Va toujours...

— Je vous dirai donc qu'il y avait dans ma bande un homme que nous appelions Sandrigo, parce qu'il était né dans le village qui porte ce nom. Il était brave, audacieux, et presque aussi fort que moi. Nous vivions en bons termes, bien que parfois il me semblât deviner en lui une sorte d'impatience de ne pas être le chef. Or, un jour, il m'arriva une chose extraordinaire. Ces événements remontent à treize ans à peu près, c'est-à-dire qu'ils se passèrent environ sept ans avant le jour où je fus arrêté... Un matin, donc... tenez, j'étais assis à la place même où vous êtes, et j'attendais le retour d'une expédition que j'avais confiée à ce Sandrigo, lorsque tout à coup, je le vis revenir avec ses hommes. Au milieu d'eux marchait une femme d'une extrême jeunesse et d'une éclatante beauté. J'avoue que je fus ébloui, moi qui ne m'étais jamais bien préoccupé de la beauté des femmes. Elle ne semblait nullement intimidée et prenait son aventure en riant. Nous emmenâmes dans une de nos grottes la femme toujours souriante et ses deux domestiques, plus morts que vifs. Arrivée là, elle demanda à parler au chef.

— C'est moi, madame, lui dis-je. Ne craignez rien. Il ne vous sera pas fait de mal.

— Je n'ai pas peur, dit-elle en me regardant.

Et son regard étrangement hardi me bouleversa. Elle continua :

— Je vous donnerai tout ce que j'ai de précieux sur moi à condition que vous me laissiez dès aujourd'hui poursuivre mon chemin ; car je suis pressée d'arriver à Rome.

— Tout de suite, si vous le désirez ! m'écriai-je.

— Non ; je suis fatiguée et désire me reposer une heure.

Cette femme me causait un trouble extraordinaire. Et j'eusse voulu la laisser venir sans rien lui prendre. Mais mes compagnons jetaient des regards avides sur ses bijoux, et je compris que je la perdais en voulant lui sauver quelques richesses auxquelles elle paraissait d'ailleurs tenir fort peu. Car d'elle-même et tout en riant, elle défit ses bracelets, son collier et les jeta à mes pieds en disant :

— Ramasse !

Je me reculai et je dis à Sandrigo :

— A toi, ami. Moi, je ne toucherai pas à ces bijoux.

Mais Sandrigo lui-même secoua la tête. D'un signe, il montra les bijoux à nos hommes qui se jetèrent sur eux pour se les partager. Alors Sandrigo fit un pas, la main sur le garde de son poignard, et dit :

— Je ne veux pas les bijoux, mais je veux la femme !

— Sandrigo, lui dis-je, cela ne sera pas. Tu connais nos lois ?

— Pour aujourd'hui, s'écria violemment Sandrigo, je ne connais de loi que celle de ma passion.

Un flot de sang me monta au visage, et je tirai mon poignard.

Nos compagnons nous entouraient en murmurant et disaient aussi qu'il fallait abolir la loi que j'avais imposée de respecter les femmes. Alors l'inconnue se jeta parmi nous et s'écria d'une voix moqueuse :

— Je vois bien qu'il faut que j'appartienne à l'un de vous aujourd'hui !... Eh bien, j'accepte !... Et celui de vous à qui j'appartiendrai sera fier d'avoir été mon maître pendant une heure quand il saura qui je suis... Seulement, je mets une condition à ma bonne volonté.

— Nous l'acceptons d'avance ! s'écrièrent mes compagnons enthousiasmés par tant de beauté, de grâce et de hardiesse.

— Eh bien ! je prétends choisir moi-même mon amant. Acceptez-vous ?

— Oui, oui !...

— Et je serai libre après ?

— Oui, oui !...

Sandrigo fit signe qu'il acceptait aussi. Il espérait que le choix de la belle inconnue tomberait sur lui. J'en étais également convaincu. Je fis donc un pas en arrière en rengainant mon poignard... Je ne vous ennuie pas, monseigneur ? s'interrompit tout à coup Scalabrino.

— Je t'ai dit que tu m'intéresses prodigieusement. Il me semble lire un beau conte de l'Arioste. Va donc, fit Roland.

Scalabrino fut-il ou non touché d'avoir été comparé à l'Arioste ?...

Il continua :

— Donc l'inconnue fit, des yeux, le tour des hommes qui l'entouraient. Je voyais mes compagnons pâlir l'un après l'autre. Ces beaux yeux s'arrêtèrent un instant sur Sandrigo, et je sentis que je pâlissais à mon tour. Mais elle passa !... Elle vint enfin à moi, me prit la main, et dit : « Voici celui que je veux... » Ah ! monseigneur, poursuivit Scalabrino, cette minute-là contint une des plus fortes émotions de ma vie. Sandrigo avait poussé un cri de rage et s'était élancé au dehors. Quant à moi, haletant, éperdu de ce bonheur imprévu qui me tombait du ciel, je saisis dans mes bras la magnifique créature et je l'emportai en courant au fond d'une grotte. Elle avait mis ses beaux bras autour de mon cou, sa tête se penchait sur mon épaule. Je frissonnais. J'étais ivre de volupté. L'heure qui suivit, monseigneur, je m'en souviendrais des siècles, si je vivais des siècles. Toutes les caresses savantes qu'une femme en délire peut prodiguer à un homme fou de passion, cette femme me les prodigua... Quand elle se fut habillée, j'allais lui demander son nom, j'allais lui proposer de la suivre au bout du monde, de devenir son esclave, lorsqu'elle éclata de rire en s'écriant

« Jamais je ne me suis tant amusée !... »

A ce moment de son récit, Scalabrino

s'arrêta. Cette nature fruste paya, elle aussi, un tribut de rêverie à l'amour. Il soupira, grommela un juron, puis reprit :

— Cette réponse, monseigneur, me glaça. Cette femme avait joué la comédie de la passion, et maintenant elle se moquait de moi. Mais après tout, je n'avais rien à réclamer. Elle partit...

— Tu n'as jamais su son nom ? demanda Roland.

— Jamais.

— Tu ne l'as jamais revue ?

— Un soir, pendant une seconde, à Venise, il me sembla la reconnaître... Mais non !... Ce ne pouvait être elle...

— A Venise, dis-tu ?

— Oui, monseigneur. Mais, je vous le répète, je m'étais trompé... du moins, je le crois. Et maintenant que six ans ont passé...

— Six ans ! Cette femme que tu as cru reconnaître, c'était donc...

— La courtisane qui m'avait payé pour vous enlever !... Mais il n'y a aucune vraisemblance, monseigneur, dans cette vision que j'ai eue. D'ailleurs, plus de cent fois, il m'avait déjà semblé reconnaître l'inconnue. Cette fois, comme les autres, je me suis trompé...

— C'est bien, fit Roland pensif. Continue.

— C'est tout, monseigneur. Je voulais en venir à vous dire que ce Sandrigo, de ce jour-là, me voua une haine sourde. Il avait peur de moi, et j'avais une grande influence sur nos hommes. Mais, depuis mon arrestation, Sandrigo est, sans doute devenu le chef, et il commande dans la montagne comme j'y ai commandé jadis. Or, si nous tombons entre ses mains, s'il voit que je vous suis dévoué, il fera retomber sur vous la vieille haine encore inassouvie. Ce que Sandrigo n'osa tenter alors, il l'accomplirait aujourd'hui...

— Et ce Sandrigo, dis-moi, était-il à Venise... le soir... de l'émeute ?

— Oui, monseigneur. Et maintenant que j'y pense... oh !...

— Qu'as-tu donc ?

— J'ai que... oh ! le misérable !... J'ai, monseigneur, qu'au moment où je fus arrêté, il me sembla voir Sandrigo parmi les sbires !

— Ah ! ah ! c'était sa petite vengeance !...

— Oui, oui, je me souviens ! Je l'appelai, et je fus étonné de le voir disparaître. Je supposai d'abord qu'il avait été arrêté comme moi... Ah ! le lâche !...

— Et quel fut son rôle dans la comédie organisée par... mon ami... mon excellent ami Bembo ?...

— Les souvenirs me reviennent en foule. C'est étrange que ces choses aient dormi dans ma mémoire pendant que j'étais en prison.

— La prison, c'est la nuit de l'intelligence, dit sourdement Roland.

— Oui, oui ! Et je m'en rends bien compte à présent...

— Alors, Sandrigo ?

— De quoi me parliez-vous, monseigneur ? Ah ! de Bembo... de l'évêque ! Eh bien, le soir où Bembo vint me trouver, ce fut Sandrigo qui le conduisit à moi... Ah ! je commence à voir clair dans toute cette sombre histoire !... Je devine ce que je ne vois pas !... Il me semble voir le misérable Sandrigo complotant avec Bembo. Ils échangeaient nos deux vies, monseigneur ! Sandrigo vous vendait à Bembo, et troc pour troc, Bembo me vendait à Sandrigo !... Ah ! monseigneur, quel terrible questionneur vous êtes, et comme vous savez d'un mot faire lever les spectres du passé !...

— Eh bien, Scalabrino, dit alors Roland, me conseilles-tu encore de reculer ?

— Non, monseigneur, répondit Scalabrino avec un accent farouche. Marchons, et puissions-nous rencontrer Sandrigo dans les gorges de la Piave !...

A ce moment, un cri lointain se fit entendre.

Roland et son compagnon prêtèrent l'oreille.

Un deuxième cri plus étouffé parvint jusqu'à eux.

— C'est du côté de la Grotte-Noire, dit Scalabrino.

— Allons à la Grotte-Noire !

— Et les chevaux ?

— Nous les retrouverons ici, dit Roland. Montre-moi le chemin.

Scalabrino s'élança, suivi de Roland. Ils escaladèrent, parmi les rochers superposés, un sentier qui grimpait à travers les touffes de lentisques et d'arbousiers sauvages.

Un autre cri, plus rapproché cette fois, retentit encore.

Au bout de cinq minutes de marche précipitée, Scalabrino s'arrêta, et faisant signe à Roland de garder le silence, écarta doucement un rideau d'arbustes, et d'un geste montra la scène étrange qui se déroulait dans ce désert.

D'un coup d'œil, Roland embrassa cette scène.

A sa gauche, en contre-bas, il entrevit l'ouverture sombre d'une caverne qui devait être sans doute la Grotte-Noire. A sa droite, les rochers finissaient brusquement sur une ligne au delà de laquelle il devinait un grand trou béant, — quelque gouffre au fond duquel il entendait mugir le fleuve. Entre la grotte et l'abîme, c'était une sorte de plate-forme qui n'avait pas plus d'une trentaine de toises en largeur. Roland dominait cet espace étroit qui s'en allait en se rétrécissant au delà de l'ouverture de la grotte et devenait ensuite la continuation du sentier même où il se trouvait.

A l'entrée de la grotte, un homme était attaché au tronc d'un pin sauvage poussé dans une fente de rocher. Devant lui, un autre homme était assis et paraissait continuer un interrogatoire déjà commencé. Derrière cet interrogateur, une douzaine de gaillards solides, armés jusqu'aux dents.

En apercevant l'homme attaché, Roland avait tressailli.

Et en apercevant l'homme qui interrogeait, Scalabrino avait serré ses poings formidables. Le premier avait reconnu le bavard qui, à Mestre, lui avait vendu deux chevaux. Le second avait reconnu son ennemi Sandrigo.

Et Sandrigo disait :

— Voyons, seigneur Arétin, la vie d'un

homme tel que vous vaut bien trois mille écus, que diable ! C'est pour rien !

Le prisonnier, blême, les jambes flageolantes, poussa un de ces gémissements qui avaient guidé Roland et Scalabrino.

— Seigneur bandit, fit-il en claquant des dents, où voulez-vous que je prenne ces trois mille écus ?... Je suis perdu ! Je suis un homme mort !...

— Seigneur poète, reprit le bandit en ricanant, dans la grotte il y a une table ; sur cette table, de l'encre, du papier, des plumes. Vous allez écrire — en prose ou en vers, à votre choix.

Un éclat de rire général accueillit ce trait d'esprit.

— Silence ! fit Sandrigo. Vous écrirez donc, seigneur Arétin. Vous avez des amis à Venise. Ils vous chérissent trop pour vous laisser dans l'embarras ; et puis, songez à la perte que ferait l'Italie si, faute de trois mille pauvres écus, vous alliez passer de vie à trépas !

Le prisonnier jeta un cri d'épouvante.

— Donc, poursuivit Sandrigo imperturbable, vous écrivez. Un des cavaliers que voici porte votre lettre. Il faut deux jours pour aller à Venise, autant pour en revenir ; cela fait quatre. Soyons bon prince et mettons-en quatre pour donner à vos amis le temps de faire la somme. Cela fait huit jours. Il est maintenant neuf heures du soir, et nous sommes à jeudi. Si jeudi à neuf heures du soir, les trois mille écus ne sont pas ici, j'aurai le regret et l'insigne honneur de vous poignarder moi-même.

— Je suis mort ! répéta le prisonnier d'une voix éteinte.

Au même instant, les ronces qui formaient une barrière naturelle autour de la plate-forme s'écartèrent violemment, et Roland apparut.

D'un bond, il se trouva en présence de Sandrigo.

En même temps, Scalabrino s'était jeté au-devant des bandits et s'écriait :

— On s'amuse donc sans moi, par ici !... Il paraît qu'on ne m'attendait plus !

— Scalabrino ! Scalabrino ! vociférèrent les bandits stupéfaits.

Sandrigo, à l'aspect de Roland, avait bondi et se trouvait debout, le poignard à la main. Au nom de Scalabrino joyeusement crié par ses compagnons, il se retourna et, avec un éclat de rire sauvage, voulut s'élancer sur le colosse. Il n'en eut pas le temps. Il s'arrêta avec un hurlement de douleur : Roland venait de se jeter sur lui, et lui broyait les deux poignets dans ses mains de fer. Sandrigo laissa échapper son poignard, se tordit un instant et tomba à genoux. Les bandits qui, tout d'abord, avaient poussé un cri de joie en reconnaissant Scalabrino, firent un mouvement pour entourer Roland.

— Laissez faire ! rugit Scalabrino. Le premier de vous qui bouge roule au fond de la Piave !

Scalabrino d'un geste brusque retroussa ses manches, montra ses bras énormes pareils à des leviers de fer, au bout desquels s'emmanchaient les marteaux pesants de ses deux poings. Les bandits reculèrent, domptés. Peut-être aussi n'avaient-ils qu'une médiocre amitié pour Sandrigo. Peut-être enfin la vue de leur chef, qui se tordait aux pieds de Roland en hurlant de douleur, leur inspira-t-elle une soudaine admiration pour cet inconnu qui, du premier coup, domptait le redoutable Sandrigo.

Toute cette scène n'avait d'ailleurs duré que quelques secondes.

Pierre Arétin, toujours attaché, les bandits tenus en respect par Scalabrino regardaient avec effarement ce nouveau venu, cet inconnu si fort aux pieds duquel se tordait Sandrigo.

Le spectacle de la force développée sans brutalité apparente impose de l'étonnement à tous les hommes. Roland se colletant avec Sandrigo et déployant un effort visible en gestes violents eût été attaqué par les bandits, malgré la terreur que leur inspirait la présence de leur ancien chef. Roland écrasant le terrible brigand et le dominant en souriant, sans effort, dans un geste d'élégance, Roland parut à ces violentes natures un être exceptionnel.

Et lorsqu'enfin il saisit Sandrigo par le cou, lorsqu'il le traîna jusqu'au bord du précipice, lorsqu'il le tint suspendu au bout de son bras au-dessus de l'abîme, un murmure d'admiration stupéfiée indiqua que les bandits étaient domptés.

Scalabrino les connaissait bien ; car il cessa dès lors de s'occuper d'eux.

Sandrigo suspendu au-dessus du précipice cria : Grâce !

Roland le ramena, le déposa à terre et lui dit :

— Délie le prisonnier !

Sandrigo jeta autour de lui un regard sanglant. Un instant, il essaya de tenir tête à Roland et le fixa, les yeux dans les yeux... Puis, dompté encore, vaincu, il fit un geste de rage et délia le prisonnier qui se précipita vers son sauveur, les mains tendues. Roland l'arrêta d'un geste.

— Monsieur, dit-il, nous avons à causer. Veuillez entrer dans cette grotte, s'il vous plaît, et m'y attendre quelques minutes.

— Quelques heures, tant que vous voudrez, ô homme généreux, protecteur des Muses, sauveur d'Apollo... Nous ne sommes plus aux gorges de la Piave, mais bien au Parnasse, et telles les abeilles vont de fleur en fleur...

L'illustre Arétin eût sans doute continué longtemps à donner un libre cours à son enthousiasme si Scalabrino ne l'eût pris par un bras et poussé dans la grotte, sans témoigner la moindre révérence au poète.

Alors, Roland se tourna vers les bandits qui l'entouraient, et dit d'une voix forte :

— Vous avez vu ce que je puis faire. Quels sont ceux de vous qui me veulent pour chef ?...

— Tous ! Tous !

— Quels sont ceux de vous qui en ont assez de l'existence précaire et misérable que vous menez ? Quels sont ceux qui, avec moi, veulent accomplir de grandes choses ?

— Tous ! Tous !

— C'est bien. Je vous donne rendez-vous ici à minuit. Dispersez-vous. Amenez ceux de vos compagnons qui sont absents. Dites-leur qu'un homme est venu qui veut les mener à la conquête de grandes richesses, et faire un grand seigneur de chacun des pauvres hères que vous êtes. Allez, et soyez ici à minuit.

Roland avait parlé comme doivent parler les dompteurs quand, pour la première fois, ils entrent dans la cage de nouveaux fauves. Les bandits, enthousiasmés, poussèrent un vivat qui dut terrifier les habitants du village endormi au pied de la montagne, puis, désireux de montrer leur discipline, sans même jeter un regard à Sandrigo vaincu, devant qui, l'heure d'avant, ils eussent tremblé, ils se dispersèrent dans la montagne.

Sandrigo avait voulu s'éloigner aussi.

Mais sur un signe de Roland, Scalabrino lui mit la main à l'épaule et lui dit :

— Reste. Le maître veut te parler.

A ce mot de maître, Sandrigo releva la tête ; puis, se dégageant brusquement, il poussa un éclat de rire sauvage et se rua vers le précipice dans lequel il disparut.

Scalabrino, d'abord stupéfait, se pencha et vit son ennemi qui, avec une audace et une agilité extraordinaire, descendait dans l'abîme en s'accrochant aux aspérités et aux touffes d'arbustes.

— Oh ! avoir une bonne arquebuse dans les mains ! murmura Scalabrino.

Un dernier éclat de rire monta jusqu'à lui, et la silhouette confuse de Sandrigo s'évanouit.

— Voilà qui ne me dit rien de bon, dit Scalabrino en se relevant.

Roland semblait n'avoir pas vu ce qui venait de se passer. La tête penchée, les bras croisés, il méditait. La détermination qu'il venait de prendre était de celles qui laissent la pensée accablée sous son propre effort. Charles-Quint renonçant à l'Empire dut avoir une rêverie pareille à celle de Roland se jetant hors de la société.

Bientôt il se reprit et pénétra dans la grotte où Scalabrino alluma une torche.

Comme l'avait dit Sandrigo, il y avait dans cette grotte une table, et sur la table du papier, de l'encre et des plumes.

Le prisonnier, en apercevant Roland à la lumière de la torche, poussa un cri de surprise :

— Mais je ne me trompe pas ! C'est bien vous, seigneur étranger, que j'ai vu il y a quelques jours à Mestre, et à qui je vendis mes deux meilleurs chevaux ?

Roland fit un signe de tête affirmatif.

— Ah ! reprit l'Arétin, funeste idée que j'ai eue de visiter les gorges de la Piave ! Mon bagage est pillé, mes secrétaires se sont enfuis, et moi-même j'ai failli périr... Heureusement, vous êtes intervenu, pareil aux paladins de jadis...

— Ainsi, dit Roland, vous pensez que je vais vous relâcher ?

— Ne serait-ce pas là votre intention ? dit Pierre Arétin en pâlissant.

— Cela dépend de vous.

— Que faut-il que je fasse ? Parlez. La reconnaissance de l'Arétin n'est pas un vain mot...

— Observez d'abord que je vous tiens en mon pouvoir, que je puis vous rendre à ces malheureux à qui je vous ai arraché. Observez qu'en agissant comme j'ai fait, c'est une fortune que je leur enlève...

La figure du prisonnier se décomposait à mesure que Roland parlait.

Mais en même temps une flamme sombre illumina un instant ses yeux, pour s'éteindre presque aussitôt.

— Que me voulez-vous donc ? dit-il. Par le nombril de toutes les vierges d'Arezzo, vous me faites peur avec votre générosité, plus que le bandit de tout à l'heure avec ses menaces de mort !

— Je veux, dit Roland en appuyant sur les mots, vous proposer un traité d'alliance.

Le prisonnier releva vivement la tête.

Roland poursuivit :

— Je crois deviner en vous quelque chose de mieux et de plus terrible que votre aspect premier ne laisse supposer. Me suis-je trompé ? Sur ce front bas et têtu, sur ces sourcils mobiles, sur cette mâchoire de carnassier, sur cette tête de loup enfin, je lis les formidables appétits de jouissance qui se déchaînent en vous. Maître Pierre Arétin, si vous êtes seulement un poète ou un faiseur de vers — à votre choix — si vous êtes l'homme que vous dites, partez, vous êtes libre. Mais si vous êtes celui que je crois deviner, si vous êtes vraiment le loup qui se rue sur le monde, restez, nous causerons. Maintenant, Pierre Arétin, répondez : Partez-vous ? Restez-vous ?

Pierre Arétin répondit :

— Je reste.

Et, en même temps, sa physionomie perdit cette expression d'ironie mélangée de terreur qu'il avait l'instant d'avant. Ses airs de bavard précieux et ridicule tombèrent comme tombe un masque.

XXIII

PIERRE ARÉTIN

« L'infamie de ce nom m'arrêtait. J'hésitais à tracer « des lettres obscènes, symbole d'impureté. » Ainsi s'écrie M. Philarète Chasles (1) au début de l'éloquente, de l'étincelante monographie qu'il consacre à l'Arétin.

Conspué, honni par l'histoire qui a jeté sur cette figure son voile de vieille fille un peu prude, pardonné par les uns avec une dédaigneuse indulgence faite de mépris, accablé d'outrages par les autres, l'Arétin demeure une étrange, une énigmatique personnalité.

Essayons, nous aussi, de jeter quelque lumière sur cet homme qui a traversé un monde de sang et de pourriture comme un météore éblouissant, que l'on a précipité à l'abjection des jugements de mépris.

Dans la Grotte-Noire, aux sombres lueurs de la torche qu'avait allumée Scalabrino, la silhouette de Pierre Arétin se détachait en vigueur.

---

(1) *Revue des Deux Mondes. Octobre, novembre* 1854.

Il était grand et paraissait fort. Il portait une barbe noire épaisse et très soignée. Sa tête apparaissait violente, rudement accusée, telle que Sansovino l'a sculptée sur la porte de bronze de la sacristie de Saint-Marc, — et qui est un sujet d'indignation tout trouvé pour les personnes pieuses et bien pensantes qui visitent la célèbre église.

Sa physionomie était celle d'un audacieux aventurier qui s'est rendu compte une fois pour toutes que le monde appartient à ceux qui savent jouer des coudes.

Roland l'examinait avec une attention profonde.

Il avait, d'un mot juste, caractérisé la physionomie de l'Arétin.

De ces deux hommes, l'un portait sur son visage les traits d'un loup, et l'autre ceux d'un lion. Et il y avait bien de l'Arétin à Roland Candiano la distance animale et spirituelle qui sépare le loup du lion.

— Monsieur, dit Pierre Arétin abandonnant ce langage maniéré qu'il affectait d'habitude, je vous estime pour avoir compris qu'il y a en moi autre chose qu'un faiseur de vers. A mon tour, je vous dirai que, dès notre première entrevue à Mestre, votre aspect m'avait inquiété. Vous portez en vous quelque chose de formidable que je ne connais pas. Mais vous m'inspirez une confiance illimitée. Je vais vous dire ce que je suis et ce que je veux être... Ce que je suis ? un homme sans nom, puisque je porte le nom de la cité où je suis né ; sans fortune, puisque je n'ai pas un écu vaillant ; je n'ai pas de père, j'ignore si je suis né de l'accouplement de ma mère avec un prince de l'Eglise ; ma mère est morte à l'hôpital parmi de pauvres courtisanes comme elle ; quant à moi, j'ai exercé divers métiers, notamment celui de domestique ; oui, j'ai été valet, moi, et j'ai sur mon dos la brûlure de la livrée. Voilà qui je suis. Voici maintenant ce que je veux être. Je me sens dévoré d'appétits énormes. Une vaste intelligence bouillonne sous mon front. Je considère que c'est une suprême injustice que d'être mis à la porte du grand banquet de la vie heureuse, parce que je suis un gueux. Je considère que c'est un monde stupide et informe que celui où des imbéciles peuvent régenter les peuples parce que leurs pères portaient un titre. Moi, je n'ai pas de titre. Et je veux ma place au soleil. Je la veux grande et belle. Isolé, faible, sans le sou, je veux être entouré d'adulateurs, je veux être fort, je veux être riche. Les grands ! Je me hausserai à leur taille. Je veux faire trembler les princes et les rois. Je veux que les empereurs traitent avec moi de puissance à puissance. Et pour mener à bien ce plan gigantesque, je n'ai qu'une arme — faible et dérisoire en d'autres mains, puissante et mortelle dans les miennes — la voici...

En disant ces mots, Pierre Arétin saisit une plume sur la table.

Il la tenait en l'air, non pas du bout des doigts, mais à pleine main. Il la serrait dans son poing convulsivement serré.

On eût dit qu'il levait un poignard acéré pour en menacer le monde.

— Avec ceci, reprit-il, j'ai déjà brisé bien des orgueils et fait ployer bien des puissances. Je tue avec le ridicule, comme d'autres tuent avec une dague. Je trempe cette plume dans l'encrier, et ce n'est pas de l'encre qu'elle va distiller, c'est du poison. L'injure imprimée, la calomnie qui parcourt le monde, voilà, monsieur, de redoutables auxiliaires, voilà des forces auxquelles nul ne résiste !

Pierre Arétin s'arrêta un instant, souffla fortement et reprit :

— Je n'ai pas de haine contre les hommes. Mais j'ai pour moi-même un immense amour. Je veux le bonheur de cet être spécial qui est moi. Je veux surtout son bonheur matériel, le pouvoir d'enfanter des appétits grâce au pouvoir de les satisfaire. Aussi n'ai-je ni amis ni ennemis. Je n'admire nul au monde que moi-même. Lorsqu'un homme me frappe, je me demande si je puis le faire servir à mon bonheur, et si cela est, je deviens son ami. Lorsqu'un homme m'accable de sa bonté, je me demande s'il peut un jour nuire à mon bonheur, et si cela est, je deviens son ennemi. C'est-à-dire que je flatterai le premier et que je me mettrai en garde contre le second, tout prêt à renverser les rôles et les situations. Voilà ce que je suis, monsieur, et ce que je veux être. Et vous ?

Roland ne répondit pas tout de suite.

Il demanda :

— Pourquoi mettez-vous ainsi votre âme à nu devant un étranger que vous pouvez suspecter ? C'est une faute, cela, dans votre plan.

L'Arétin sourit.

— Monsieur, dit-il, je suis extrêmement paresseux. Mais paresseux à tel point, que je rêve d'avoir des servantes pour porter à ma bouche le fruit que mes yeux convoitent, sans même que j'aie la peine de le désigner. En haute philosophie transcendante, vous avouerez d'ailleurs avec moi que la paresse, c'est-à-dire l'absence de toute fatigue matérielle ou morale, c'est le point extrême où tend l'humanité ; le travail est une déchéance, monsieur ; avoir le droit de ne rien faire, c'est une gloire. Et c'est pourquoi les hommes énergiques, forts et subtils font travailler les faibles. Mais si paresseux que je sois, j'ai dû me créer des outils perfectionnés pour édifier ma fortune. J'ai donc dû travailler. Je l'ai fait avec acharnement, avec rage, pendant dix ans. Maintenant mes deux outils — car je n'en ai que deux — sont prêts. Le premier, c'est la science du verbe, la connaissance des paroles qui caressent et des paroles qui empoisonnent. Le deuxième, c'est la science du visage humain, la connaissance de l'âme de ceux à qui je parle ; le premier, c'est donc l'écriture, et le deuxième, la lecture... dans ce livre qui s'appelle une physionomie.

— Et ma physionomie vous indique que vous pouvez avoir confiance en moi ?

— Oui, monsieur. Votre visage porte le stigmate indélébile d'une loyauté absolue...

— Le stigmate ?...

Pasquali-film. Exclusivité Gaumont

Funeste idée qu'avait eue le seigneur Arétin de visiter les gorges de la Piave, où il avait failli périr !...

Un cri se fit entendre, Roland et son compagnon prêtèrent l'oreille.

Pasquali-film. Exclusivité Gaumont.

Les bandits, domptés par Roland, poussèrent des vivats enthousiastes.

Pasquali-film. Exclusivité Gaumont.

— *Maître Pierre Arétin, dit Roland en scandant les mots, je veux vous proposer un traité d'alliance.*

Pasquali-film. Exclusivité Gaumont.

Au titre de la ballade du Florentin, l'Arétin s'était vivement levé.

— Oui ! Car je considère la loyauté comme une faiblesse, une tare, une plaie. Vous voyez à quel point j'ai confiance en vous, puisque je vous suppose capable de ne pas me mépriser après de telles paroles.

— Maître Arétin, dit alors Roland, vous avez bien des qualités pour réaliser le plan que vous vous êtes tracé. Mais moi qui suis physionomiste à mes heures, je vais vous donner confiance pour confiance, et vous dire que parmi tant de qualités qui vous étaient nécessaires, il vous en manque une qui est indispensable...

— Laquelle, monsieur ? fit l'Arétin avec étonnement.

— Le courage.

— Le courage !.. s'écria Pierre Arétin en pâlissant.

— Oui... Vous êtes lâche. Et cela peut contrarier vos desseins. Quand on se met hors l'humanité, il faut être prêt à accepter la mort, qui est la paresse suprême.

— Ah ! monsieur, vous êtes grand et vous êtes terrible. Vous venez, du premier coup, de toucher le fond de mon âme, et vous m'en voyez confondu... Oui, je suis lâche ; oui, j'ai peur. Car j'aime tellement la vie et ses jouissances que l'idée seule de m'en aller du monde me cause un insupportable vertige. J'ai tout fait, tout entrepris pour me guérir de cette maladie ; je me suis mêlé à des combats où je m'évanouissais dès la première embuscade ; j'ai vécu au camp de Médicis... Rien n'y a fait.

« J'ai peur, irrémédiablement. Et je sens en effet que c'est là l'obstacle sérieux à la grande conquête que j'entreprends. Et cela me rend bien misérable.

L'Arétin, frissonnant, se laissa tomber sur un escabeau et couvrit son visage de ses deux mains.

Roland le toucha à l'épaule, et lui dit doucement :

— Croyez-vous que je suis brave, moi ?

— Oui... d'une bravoure étrange. Tenez, vous avez le courage d'un homme qui considérerait la mort comme un bienfait...

Roland tressaillit à son tour.

— Et je me demande même, poursuivit l'Arétin, comment vous consentez à vivre et pourquoi vous ne vous défaites pas tout de suite d'une existence qui doit être affreuse.

Un pâle sourire glissa sur les lèvres de Roland.

— Donc, dit-il, vous savez que je suis brave. Eh bien, dites-moi, n'avez-vous jamais conçu cette pensée que vous pourriez, auprès de votre lâcheté, placer une bravoure protectrice ?...

— Que voulez-vous dire ?... Parlez... Je n'ose vous comprendre...

— Ceci : Vous allez aller à Venise. Selon ce que j'entrevois de vous et ce que vous m'avez confié, vous ne tarderez pas à vous attirer des haines formidables. Alors, où sera le bonheur matériel après lequel vous courez ? Que deviendra votre appétit de jouissance lorsque vous tremblerez que le fruit d'une fraîcheur immaculée ne contienne un poison ; que la femme qui se glisse dans votre lit n'attende votre sommeil pour vous étrangler ; que le serviteur qui vous habille ne cache un poignard dans son sein ? A quoi bon tenter d'être heureux, puisque vous aurez trop peur pour jouir du bonheur péniblement conquis ?

— Par les saints, monsieur, vous m'épouvantez ! Vous me dites clairement des choses que je n'ai jamais osé me dire à moi-même !

— Mais si quelqu'un, près de vous, veille nuit et jour sur votre vie ! Si ce quelqu'un se charge de frapper ceux qui doivent vous frapper, s'il veille autour de votre maison, s'il s'assure que le fruit ne porte pas de poison, que le serviteur est fidèle, que la femme est simplement amoureuse... enfin, si dans l'orbite de votre existence évoluait un autre vous-même, un deuxième Arétin qui se chargerait d'être brave, fort et vigilant à votre place !...

— Ah ! s'écria l'Arétin dont les yeux étincelèrent. Quel rêve magnifique vous me faites entrevoir. Ah ! monsieur, si cela était !... Ce serait la liberté pleine, l'indépendance la plus formidable, la possibilité d'attaquer en me riant, de distribuer le blâme et l'éloge, et d'asservir toute une société qui tremblerait à mes pieds... alors que je ne tremblerais plus, moi !

— Eh bien, c'est cela que je vous offre !

Pierre Arétin bondit.

— Prenez garde de me laisser trop espérer ! s'écria-t-il, haletant.

— Puisque vous avez étudié l'art de lire sur les physionomies, dit froidement Roland, lisez sur la mienne que je ne parle jamais inutilement.

— Oui ! oui ! Vous êtes grand, je m'abandonne à vous...

— Donc, à partir de ce moment, cessez de redouter quoi que ce soit au monde. Allez à Venise. Accomplissez-y votre destinée, et ne craignez plus : je veillerai sur vous et votre maison. Présent ou invisible, je serai près de vous. Vos ennemis seront les miens, et d'avance je les condamne.

— Mais que me demandez-vous, à moi, en échange ? Rien au monde ne saurait payer une telle protection. Je puis récompenser le roi de France par un sonnet ; je puis offrir à l'empereur une ballade. Et ces monarques tout-puissants s'estimeront largement payés du bien qu'ils m'auront fait. Mais vous, vous, monsieur, vous que je sens, que je devine plus grand que l'empereur et le roi, que vous offrirai-je ?...

Roland se pencha vers l'Arétin et lui dit à voix basse :

— Pour me payer de la protection que je vous accorde, pour me récompenser de vous faire la vie plus belle encore que vous ne rêviez, je vous demande de devenir l'ami intime de quatre hommes... mais, entendez-moi bien, leur ami indispensable, l'ami de leur cœur, de leurs pensées, l'ami de tous les instants, celui à qui on dit tout, devant qui on rit et on pleure comme on rit, comme on pleure dans le secret de la solitude et de la nuit...

— Oh ! murmura l'Arétin, le sort de ces quatre hommes m'épouvante...

— Acceptez-vous ?...

— J'accepte ! répondit l'Arétin comme devaient sans doute répondre les damnés des légendes qui signalent des pactes avec leur âme pour enjeu !

Il se leva, et ajouta :

— Maintenant, le nom de ces quatre amis ?

— Le grand inquisiteur Dandolo, dit Roland qui devint livide en prononçant ce nom.

— Bon ! Et puis ?...

— L'évêque Bembo...

— Bon ! Ensuite ?

— Le capitaine général Altieri.

— Et le quatrième condamné ?

— Le doge de Venise Foscari.

XXIV

LE GRAND INQUISITEUR

Nous revenons maintenant à Venise, et nous reprenons le fil des événements à cette nuit où se déchaînait le grand orage dont il est fait mention dans quelques chroniques du temps, — c'est-à-dire à cette nuit même où Roland, ayant pris la place de Scalabrino, attendait dans le cachot des condamnés à mort que le bourreau vint le prendre.

Au cours de cette tempête, trois vaisseaux de l'Etat sombrèrent dans le port du Lido ; plus de deux cents barques ou gondoles furent fracassées les unes contre les autres ; le Pont des Soupirs fut frappé par la foudre et le feu qui se déclara se communiqua au palais ducal. La foudre tomba sur divers autres points de la ville, et notamment sur un beau palais qui baignait ses assises dans le Grand Canal.

Le Grand Canal était à Venise ce qu'a été à Paris le boulevard de Gand, ce qu'est aujourd'hui le boulevard des Italiens, c'est-à-dire la Rue par excellence, la voie la plus fréquentée, — une sorte de salon public.

Ce beau palais dont nous parlons venait d'être nouvellement restauré.

Il était d'une architecture un peu sévère et son fronton avait on ne sait quoi d'orgueilleux, — comme le fronton du patricien de vieille souche qui l'habitait.

C'était l'antique palais des Dandolo.

Le père de Léonore, appelé aux terribles et hautes fonctions de Grand Inquisiteur peu de temps après le mariage de sa fille avec Altieri, n'avait rien négligé pour lui rendre son ancien lustre. Les vastes et magnifiques salles de réception étaient ouvertes une fois par mois à la haute société vénitienne.

C'est donc dans la nuit du fameux orage que nous pénétrons dans le palais du Grand Inquisiteur. Les nombreux serviteurs de Dandolo se sont retirés dans les chambres qu'ils habitent en haut du palais. Au quai sont amarrées les quatre gondoles luxueuses du Grand Inquisieur. Car les riches Vénitiens mettaient leur vanité à posséder plusieurs gondoles et à les équiper avec magnificence comme les riches Parisiens mettent leur vanité à posséder plusieurs voitures. C'est d'ailleurs ce qui faisait en partie le charme de la Venise ancienne. Si, aujourd'hui, les gondoles uniformes et peintes en noir ne mettent sur les canaux que des taches monotones, les gondoles d'alors, pavoisées, couvertes de tentures, bariolées, pleines de chansons, étaient la joie et le luxe visibles de la Ville des Eaux.

Dans le palais Dandolo, cette nuit-là, tout semblait dormir.

Cependant un homme veillait encore vers quatre heures du matin.

Cet homme se promenait lentement de long en large dans une pièce qui était agencée comme un cabinet de travail.

C'était le Grand Inquisiteur.

Il avait fort vieilli.

Ses cheveux étaient tout à fait blancs et des rides sillonnaient son front pâli.

Depuis combien d'heures Dandolo se promenait-il ainsi, de ce pas pesant et les épaules voûtées comme par quelque poids très lourd ? Depuis longtemps sans doute, car une fatigue appesantissait sa marche lente, et par moments, il vacillait.

Alors il s'arrêtait, passait sa main sur son front, murmurait quelques paroles, puis reprenait sa promenade silencieuse, tandis que les coups de tonnerre grondaient sourdement au dehors.

— Hurle, tempête ! murmurait Dandolo, lorsqu'un coup plus violent semblait ébranler les assises de sa maison. Siffle, vente, foudroie !... Tu n'arriveras pas à étouffer ce qui hurle en moi !

Un éclatement terrible se fit tout à coup entendre ; quelque part un pan de mur s'écroula : la foudre venait de tomber sur le palais.

Dandolo s'arrêta, tout pâle, et cette fois il murmura :

— Pourquoi n'est-ce pas moi qui suis foudroyé ?

Il prit un flambeau et se mit à parcourir les salles désertes de son palais. Il arriva ainsi dans la grande salle de réception située au rez-de-chaussée. Lentement, il passa devant les statues, les objets d'art qu'il avait accumulés.

Puis il posa son flambeau sur une table et se laissa tomber sur son siège.

— Encore une nuit ! dit-il presque à haute voix. Une nuit d'insomnie ajoutée à tant d'autres ! Je vais, je marche, je tâche de ne pas entendre ce qui est en moi, et je n'y parviens pas, puisque les gémissements que j'entends ne sont même pas couverts par la voix du tonnerre... Oh ! ces gémissements !... Ils viennent de là-bas, du fond de la sinistre prison où se désespère l'infortuné... Quand je me rends au palais ducal, j'ai peur de traverser la salle où je le vis pour la dernière fois ! Si je monte dans ma gondole, je tremble que le barcarol ne me fasse passer sous le Pont des Soupirs !... Oh ! si cela arrivait pourtant !... Si un jour j'allais raser les murailles noires et funèbres ! Si j'allais entendre réellement ce que j'entends dans mon imagination !... Oh ! ce serait horrible !...

Dandolo se dressa tout à coup, le front mouillé de sueur froide.

— Six ans ! reprit-il. Six ans que ce malheureux expie le crime d'avoir été aimé par la fille d'un ambitieux... ma fille !...

Il jeta des yeux hagards autour de lui.

— A quoi bon ce luxe dont je me suis entouré ! A quoi bon avoir relevé le palais de mes ancêtres, puisque j'y suis plus misérable que dans la petite maison d'Olivolo !... Ici ont vécu Dandolo, le héros de Venise, et cet autre Dandolo qui passa sa vie à chercher une Constitution de liberté ; ici des âmes pures et nobles ont palpité pour le bien. Un seul crime tache le nom de Dandolo, et c'est moi qui l'ai commis !...

Sur la table, dans un petit cadre, une miniature attira son regard.

Il la saisit, la contempla avidement.

— Ma fille ! balbutia-t-il.

Puis, tout à coup, il reposa brusquement la miniature, et s'éloigna de la table avec une sorte de hâte terrifiée.

— Puissances du ciel ! dit-il alors dans un accès de désespoir plus intense, et si elle se doutait, elle !... Si un jour elle allait se dresser devant moi et me crier : Lâche ! Je sais la vérité ! Roland n'a pas quitté Venise ! Roland se meurt dans les puits !...

Il se tut soudain, et regarda autour de lui avec effarement.

Des bruits se faisaient entendre.

Les domestiques de la maison reprenaient leurs occupations : il faisait jour.

— Qui sait si on ne m'a pas entendu ! gronda-t-il.

Il fit rapidement le tour des deux ou trois salles voisines et respira : elles étaient désertes.

Alors, il revint à la salle d'honneur, alla soulever les rideaux de l'une des fenêtres et regarda au dehors.

Il pouvait être sept heures du matin. Le jour était triste et livide. La tempête, à son maximum d'intensité, se déchaînait dans toute son horreur. Les quais étaient déserts. Sur le grand canal, les gondoles s'entre-choquaient.

Au loin, sur la droite, une lueur rouge fusait dans le ciel noir.

Les yeux de Dandolo s'attachèrent sur cette lueur sinistre.

— On dirait que le palais ducal est en feu ! murmura-t-il.

Mais bientôt son regard se détacha de ce point.

— Et puis, que m'importe ! gronda-t-il. Que tout brûle, pourvu que s'éteigne la flamme d'enfer qui me dévore !

Soudain il devint blême.

Ses yeux exorbités se fixèrent avec une étrange expression de délire sur quelque chose qu'il voyait, et qui devait être affreux.

— Oh ! bégaya-t-il, ce n'est pas possible !...

« Je deviens fou !... Cela n'est pas !...

Le spectacle qui le frappait devait être terrible, car il tremblait et se soutenait à la lourde étoffe du rideau pour ne pas tomber...

Là, sous ses yeux, ce fut une vision rapide qu'éclaira le feu du ciel balayant l'obscurité des nuées.

Là, dans le grand canal, deux têtes venaient d'émerger à la surface des flots !...

Deux hommes se montraient !

Ces deux hommes se hissaient dans une gondole...

Et la gondole, vigoureusement poussée par l'un d'eux, s'enfuyait dans la tempête !

Puis, tout retombait à l'obscurité profonde.

Dandolo jeta un cri d'épouvante, murmura un nom et tomba à la renverse, évanoui.

. . . .

Lorsqu'il revint à lui, Dandolo se vit entouré de quelques-uns de ses serviteurs qui l'avaient porté sur un lit et s'empressaient autour de lui.

Il se releva aussitôt.

— Ne vous inquiétez pas, dit-il. C'est un simple vertige. Qu'on me laisse seul.

Les domestiques se hâtèrent d'obéir.

Dandolo s'assit à une table, mit sa tête dans ses deux mains et murmura :

— Que dois-je faire ?... A lui !... Que va-t-il faire ?...

Il était livide et frissonnait comme s'il eût fait un grand froid.

La terrible, l'insoluble question se dressait dans son esprit avec une netteté formidable.

Dandolo avait reconnu Roland.

S'il ne l'arrêtait pas, il se sentait perdu...

Un serviteur qui entra soudain l'arracha à cette angoisse.

— Monseigneur, dit cet homme, Son excellence le capitaine général Altieri est là qui demande à être introduit d'urgence.

Dandolo fit un geste.

Quelques instants plus tard, Altieri était devant lui.

D'un suprême effort, Dandolo s'était composé un visage indifférent.

— Je viens vous apprendre une nouvelle importante, dit Altieri. La voici sans plus tarder : Roland Candiano vient de s'évader.

Dandolo mit toute sa science à feindre une violente surprise.

— Evadé ! Vous êtes fou ! On ne s'évade pas des prisons de Venise.

— Cela est pourtant ! fit Altieri de cette voix sombre qui lui était habituelle. On devait ce matin exécuter le bandit Scalabrino. Ils se sont évadés ensemble. On a constaté que Roland Candiano avait creusé une mine allant de son cachot à celui de Scalabrino. Ils se sont concertés sans doute ; en arrivant sur le Pont des Soupirs, le chef des gardes s'est aperçu que l'homme que l'on conduisait à l'échafaud n'était pas Scalabrino. En effet, c'était Roland !

— Ceci est incroyable !...

— Cela est, vous dis-je ! reprit Altieri en respirant avec effort. Ce qui s'est passé alors est effrayant. Scalabrino est apparu soudain portant sur sa tête une dalle que deux hommes ordinaires eussent eu de la peine à soulever. Avec cette dalle, profitant de la stupeur des gardes et de la terreur que leur causait la foudre tombée sur le pont, il a défoncé la fenêtre du dernier soupir. Tous deux ont sauté. Voilà ce qui m'a été raconté. Voilà ce qu'ont vu les gardes, le bourreau, le prêtre. Il n'a pas fallu moins que tous ces témoignages réunis pour me convaincre. Mais qu'importe après tout. La vérité, l'affreuse vérité, c'est que Roland est libre !...

— Libre !...

— Oui, libre ! Et je suis venu, je suis accouru pour vous dire à vous, le père de Léonore, à vous le Grand Inquisiteur, le chef suprême de notre police : Qu'allez-vous faire ?

Dandolo tressaillit violemment.

Encore cette question qui se posait devant lui !..

Et, cette fois, ce n'était plus dans le secret de sa conscience !...

Un homme était là qui la lui posait ouvertement, avec une sorte de violence concentrée.

Quel homme ?...

Altieri !... Le mari de Léonore !... Le maître de sa fille... de la fiancée de Roland Candiano !...

— Ce que je vais faire ? balbutia Dandolo.

— On dirait que vous hésitez !

— Je n'hésite pas ; je suis atterré, voilà tout. La nouvelle est si stupéfiante que, venant d'un autre que vous, elle me semblerait absurde.

— Oui ! fit Altieri d'une voix sombre. Il y a, en effet, quelque chose d'absurde dans tout cela. Cela m'apprendra à jouer la générosité. Il fallait, pendant que nous tenions Roland Candiano... il fallait...

Un geste violent acheva la pensée d'Altieri.

— Enfin ! reprit-il. Le mal est fait. Il s'agit de le réparer. Et cela vous regarde. Faites fouiller Venise. Qu'on ferme le Lido. Qu'on surveille toute embarcation qui s'éloignera. Enfin, prenez les mesures nécessaires. Car, ajouta-t-il en pâlissant, si je ne me trompe, c'est un duel à mort qui commence entre nous et Roland Candiano. Agissez, monsieur le grand inquisiteur — et agissez vite !

Sur ces mots, Altieri se leva, demeura quelques instants debout, plongé dans ses réflexions, puis, brusquement, il prit congé de Dandolo.

— Rassurez-vous, dit celui-ci, dans deux jours, les fugitifs seront enchaînés au fond des puits...

Altieri parti, Dandolo laissa échapper un gémissement.

— Et pourtant, il le faut ! murmura-t-il. Ce nouveau crime est nécessaire ! C'est moi qui dois arrêter Roland Candiano... C'est moi !...

Dandolo passa une heure à refréner les sentiments qui soulevaient sa pensée comme la tempête du dehors soulevait les vagues. Puis, étant arrivé à se composer un visage et un maintien, il passa dans son cabinet de travail et ordonna qu'on envoyât chercher le chef de la police.

— Il est là, lui dit son secrétaire.

— Déjà ! murmura sourdement Dandolo.

Le chef de la police fut introduit.

— Monsieur, lui dit le grand inquisiteur, vous savez ce qui se passe ?

— Oui, monseigneur, deux prisonniers se sont évadés. L'un d'eux devait être exécuté ce matin même. J'accourais prendre vos ordres.

— Racontez-moi la chose en détail, fit Dandolo.

Et tandis que le policier faisait un récit de l'évasion et se lançait dans une élégante narration destinée à le rehausser dans l'estime de son chef, le grand inquisiteur songeait :

— Il faut que ce soit moi qui le fasse arrêter !... Oh ! ces deux têtes que j'ai vues émergeant de l'eau et dressant vers le ciel en feu un regard de défi !... Le temps s'écoule... Qui sait s'ils ne sont pas hors de Venise !...

Le silence qui régnait autour de lui l'étonna soudain.

Il tressaillit et vit le chef de police qui le regardait avec étonnement.

— Continuez, dit-il.

— C'est tout, monseigneur. Je n'ai plus qu'à exécuter vos ordres.

Le policier avait fini sa narration depuis longtemps.

— Mes ordres ! fit Dandolo en revenant à lui.

— Monseigneur veut-il me donner carte blanche ? dit tout à coup le policier.

Dandolo eut une lueur de joie, il se contint pourtant et répondit :

— Oui, à condition toutefois que vous me fassiez prévenir d'heure en heure de ce qui se passera. Les faits sont graves. Ces deux hommes sont très dangereux. Au fait, vous les connaissez, je pense ?

— Il s'agit de Scalabrino, le bandit fameux que nous arrêtâmes il y a six ans.

— Et l'autre ? fit Dandolo avec une indifférence qui dépassa le but, car elle surprit le policier.

— L'autre ? C'est Roland Candiano, monseigneur.

— Allez donc et faites diligence. N'oubliez pas de me faire prévenir dès que vous aurez une piste quelconque.

Le chef de la police s'élança, persuadé qu'il tenait sa fortune.

Les trois journées qui s'écoulèrent furent terribles pour Dandolo. Presque à chaque heure, il recevait la visite d'un agent, d'un sbire qui venait lui apporter un rapport soit écrit soit oral. Dans le premier cas, le rapport émanait du chef de la police. Dans le deuxième, il venait de l'agent lui-même. Dans la police vénitienne comme dans toutes les polices, chaque agent cherchait à se faire valoir au détriment du chef, dont il espérait la place.

A chaque visite, Dandolo sentait une sueur froide perler à son front.

Dans ces trois jours, un travail énorme se fit en lui. L'idée d'arrêter Roland lui devint insupportable, à tel point qu'il l'eût conduit lui-même hors de Venise s'il eût su où le trouver.

Cependant les policiers fouillaient la ville sans trouver trace des fugitifs.

L'avis général était qu'ils s'étaient noyés et que leurs cadavres avaient été poussés jusque dans le port où sans doute ils avaient été dévorés.

Au bout de quelques jours, cette croyance était partagée par Altieri lui-même.

Une nuit, le grand inquisiteur veillait comme cela lui arrivait si souvent depuis quelques années. Chose étrange : la mort probable de Roland avait ramené un peu de calme dans cette âme faible. Ce que redoutait le grand inquisiteur, c'était la *souffrance de Roland* enfermé au fond des puits... Roland mort ne souffrait plus. Dandolo cherchait en lui-même des arrangements avec sa conscience. En somme, il n'avait rien fait, lui. Il avait laissé faire. Et même, au moment de l'évasion, il s'était déchargé sur le chef de police du soin de faire les recherches.

Dandolo respirait donc. Et cette sorte de remords bâtard qui l'avait tant affecté s'affaiblissait d'heure en heure. A chaque rapport lui confirmant qu'on ne retrouvait aucune trace des fugitifs, son visage sombre s'éclairait peu à peu.

Cette nuit-là, son valet de chambre lui annonça tout à coup la visite d'un agent. Il donna tranquillement l'ordre de le faire entrer.

Le sbire parut et s'inclina profondément devant le grand inquisiteur.

C'était une de ces figures louches comme il y en avait tant à Venise : un être spécial qui eût arrêté son père et passé la corde au cou de sa mère pour obtenir un avancement. Les bas instincts qui s'agitaient confusément dans cette âme de brute se lisaient sur son front bas et fuyant, dans ses yeux ternes et vitreux.

Dandolo eut un geste de répulsion.

Le sbire s'inclina plus bas encore et dit :

— Monseigneur, je tiens Scalabrino et Roland Candiano.

Dandolo devint très pâle, mais ne fit pas un geste.

— Raconte ! dit-il d'une voix rauque.

— Voilà, monseigneur. Seulement, avant de parler, je désire vous adresser humblement une requête.

— Voyons.

— C'est de supplier Votre Excellence de vouloir bien se souvenir que, seul, j'ai trouvé ce que la police de Venise cherche en vain.

— Je m'en souviendrai ! dit Dandolo avec un accent qui eût dû épouvanter le sbire et qui le combla de joie, car il se méprit au sens de cette voix.

— C'est bien simple, monseigneur, reprit le sbire. Je me suis souvenu tout à coup que Scalabrino fréquentait jadis une jeune fille, probablement sa maîtresse, une nommée Juana. Dans la soirée, je me suis donc transporté dans la maison qu'habite cette fille. Je me suis introduit dans la pièce voisine. J'ai fait un trou à la cloison. J'ai écouté et j'ai vu.

Le sbire s'arrêta comme pour attendre un mot d'admiration.

Ce mot ne venant pas, il continua :

— J'ai vu Scalabrino, et je l'ai entendu causer avec la fille. Il n'y a aucun doute possible pour moi, bien que le brigand soit bien changé.

— Et... l'autre ? bégaya le grand inquisiteur.

— Absent, monseigneur ! Mais d'après la conversation que j'ai surprise, il ne doit pas tarder à revenir. Dès lors, l'opération est facile ; nous nous emparons de Scalabrino et de la fille. Nous nous installons dans le logis. Et lorsque Roland Candiano se présente, nous lui mettons la main au collet.

— Très simple, en effet ! fit Dandolo machinalement. Il était stupide d'horreur.

— N'est-ce pas, monseigneur ? fit le sbire en se redressant. Mais si simple que soit ce plan, il fallait le trouver... Et c'est moi, moi seul...

— Je ne l'oublie pas ! fit Dandolo en labourant sa poitrine de ses ongles.

Et il ajouta avec une immense amertume que le policier ne sentit pas :

— J'espère que tu as prévenu ton chef, et que la maison est cernée ?

Le sbire cligna des yeux. Il s'inclina et murmura :

— Monseigneur, un pauvre homme comme moi a trop rarement l'occasion de faire fortune en rendant à l'Etat un service signalé pour que j'aie pu consentir à révéler mon secret. Si j'en avais parlé au chef, le chef m'eût poignardé, jeté aux poissons, et c'est lui qui, en ce moment, serait ici, racontant ce que je raconte !

Dandolo essuya son front brûlant. Il dit doucement :

— Ainsi, tu n'as pas prévenu ton chef ?...

— Non, monseigneur.

— Ni aucun de tes camarades ?

— Encore moins !

— Tu es donc seul à savoir la chose ?

— Seul... avec vous, monseigneur !

— Oui, balbutia Dandolo... avec moi !

Il se leva, fit quelques pas dans son cabinet, puis revint au policier.

— Viens me montrer la maison, dit-il.

— A vos ordres, monseigneur, dit le policier.

Dandolo s'enveloppa d'un manteau et, suivi du sbire sortit de son palais.

— Dois-je vous envoyer le gondolier, monseigneur ? demanda le valet de chambre.

— Inutile ! répondit Dandolo.

Il entra dans l'une de ses gondoles et dit au policier :

— Rame !

Avec la hâte d'un homme qui court à la fortune, le policier se mit à pousser la gondole.

— Tu iras jusqu'au Lido, fit tout à coup Dandolo.

— Mais monseigneur, ce n'est pas par là !

— N'importe. Va. J'ai quelque chose à y voir.

Le barcarol improvisé obéit. Dandolo ne s'était pas placé sous la tente. Il s'était assis à l'arrière, près du policier qui manœuvrait sa rame avec l'adresse d'un homme bon à tout faire. Le grand inquisiteur méditait. A diverses reprises, il leva les yeux sur son barcarol dont la silhouette se dressait au-dessus de lui. Il faisait nuit noire. Les canaux étaient silencieux.

— Nous voici au port, monseigneur, fit le policier tout à coup.

— Va plus loin ! dit Dandolo.

La gondole se fraya un passage parmi les tartanes, les bricks et les vaisseaux d'Etat, et s'éloigna vers le centre de ce lac resserré qu'est le port du Lido. Bientôt, elle fut hors de vue de tous les navires du quai.

— Arrête, dit alors Dandolo.

Le policier suspendit sa rame.

— Assieds-toi là près de moi, reprit le grand inquisiteur.

— Oh ! monseigneur...

— Assieds-toi, te dis-je ! dit Dandolo d'une voix rauque.

Le sbire obéit, stupéfait.

— Ecoute, fit le grand inquisiteur, à voix basse, comme si on eût pu l'entendre, tu es bien sûr que tu es seul à savoir où se trouve Roland Candiano ?

— Tout à fait sûr, monseigneur !

— Nul ne t'a suivi ?...

— Mon métier est de suivre les autres, monseigneur, et je sais comment on fait pour ne pas être suivi.

— C'est parfait. Ecoute-moi bien, maintenant. Si je te demandais d'oublier ce que tu as vu !...

Dandolo avait parlé presque humblement. Le sbire demeura stupéfait, palpitant d'espoirs insensés, devinant qu'il tenait quelque formidable secret et qu'il allait pouvoir jouer du grand inquisiteur comme d'un instrument docile. Sa résolution fut prise à l'instant de vendre au plus haut prix ce qu'on lui demandait et, par conséquent, d'en amplifier, d'en exagérer la grande valeur : éternelle escroquerie morale du bon commerçant.

— Que voulez-vous dire, monseigneur ? s'écria-t-il.

— Je te demande d'oublier que tu as vu Scalabrino, que tu connais la maison où Roland Candiano doit revenir ! fit Dandolo avec une sourde irritation.

— Mais, monseigneur, cette maison... ne voulez-vous pas la voir vous-même ?

— Non, non... Mais réponds, drôle, au lieu d'interroger. Consens-tu à ce que je te demande ?

— Quelle sera ma récompense, monseigneur ? fit audacieusement le policier.

— Cette question-là, au moins, est raisonnable. Voici : tu quitteras Venise. Tu iras à Rome où j'ai de grandes influences. Tu retrouveras là-bas un emploi supérieur à celui que tu occupais ici, et pour te dédommager de ton départ, tu recevras cinquante écus en t'embarquant demain matin.

Tandis que Dandolo parlait, le sbire préparait un coup de maître.

— Monseigneur, dit-il brusquement, je ne veux quitter Venise à aucun prix. D'autre part, ce que vous me demandez est grave, et je désire réfléchir.

— Jusqu'à quand ? demanda Dandolo.

— Je le tiens, pensa le policier qui répondit :

— Jusqu'à demain ; est-ce trop d'un jour pour réfléchir d'un acte qui, si je ne me trompe, peut avoir d'immenses conséquences ?...

Dandolo sourit et dit :

— Non seulement ce n'est pas trop, mais ce n'est pas assez. Réfléchis donc toute l'éternité, misérable !

En même temps, le grand inquisiteur, d'un geste foudroyant, enfonça dans la poitrine du sbire un poignard qu'il tenait sous son manteau. Le sbire s'affaisa, sans un cri. Aux rayons de la lune, Dandolo regarda un instant le masque blafard de cet homme qu'il venait de tuer. Il n'eut pas un frisson. Au bout d'une minute de cette contemplation funèbre, il jeta les yeux autour de lui. Le port était silencieux. Une houle légère agitait faiblement le flot. Au loin, une ligne de feux de bord indiquait l'emplacement des navires amarrés au quai. Un calme majestueux régnait sur ce paysage. Alors, Dandolo souleva le corps, et, doucement, le laissa glisser dans l'eau qui s'ouvrit et se referma avec un léger clapotement.

Puis il prit la rame et se mit à pousser sa gondole.

Lorsqu'il rentra dans son palais et qu'il se fut jeté sur son lit, le grand inquisiteur murmura :

— Maintenant, j'ai payé ma dette à Roland Candiano. Maintenant peut-être pourrai-je dormir enfin !...

XXV

DEUIL DU CŒUR

Le palais Altieri était situé à deux cents pas du palais Dandolo, sur le même alignement. Notons, en passant, qu'entre ces deux maisons seigneuriales, et sur l'autre bord, s'élevait la maison plus seigneuriale encore et plus somptueuse qu'habitait la courtisane Imperia.

En sorte qu'Imperia, lorsque du haut de sa terrasse elle regardait à gauche, pouvait presque voir ce qui se passait chez Dandolo, et lorsqu'elle regardait à droite, ce qui se passait chez Altieri — c'est-à-dire chez Léonore. S'il y a une géométrie des sentiments comme il y a une géométrie des lignes, on trouvera une sorte de fatale symétrie dans le jeu de hasard qui unissait ainsi en une sorte de triangle symbolique les trois figures essentielles de Dandolo, de Léonore et d'Imperia.

Altieri, le matin où il était venu voir Dandolo pour lui annoncer la fuite de Roland, n'avait donc eu que quelques pas à faire pour regagner son palais. Bien que fort luxueux lui-même, l'intérieur de ce palais avait une toute autre allure que son voisin. On y voyait des trophées d'armes, des modèles d'arquebuses et d'arcs, des lances, des épées, des estramaçons à deux tranchants. Des officiers encombraient les antichambres, et devant le vestibule veillait nuit et jour une garde de douze hommes d'armes.

En effet, la situation qu'occupait à Venise le capitaine général était une des plus élevées de l'Etat. Son influence n'était guère inférieure à celle du doge lui-même. En principe, le doge était le chef suprême des armées de Venise. Les premiers doges ne furent pas autre chose que des généraux.

Dans le partage qui s'était fait de la succession du vieux Candiano, Foscari s'était surtout réservé l'omnipotence politique, et avait laissé à Altieri la puissance militaire, se réservant d'ailleurs de le surveiller de très près, persuadé qu'un général ne doit jamais être qu'une lame de sabre dans la main du pouvoir politique. Ainsi, de tout temps, le conducteur de peuples a toujours songé à se faire un auxiliaire docile du conducteur d'armées, en même temps que le chef de hordes a toujours songé à réunir en sa main la puissance civile et la puissance militaire. Le parfait équilibre dans une république policée — c'est-à-dire dans une république où le peuple est asservi — c'est la parfaite union du général et du législateur. Cette union parfaite existait-elle entre le doge Foscari et le capitaine Altieri ? C'est ce que les épisodes de ce récit nous diront sans doute.

De même que dans les aventures de *Borgia*, nous avons vu les puissances d'église en lutte contre la liberté, de même dans les présentes aventures, nous verrons peut-être les puissances militaires luttant, elles aussi, contre cette liberté, rêve suprême de l'humanité, espoir consolateur, levain d'épopées, — hélas ! cette liberté si lente, oh si lente à éclairer le monde ! Et, comme toujours, l'enjeu de ces batailles, c'est une parcelle de bonheur à conquérir, synthétisé par l'amour, symbolisé par la Femme.

La femme !... Si elle symbolise le bonheur autour duquel gronde l'âpre convoitise des grands et se lamente tout au loin l'espoir désespéré des faibles, ne symbolise-t-elle pas aussi les grands déchirements d'humanité !

C'est pourquoi c'est avec une sorte de mélancolie et de tristesse que nous mettons en présence, au fond de leur palais guerrier, le capitaine général Altieri — le triomphateur — et Léonore, demeurée dans le fond de son cœur la fiancée de Roland... du vaincu !

Depuis son mariage avec Altieri, c'est-à-dire depuis deux ans, Léonore occupait une aile du vaste palais. Elle s'y tenait presque constamment renfermée, vivant avec ses femmes et s'occupant avec une rigoureuse loyauté d'activité de l'administration intérieure.

Altieri, bien que l'heure fût matinale, se fit annoncer chez elle.

L'évasion de Roland le bouleversait et faisait bourdonner en lui des sentiments que l'accoutumance avait fini par assoupir.

Léonore reçut aussitôt son mari, comme toutes les fois qu'il se présentait. Dans tous ses actes extérieurs elle s'était imposé de se montrer toujours épouse fidèle et soumise. Lorsque le capitaine général entra, il la vit qui procédait au rangement d'une grande armoire à linge. Deux servantes dépliaient les piles d'étoffe, qu'elle examinait attentivement. Altieri considéra quelques instants ce tableau domestique et poussa un soupir. Puis, d'un signe, il montra les deux servantes qu'elle renvoya aussitôt.

Alors les deux époux prirent place sur des sièges.

Léonore vit que son mari était plus sombre, plus nerveux, plus agité que d'habitude. Dans cette nature violente, elle vit qu'un conflit nouveau jetait un trouble plus profond. Selon son habitude, elle attendit en silence. Car jamais elle ne lui parlait que pour répondre aux questions qu'il lui adressait.

Altieri, de son côté, se taisait. Il était venu chez sa femme sous le premier coup de l'émotion, avec une crainte vague de ne plus la trouver là. Et maintenant, il était tout étonné de n'avoir rien à dire. Cependant une sourde colère le gagnait. Il lui semblait que la fuite de Roland précisait sa situation vis-à-vis de Léonore.

— Je vois, dit-il avec un sourire contraint, que vous êtes toujours la ménagère modèle que les mères de Venise citent en exemple à leurs filles.

Elle garda le silence.

Et tout à coup, il commença brusquement l'attaque.

— Oui, dit-il, votre père m'a donné une ménagère accomplie, alors que j'espérais qu'il me donnerait une femme. Léonore, écoutez-moi. Cette existence me pèse à la longue...

— Qu'avez-vous à me reprocher ? Venise ignore notre situation.

— C'est juste. De quoi me plaindrais-je, puisque le mal dont je souffre est ignoré !

— J'assiste à toutes les fêtes que vous donnez ; j'ai soin de votre intérieur ; je me montre en public auprès de vous assez souvent pour qu'on ne devine rien de nos conventions intimes. Lorsque je vous ai épousé, la veille de notre mariage, loyalement, je vous ai dit que je ne serais jamais votre femme que de nom. Je vous ai demandé si, dans ces conditions, vous consentiez à ne pas persécuter mon père. Vous avez accepté. C'est alors, monsieur, alors que nous étions libres tous deux, qu'il fallait me dicter des lois. Vous m'avez juré de respecter la liberté de mon corps et de mon âme, je vous ai juré, de mon côté, que jamais je ne vous donnerais un sujet de plainte. Je tiens ma parole. Qu'avez-vous à me reprocher ? Parlez, je suis toute prête à changer mon genre de vie. Un jour, vous m'avez dit que je ne sortais pas assez souvent auprès de vous. Dès le soir même, je vous ai accompagné dans votre gondole. Il plut à votre caprice de me faire passer sous le Pont des Soupirs. Et je ne vous avouai même pas que ces gémissements que nous entendîmes me déchiraient le cœur. Depuis, toutes les fois que vous m'avez demandé de vous accompagner, vous m'avez toujours trouvée prête. Que voulez-vous aujourd'hui ?

Altieri était devenu pâle. Ses yeux flamboyaient.

— Je veux que vous soyez ma femme ! dit-il sourdement.

— Allons donc, monsieur ! Vous savez de quoi est capable une Dandolo. Je vois une menace dans votre attitude. J'aime mieux cela que votre faux respect de la foi jurée. Une Dandolo, jadis, sauva la république en poignardant le capitaine d'armes qui marchait sur le palais des doges. Ce qu'une Dandolo a fait pour la liberté de tous, je puis le faire pour ma liberté à moi.

— Ce qui veut dire que si j'avais recours à la violence vous me tueriez ?

— Sans hésiter.

— Et si je m'attaquais à votre père ?

— Je laisserais faire. J'ai fait à mon père le dernier sacrifice. Brisez sa situation, si vous voulez : mon père n'est plus mon père du jour où il a voulu mon mariage avec vous, sachant quel était le deuil de mon cœur.

Altieri frémit de rage et d'impuissance. Léonore lui apparut comme une de ces vierges antiques qui, ayant voué leur vie à Vesta, déesse de la chasteté, étaient plus fortes de leur orgueil que les empereurs de leur puissance. L'instinctive admiration qu'il éprouva redoubla la violence de sa passion.

Léonore s'était levée comme pour donner congé à Altieri.

Il comprit que toute parole serait vaine, que les prières et les menaces qui s'accumulaient dans son esprit ne prévaudraient point contre l'inébranlable volonté de l'épouse-vierge, fidèle à son deuil.

Il se leva aussi en disant :

— Voilà la deuxième fois, Léonore, que je vous demande de devenir ma femme ; la première fois, ce fut justement le soir de cette promenade au Pont des Soupirs que vous évoquiez tout à l'heure. Aujourd'hui, un événement considérable m'a encore poussé vers vous.

Elle tressaillit, surprise :

— Un événement ? demanda-t-elle.

Altieri eut un sourire terrible :

— Un événement qui vous intéresse quelque peu, je suppose. Je vais vous apprendre une chose qui, peut-être, changera un jour votre conduite. Car si je comprends jusqu'à un certain point qu'une femme demeure fidèle à un vivant...

— Eh bien ? balbutia-t-elle voyant qu'Altieri s'arrêtait.

— Eh bien ! nous venons de recevoir la nouvelle que Roland Candiano est mort...

Léonore demeura debout, toute raidie. A peine pâlit-elle. Roland l'avait abandonnée, Roland mourait ; le deuil demeurait le même dans son âme.

Quant à Altieri, il se retira en murmurant :

— Je n'ai menti qu'à moitié. De deux choses l'une : ou Roland s'est noyé, ou il est vivant. Dans le premier cas, ma nouvelle est vraie. Dans le deuxième cas, je me charge de la rendre vraie. Ce n'est qu'une question d'heures...

Demeurée seule, Léonore tomba sur ses genoux, et longuement elle pleura, comme elle n'avait pas pleuré depuis six ans, — depuis le jour où son père lui avait annoncé que Roland avait fui Venise.

XXVI

LE SECRÉTAIRE DE L'ARÉTIN

Deux mois se sont écoulés depuis ces événements. Nous transportons maintenant le lecteur dans le palais de Pierre Arétin. Comme ceux de Dandolo, d'Altieri et d'Imperia, ce palais se trouvait sur le Grand Canal. Bien qu'il ne fût à Venise que depuis une vingtaine de jours, l'Arétin y était déjà célèbre. Déjà, il avait donné une fête magnifique à laquelle il avait convié les poètes, les peintres, les artistes, les patriciens. Le Titien y avait paru. Pierre Arétin avait somptueusement meublé son palais. Il est vrai qu'il était déjà couvert de dettes et que pas un de ses meubles n'était encore payé.

Un soir, deux hommes débarquèrent en face de la tenture de soie rayée rouge et bleue qui entretenait la fraîcheur dans le vestibule. Ces deux hommes montèrent le vaste escalier de marbre qui conduisait à l'antichambre. Celui des deux qui paraissait le plus jeune marchait en avant. Il était vêtu modestement et portait le costume florentin. Il avait les cheveux blonds. Son compagnon eût paru d'une stature de colosse, s'il n'eût marché courbé, sans doute par quelque défaut des reins. Il était tout gris.

Le Florentin paraissait âgé d'une trentaine d'années.

Il entra dans l'antichambre ornée de statues et parut ne prêter aucune attention aux nombreux visiteurs qui s'y pressaient. Là, il attendit patiemment son tour d'audience. Car l'Arétin, comme un homme d'Etat, donnait audience à chacun selon son rang et son mérite.

Enfin, un domestique le fit entrer, ainsi que son compagnon, dans une pièce où deux femmes habillées avec une élégance impudique jouaient de la guitare.

Là, nouvelle station.

Parfois, une porte au fond s'ouvrait, et on entendait des éclats de voix.

Cette porte fut franchie par le jeune Florentin.

L'homme aux cheveux gris demeura sur place.

Dans la salle nouvelle où on l'introduisit, l'inconnu se trouva en présence de plusieurs hommes et de trois ou quatre femmes. Les femmes versaient à boire aux hommes dans de belles coupes en verre taillé.

— Que voulez-vous ? dit d'une voix forte l'un des hommes qui était à demi couché sur un vaste canapé.

Le Florentin avait, d'un coup d'œil, fait le tour des gens qui étaient devant lui. Et sans doute il ne vit rien de dangereux, car il répondit sans hésitation :

— Je désire voir le célèbre poète qui habite ce palais.

— Eh bien, mon ami, parlez ! Vous êtes devant l'Arétin ! Que désirez-vous ?

— J'arrive de Florence tout exprès pour vous présenter le tribut de mon admiration.

— Chiaria ! Margherita ! s'écria l'Arétin, qu'attendez-vous, coquines, pour offrir un siège à ce jeune homme et lui verser à boire. Attendez, drôlesses, je vais vous apprendre à mériter le nom d'*Arétines* que je vous ai donné, c'est-à-dire de déesses de l'hospitalité gracieuse et poétique...

En parlant ainsi, Pierre Arétin fixait la bourse que le Florentin portait attachée à sa ceinture. Et cette bourse lui ayant paru d'une amplitude convenable, il donna un grand coup de poing sur la table qui était devant lui et cria :

— Tête et ventre, mon gentilhomme !

Vous me plaisez, et je veux incontinent vous gratifier d'un sonnet de ma façon...

— Maître, répondit alors le Florentin, je vais d'abord vous apprendre deux choses : la première, c'est que je n'ai pas soif ; la deuxième, c'est que je ne suis point gentilhomme...

— Qu'êtes-vous donc, alors ?

— Je suis poète, ou, du moins, je tâche à l'être.

L'Arétin fronça les sourcils et grommela :

— Bah ! La plume vaut l'épée... Au surplus, à quoi puis-je vous être utile ?

— Je suis venu à Venise dans l'espoir de devenir votre secrétaire.

— Oh ! oh ! s'écria Pierre Arétin, voilà bien de l'ambition, monsieur ! Qu'avez-vous écrit ? Avez-vous fait vos preuves ?...

— Je puis, si vous le désirez, les faire devant vous en improvisant une ballade.

Ayant dit, le Florentin parut attendre avec modestie la décision du poète. L'Arétin se renversa en arrière, considéra l'étranger de la tête aux pieds, puis se tournant vers ses invités que cette scène semblait amuser fort :

— Si Leurs Seigneuries n'y voient pas d'inconvénient...

— Nos Seigneuries seront enchantées, dit un homme que le Florentin n'avait pas aperçu, à demi caché qu'il était dans la pénombre, au fond de la pièce.

Le Florentin regarda cet homme et sourit.

— Du moment que tu le désires, mon cher Bembo ! dit l'Arétin. Mais que diraient tes fidèles s'ils te voyaient ici, occupé de sonnets et de ballades qui n'ont rien de commun avec les Saints Évangiles !... Commencez, jeune homme, nous vous écoutons.

Le Florentin parut se recueillir et annonça :

— Le sujet de ma ballade se passe non loin de Trévise, dans les gorges de la Piave.

L'Arétin se redressa subitement.

— En voici le titre, continua le Florentin : *Le poète et le bandit.*

— Titre alléchant, s'écrièrent deux ou trois des invités.

L'Arétin s'était levé.

— Monsieur, dit-il, excusez-moi. J'avais oublié un rendez-vous important. Si vous voulez revenir demain, j'écouterai votre ballade avec un vif plaisir. A demain donc, à demain... Tenez, passez par ici pour éviter l'antichambre.

Il ouvrit une porte et glissa ce mot dans l'oreille du Florentin :

— Attendez-moi ici...

Puis, revenant à ses invités :

— Au diable les rendez-vous ! Je suis excédé, ma parole ! Depuis huit jours, je n'ai pas encore eu le temps de composer un sonnet que me demande le duc de Ferrare, et un conte que je veux envoyer à Sa Majesté l'empereur Charles. Excusez-moi, messieurs.

— Te voilà bien à plaindre, mon cher Pierre, dit l'homme qui était assis au fond.

— Eh ! il faut que je gagne ma vie. Ce n'est pas comme toi que ta prébende de nouveau cardinal suffirait à faire vivre largement.

— Cardinal par la grâce de l'Arétin ! dit Bembo en souriant.

— Il est vrai que j'ai quelque influence auprès du Saint-Père, dit l'Arétin. Il est fort ladre d'argent comptant, mais ne lésine pas sur les titres, c'est une justice à lui rendre.

Les invités de l'Arétin, cependant, avaient pris congé.

Bembo à son tour se retira.

Alors, Pierre Arétin renvoya Chiara et Margherita, puis se dirigea rapidement vers la porte par où il avait fait passer le Florentin qui ambitionnait l'honneur de devenir son secrétaire.

Le Florentin était là qui attendait.

— Venez, dit l'Arétin en l'entraînant vers le fond du palais jusqu'à une pièce exiguë et très simplement meublée. Ici, ajouta-t-il alors, je ne crains pas les oreilles indiscrètes et vous pouvez parler. Pourquoi votre ballade s'appelle-t-elle « Le poète et le bandit », pourquoi le sujet se passe-t-il dans les gorges de la Piave ?

Le Florentin, d'un geste, se débarrassa de la chevelure blonde dont les boucles efféminées lui tombaient jusque sur le front, et la mâle figure de Roland apparut à l'Arétin.

— Vous ! s'écria celui-ci.

— Moi, qui joue mon rôle comme j'espère que vous jouerez le vôtre. Et pour commencer...

— Parlez, maître ! dit l'Arétin, à qui ce mot vint sans effort.

— Eh bien, tout d'abord, il faut que je sois votre secrétaire pour quelque temps. Ensuite, je veux venir avec vous à la fête à laquelle vous devez assister après-demain.

— Chez la courtisane Imperia ?

— Oui. A propos, comment vit cette femme ? Il me semble avoir entendu dire qu'elle a un enfant. Est-ce exact ?

— C'est exact, bien que peu de personnes le sachent. Imperia a une fille.

— Qui s'appelle ?...

— Bianca.

— Quel âge ?

— De douze à quatorze ans.

— Bien. Vous vous arrangerez au cours de cette fête pour que je puisse voir la jeune Bianca et pour que la courtisane ait quelque confiance en votre secrétaire.

— Est-ce tout, maître ?

— Tout, pour le moment. Demain, je me présenterai à nouveau ici. Vous m'accueillerez et me recevrez pour votre secrétaire. Après-demain, vous m'emmenez avec vous à la f*te d'Imperia. Ensuite, nous verrons. Maintenant, faites-moi sortir d'ici sans que je sois remarqué. J'oubliais. L'homme qui m'accompagne et qui est resté dans une de vos antichambres devient votre domestique. Il vous accompagnera également au palais d'Imperia.

En parlant ainsi, Roland avait rajusté cette coiffure blonde qui métamorphosait entièrement le caractère de sa tête énergique et fière.

L'Arétin, tout pâle, reconduisit Roland jusqu'à une porte dérobée qui s'ouvrait sur le derrière du palais. Le faux Florentin s'éloigna rapidement. Alors Pierre Arétin revint lentement vers la pièce où attendait l'homme aux cheveux gris. Cette visite inopinée de Roland le bouleversait.

— Cet homme a une singulière puissance de domination, songeait-il. Moi qui n'ai peur de rien, sinon d'être frappé par un ennemi, j'ai peur de cet homme qui me protège ! Que vient-il faire à Venise ? Qui est-il ? Ou va-t-il ?...

Il aperçut le colosse aux cheveux gris qui attendait paisiblement sur une banquette...

— C'est vous, mon ami, qui désirez entrer à mon service ? lui demanda-t-il.

— Oui, et même le plus tôt possible.

— A l'instant même, si vous le désirez.

— En ce cas, faites-moi faire une livrée. Il faut que je l'aie, au plus tard, après-demain.

— Pour la fête de la courtisane Imperia ? demanda Pierre à voix basse.

— Je ne sais. Mais tels sont les ordres que je suis chargé de vous transmettre... Ah ! autre chose... Je désire ne pas coucher avec les autres domestiques.

— Vous aurez votre chambre.

— Il sera bon qu'elle donne sur le Grand Canal.

— Venez, je vais vous la montrer et vous me direz si la situation vous convient.

Quelques instants plus tard, Scalabrino, que l'Arétin ne reconnut pas, mais que nos lecteurs ont sûrement deviné, était installé dans une petite chambre dont la fenêtre s'ouvrait sur le canal.

Le lendemain, l'Arétin présentait à ses deux secrétaires un nouveau compagnon qui, désormais, dit-il, ferait partie de son existence : c'était un secrétaire qu'il affirma lui avoir été adressé par son grand ami Jean de Médicis. Le nouveau secrétaire s'installa comme s'était installé le nouveau domestique, c'est-à-dire sans bruit.

Le surlendemain, vers neuf heures du soir, l'Arétin montait dans la belle gondole à tente pourpre qui stationnait devant son palais.

Il emmenait avec lui son nouveau secrétaire et trois domestiques vêtus d'une éclatante livrée parmi lesquels se trouvait le colosse aux cheveux gris et au dos voûté. Ce n'était pas seulement un luxe que d'être accompagné de plusieurs domestiques, c'était une précaution de défense. Aussi les domestiques, sous leur livrée de gala, étaient-ils armés comme pour une expédition.

La gondole glissa lentement le long du Grand Canal.

Dix minutes plus tard, elle s'arrêtait en face du somptueux palais d'Imperia.

La façade en était vivement illuminée.

De l'intérieur s'échappaient des bruits de musique.

Une vingtaine de serviteurs chamarrés d'or faisaient la haie depuis les bords du canal jusqu'aux degrés du palais pour accueillir les invités de la courtisane, et des deux côtés de cette haie, de pauvres diables regardaient avec admiration.

N'est-ce pas pour les malheureux un plaisir que de regarder des gens qui vont s'amuser ? Plaisir sombre et douloureux !...

En passant derrière l'Arétin, Scalabrino fit à l'un de ces gueux un signe imperceptible auquel il fut répondu par un signe pareil.

L'Arétin, magnifiquement vêtu d'un pourpoint de velours que lui avait donné le marquis du Guast, coiffé de la toque à aigrette diamantée qu'il tenait du duc d'Urbin, portant autour du cou une chaîne d'or, présent du pape Léon X, monta les degrés du palais, traversa une vaste antichambre et entra dans la grande salle où circulait une foule élégante, composée en grande partie de jeunes gens riches et de femmes qui, sans être précisément des courtisanes, n'avaient pas à Venise ce qu'on appelle une situation régulière.

Le spectacle était réellement d'un charme étrange.

Dans un coin, parmi des massifs d'arbustes, des joueurs de guitare et de luth accompagnaient les voix féminines qui disaient des chants d'amour. Des valets circulaient offrant aux invités des confitures, du vin et des boissons faites avec des oranges et des citrons.

Un aimable abandon régnait dans cette foule qu'éclairaient des torches supportant des flambeaux de cire.

Imperia, magnifique statue, accueillait ses invités par un sourire et une parole de bienvenue. Elle était radieuse. La superbe courtisane était là dans son élément, et, en regardant passer les jeunes couples alanguis par la musique et les parfums, en recevant les compliments des hommes et les flatteries des femmes, elle paraissait surtout heureuse de dominer en reine d'amour cette fête de l'amour.

A son entrée, l'Arétin, accueilli par ce murmure qui marque la présence d'une célébrité, avait marché droit à Imperia. Roland, faisant signe à Scalabrino de le suivre, s'était perdu vers le fond de la salle.

Pierre Arétin et Imperia se voyaient pour la première fois.

Ils échangèrent ce regard des gens qui veulent pour ainsi dire se mesurer et voir si chacun d'eux est digne de sa réputation. Un cercle s'était formé aussitôt autour d'eux.

— Par ma mère ! s'écria l'Arétin, je veux vous dire, madame, que jamais nom de femme illustre ne fut mieux porté que le vôtre. C'est Vénus elle-même que j'ai sous les yeux, ou plutôt non, car Vénus la blonde, Vénus gracile et mièvre n'eût pu supporter la comparaison avec ces formes taillées dans le plus pur marbre. C'est donc à Junon que je vous comparerai. Junon, reine de l'Olympe et maîtresse des dieux.

Imperia tendit sa main en disant :

— Il est vrai que je suis belle. Mais vous, poète, créateur, vous, créateur de rythmes et de verbes dorés, vous avez plus que moi la faveur de ces dieux dont vous parlez. J'aimerais encore mieux être Anacréon que Junon, et s'il y a quelque plaisir à se savoir belle, c'est qu'on est sûre d'être chantée par vous...

Ces deux êtres échangèrent un sourire qui était un poème.

Tout de suite, ils se comprirent merveilleusement.

L'Arétin s'assit près d'Imperia, et la conversation commencée sur ce ton devint un tournoi de phrases alambiquées. Des jeunes gens, des femmes s'y mêlèrent et bientôt, Pierre Arétin, supplié de dire lui-même quelques-unes de ses poésies, se leva et commença à réciter une ballade avec cette emphase qui s'harmonisait admirablement avec le caractère de sa nature.

A ce moment, un homme s'approcha du cercle qui écoutait l'Arétin.

C'était le fils de Grimani.

Grimani, vieillard austère, membre du Conseil des Dix, était réputé pour la sévérité de ses mœurs en même temps que pour la dureté impitoyable dont il faisait preuve dans le conseil. Son fils, Giulio Grimani, homme d'une trentaine d'années, était l'un des officiers d'Altieri.

L'Arétin finissait sa ballade au milieu des applaudissements, lorsque Giulio Grimani dit à haute voix :

— C'est donc là ce bateleur qui a prétendu que mon père donnerait la haine de la vertu au plus vertueux !

L'Arétin pâlit, mais fit bonne contenance, et haussa les épaules.

— Seigneur Grimani, s'écria Imperia, le poète est mon hôte, ne l'oubliez pas.

Un murmure désapprobateur s'éleva autour de Grimani qui paraissait avoir bu un peu plus que de raison.

A l'apostrophe d'Imperia, il répondit en ricanant :

— Il peut bien être l'hôte d'une courtisane, puisqu'il est fils d'une courtisane.

L'Arétin se découvrit par un geste qui ne manquait pas de noblesse.

— Monsieur, dit-il, vous injuriez une femme morte dans un hôpital. Mais votre injure est effacée par le salut public que j'adresse à sa mémoire.

Il se couvrit et continua :

— Quant à moi, monsieur, fils de courtisane, j'ai l'âme d'un roi. Et vous, fils d'inquisiteur, vous avez l'âme d'un sbire. Aussi, dédaigné-je de vous châtier. Ce soin regarde mes laquais.

L'Arétin avait prononcé ces mots à tout hasard.

Au fond, il tremblait.

Ayant dit, il tourna le dos à Grimani qui, pâle de fureur, s'élança sur lui en rugissant :

— Misérable, je vais t'envoyer crever à l'hôpital comme ta courtisane de mère !

Plusieurs invités essayèrent de s'interposer en criant :

— Vous avez tort, Grimani !

Il les repoussait et il allait atteindre Pierre Arétin devenu blême, lorsqu'il se sentit saisi par deux mains énormes qui paralysèrent toute sa résistance.

Un valet à la livrée de l'Arétin, sorte de colosse aux cheveux gris et au dos voûté, s'était avancé précipitamment et avait empoigné Grimani.

— Maître, demanda-t-il respectueusement, où faut-il déposer ce seigneur ?

— Dépose-le dans sa gondole, répondit l'Arétin en reprenant tout son aplomb, et surtout veille à ne lui faire aucun mal.

Des éclats de rire, des applaudissements éclatèrent. Le colossal valet emportait à bras tendus Grimani fou de rage et de honte. Il sortit ainsi, tandis que l'Arétin, se tournant vers Imperia, lui disait :

— Il a bien fallu que je dresse mes valets à certaines besognes qui me prendraient un temps précieux. Ainsi, madame, si j'avais été obligé de conduire moi-même le seigneur Grimani, c'étaient quelques minutes volées à la contemplation de votre beauté... jamais je ne me fusse pardonné ce crime.

L'Arétin exultait. Cet incident lui donna une auréole de force et de sang-froid, et plusieurs trouvèrent que décidément cet homme ne manquait pas d'esprit.

Cependant, la fête suivait son cours.

Des couples s'enlaçaient en des danses lentes et amoureuses.

L'Arétin avait repris son entretien avec Imperia.

— Et qui vous a attiré à Venise ? demanda celle-ci.

— D'abord le désir de vous voir, madame, ensuite une lettre de mon ami Bembo.

Imperia tressaillit.

— Ah ! fit-elle, vous connaissez le nouveau cardinal ?

— C'est moi-même qui lui ai apporté sa nomination, madame. Mais vous-même, le connaissez-vous donc ?

— C'est un de mes amis, dit Imperia avec une expression de haine et presque de terreur.

Et comme si la pensée qui traversait à ce moment son esprit en eût amené une autre, elle fit signe à un de ses valets qui passait, chargé de rafraîchissements.

— Allez me chercher dame Maria, dit-elle.

Puis, reprenant :

— Votre intention est donc de vous installer à Venise ? On parle d'un beau palais que vous avez loué et meublé magnifiquement.

— Magnificence qui ne vaudra jamais la vôtre, madame, bien que Titien lui-même ait présidé à sa décoration. C'est vrai, je m'installe à Venise, et pour longtemps, j'espère. Venise me plaît par son étrangeté ; la ligne fuyante de ses canaux m'apparaît comme un rêve...

— Et puis, on y est en sûreté, fit tout à coup Imperia. C'est une sorte de forteresse d'où on peut impunément braver les plus forts...

— Vous lisez admirablement dans la pensée des gens, dit l'Arétin à voix basse ; et si vous voulez, à nous deux, nous dominerons Venise... et nous y serons inexpugnables.

— J'accepte l'alliance ! fit en riant Imperia.

« Mais, dites-moi, quel est cet homme qui marchait près de vous lorsque vous êtes entré ?

— Vous voulez parler de mon secrétaire Paolo ?

— Ah ! c'est votre secrétaire, fit Imperia pensive.

A ce moment, une femme d'âge s'arrêta devant elle et dit :

— Vous m'avez fait demander, madame ?

— Oui, Maria... Que fait Bianca ?... Il faut spécialement veiller sur elle, par ces soirs de fête... J'espère que le bruit de la musique ne vient pas jusqu'à elle ?

— Non, madame. Et Mlle Bianca dort comme un ange, bien que, dans le commencement de la soirée, elle ait paru un peu indisposée.

— Indisposée ! s'écria Imperia en pâlissant. Et vous ne me l'avez pas dit...

— Je n'ai pas osé, madame... à cause de la fête...

— Et que m'importe la fête, vieille sotte ! Je suis sûre que Bianca est souffrante encore ; voyons, parlez...

— Madame, balbutia la vieille, il est vrai que la signorina souffre un peu... mais ce n'est rien...

— Excusez-moi, dit Imperia à l'Arétin d'une voix tremblante, je reviens à l'instant.

— Madame, dit l'Arétin, si j'en crois ce que je viens d'entendre, la santé de cette demoiselle vous est précieuse...

— Plus que ma vie !...

— Elle vous est donc attachée par quelque puissant lien ?

— Elle est ma fille, fit Imperia avec un naïf orgueil qui eût fait pardonner bien des choses à la courtisane.

— Ah !... vous avez donc aimé ! dit l'Arétin, puisque vous aimez tant cette enfant.

Imperia haussa les épaules.

— J'ai aimé une fois dans ma vie, une seule fois, et cela m'a valu tous les tourments de l'enfer. Cette enfant n'est pour rien dans cet amour. Je l'aime pour ellemême...

— Quoi qu'il en soit, vous ne seriez peut-être pas fâchée d'avoir un bon médecin sous la main ?

— Si Bianca est souffrante, je paierai un médecin à poignées d'or.

— Je vous en offre un, dit l'Arétin, que vous n'aurez pas à payer, malgré toute son habileté, car il est à moi... C'est ce secrétaire dont vous me parliez tout à l'heure.

Pour la deuxième fois, Imperia tressaillit.

— Soit ! dit-elle. Venez avec moi.

Elle traversa la salle de fête en souriant de ce sourire stéréotypé qui faisait partie de sa profession. Les courtisanes sont continuellement en scène. Et si leur rôle est de sourire, elles doivent sourire, même la mort dans l'âme. Accompagnée de l'Arétin, elle parvint dans une petite pièce déserte où déjà les bruits n'arrivaient que très atténués.

— Attendez-moi, dit-elle alors ; si Bianca est souffrante, je viendrai vous appeler...

— Pendant ce temps, je vais chercher mon secrétaire, dit l'Arétin.

Imperia demeura absente quelques minutes. Lorsqu'elle revint, elle trouva l'Arétin en compagnie de son secrétaire et de ce valet colossal qui avait si rudement reconduit Giulio Grimani à sa gondole. La courtisane paraissait agitée.

Elle courut au secrétaire :

— Monsieur Paolo, dit-elle, vous êtes médecin ?

— Je le suis, madame, à vos ordres.

Au son de cette voix, Imperia fut secouée d'un rapide frisson. Mais elle se remit.

— Venez, dit-elle.

Elle entraîna celui que l'Arétin avait appelé Paolo, lui fit traverser deux ou trois pièces et arriva enfin dans une chambre où une fillette d'une douzaine d'années, étendue toute habillée sur un canapé, gémissait doucement.

Paolo — laissons ce nom au secrétaire de l'Arétin — Paolo n'était pas médecin. Mais il n'eut pas de peine à se convaincre que l'enfant n'était nullement malade.

Imperia, cependant, avait saisi dans ses bras Bianca qu'elle couvrait de baisers passionnés.

— Où souffres-tu, mon enfant ? demanda-t-elle. Ne me cache rien, voyons... Tu vois, ce monsieur est un grand médecin qui vient pour te guérir.

Chose étrange, l'enfant semblait fuir les baisers de sa mère et murmurait obstinément :

— Mais je ne souffre pas, petite mère, je te jure.

Pourtant des gémissements nerveux lui échappaient.

— Tu ne souffres pas de l'estomac, dis, ma chérie ? reprenait Imperia.

— Non, petite mère...

— Ni du ventre ? Dis-le bien...

— Non, je te jure !

Paolo considérait avec une profonde attention la mère et la fille. Il attira Imperia dans un coin de la chambre et, brusquement, lui demanda :

— Vous redoutez donc qu'on empoisonne votre fille ?

Imperia jeta un léger cri d'effroi. Mais elle ne nia pas.

— Monsieur, fit-elle en joignant les mains, voyez si mon enfant est malade, par pitié !

— Rassurez-vous, dit Paolo. Avez-vous confiance en moi ?

— Oui, oui... bien que je ne sache pas pourquoi vous m'inspirez cette confiance.

— Eh bien, veuillez vous retirer et faire sortir les servantes.

Imperia fit un geste de terreur.

— Je suis tout prêt à céder ma place à un autre médecin, si vous avez peur ! dit Paolo.

— Non, non ! Je crois en vous...

Elle fit un signe. Et deux ou trois servantes qui s'empressaient autour de Bianca se retirèrent. Alors, elle serra sa fille contre son sein avec une sorte de furie, puis sortit à son tour au moment où le médecin lui disait :

— Veuillez faire savoir au valet du seigneur Arétin qu'il demeure dans la pièce voisine, à portée de ma voix. Si j'ai besoin de quoi que ce soit, il est habitué à mes ordres...

Paolo, demeuré seul, examina un instant Bianca.

Au moment où sa mère sortait, l'enfant s'était à demi soulevée, l'avait regardée avec des yeux noirs de colère et avait murmuré

— Va !... Retourne dans ta fête !... Retourne avec tous ces hommes !... et laisse ta fille toute seule !

Paolo sourit : il connaissait maintenant le mal dont souffrait Bianca.

Il s'approcha, s'assit près d'elle, lui prit la main, et dit doucement :

— Voulez-vous que nous causions un peu, mon enfant ?

— Je veux être seule. Je ne suis pas malade, dit nerveusement Bianca.

— Je sais bien que vous n'êtes pas malade. Ce n'est pas votre corps qui souffre, pauvre petite innocente. C'est votre cœur, n'est-ce pas ?... Dites-le-moi. Confiez-vous à moi ! Je suis un ami. Vous avez un gros chagrin, n'est-il pas vrai ? Voyons, regardez-moi, et voyez si vous pouvez me traiter en ami...

Bianca leva sur l'homme qui lui parlait ainsi sa tête qu'elle avait jusque-là tenue cachée dans les plis d'un coussin.

Roland fut frappé de l'extraordinaire beauté de cette tête de vierge.

Bianca avait alors un peu moins de quatorze ans.

Mais c'était déjà presque une jeune fille : sous le soleil ardent d'un ciel embrasé d'amour, les filles d'Italie poussent vite, comme des fleurs en terre chaude.

Bianca avait toute la beauté de sa mère, mais avec on ne sait quoi de plus pur dans les lignes, de moins dur dans le modelé. Ses yeux d'un bleu profond, d'un bleu d'outremer, formaient seuls un violent contraste avec l'idéale virginité de sa tête. Ces yeux presque sauvages avaient des flammes de colère inconnues, de révolte peut-être qui lui venaient de ses réflexions.

Elle avait été soigneusement élevée, avait reçu des maîtres à lire, à écrire, à compter ; elle jouait de l'*arpiconao* — sorte de guitare — avec infiniment d'expression. Pendant longtemps, sa mère l'avait tenue éloignée d'elle, par un sentiment de pudeur qui n'avait rien de surprenant chez une femme de la valeur d'Imperia. Puis, tout à coup, soit caprice, soit que son amour maternel n'eût pu résister davantage à la séparation, la courtisane était partie chercher sa fille, l'avait ramenée avec elle, et l'avait installée au fond de son palais où Bianca vivait pour ainsi dire recluse. Presque tous les soirs, à la nuit tombante, Imperia modestement vêtue et voilée comme une veuve sortait avec Bianca. Alors elles faisaient de longues promenades soit à pied, soit en gondole. Mais le jour, Bianca ne sortait jamais. Imperia veillait avec un soin jaloux à ce que sa fille ne fût aperçue par aucun homme, et peu de gens savaient qu'elle eût une fille. Dans cette maison impure, c'était le coin de pureté où Imperia n'entrait jamais qu'en tremblant. Peut-être, malgré toutes ses précautions, la beauté de Bianca avait-elle déjà excité des convoitises...

Pendant une longue minute, Bianca examina Roland.

— Oui, dit-elle enfin, je crois que je puis vous traiter en ami. Vous ne ressemblez pas aux autres hommes qui viennent chez ma mère. Vos regards n'ont pas cette expression insolente qu'ils ont tous. Et c'est cela qui me fait souffrir. C'est de voir ma mère si entourée. Je rêverais d'une petite maison où nous serions seules toutes les deux.

— Ainsi, vous n'avez aucune envie de vous mêler à ces fêtes qui se donnent dans ce palais ?

— Elles me font horreur. Hier encore, j'ai supplié ma mère d'y renoncer. Elle n'a pas voulu. Je suis bien malheureuse !

Bianca éclata en sanglots.

— Bien malheureuse en effet ! murmura Roland.

Il laissa pleurer la jeune fille qui, rapidement, s'apaisa.

— Pourtant, reprit-il alors, vous aimez bien votre mère ?

— Oui, je l'aime... Et je la plains. Car souvent, il m'a semblé comprendre qu'elle non plus n'est pas heureuse. J'aime ma mère, monsieur. S'il fallait me sacrifier pour elle, je le ferais. Et pourtant, il me semble que je ferais mieux de m'en aller d'ici...

Roland tressaillit.

— Mais pourquoi, demanda-t-il, puisque vous aimez votre mère et que, de son côté, elle a une véritable adoration pour vous, pourquoi vous en iriez-vous ?

— Je ne sais pas. J'étouffe ici.

— Peut-être n'êtes-vous pas assez libre ?

— Non, ce n'est pas cela. Il me serait indifférent de vivre enfermée. J'étouffe, parce que l'atmosphère qu'on respire ici me paraît lourde et viciée ; j'étouffe parce que je devine, je sens plutôt qu'il se passe des choses qui me terrifient... Lesquelles ?... Je ne sais ! Et cela me tourmente affreusement de ne pas savoir.

— Rassurez-vous, consolez-vous, mon enfant ; il ne se passe rien ici qui puisse vous épouvanter.

Elle le regarda fixement.

— Vous ne dites pas ce que vous pensez, et je le sens à l'hésitation de votre voix si franche. Vos yeux se détournent. Pourquoi ne pas me dire la vérité ?...

— Parce que cette vérité doit vous demeurer cachée, dit Roland avec une agitation qui le surprit ; n'essayez pas de savoir. Tenez-vous enfermée dans votre appartement... Si une porte s'entr'ouvre, éloignez-vous. Si vous entendez un bruit de voix, bouchez-vous les oreilles ; si vous apercevez une ombre, fermez les yeux...

— Ah ! s'écria Bianca, maintenant je vois que vous êtes un véritable ami pour moi...

— Oui, oui, un ami, n'en doutez pas.

— Vous venez de dépeindre en quelques mots l'existence que je mène ici. Car tout ce que vous me recommandez, je le fais depuis longtemps ; mais jusqu'ici je le faisais d'instinct, sans savoir si cela me sauvait ou me perdait... Ah ! monsieur, si vous pouviez décider ma mère à quitter Venise... Avant d'être ici, j'étais si heureuse...

— Où étiez-vous donc ?

— Chez des paysans, près de Mantoue. Ma mère venait me voir deux fois par an, et nous étions alors si heureuses ! Nous courions ensemble comme des sœurs. Quand elle s'en allait, cela m'arrachait le cœur de la voir pleurer comme elle pleurait. Et pourtant, c'est cette vie-là que je voudrais recommencer...

— Espérez, je ferai tout au monde pour décider votre mère...

Bianca joignit les mains.

— Nous serions sauvées toutes les deux ! dit-elle sans comprendre la profondeur de ce mot. Quand parlerez-vous à ma mère ?

— Dès que je pourrai. Tout à l'heure, peut-être. Ou plutôt, demain... oui, demain, car j'ai besoin de réfléchir.

— Vous êtes bon, monsieur. Vous êtes vraiment bon. Et je m'en veux de manquer de confiance en vous.

— En quoi manquez-vous de confiance ? fit Roland étonné.

Bianca devint pourpre.

— Je ne vous ai pas tout dit... Il le faut, cependant... Un homme... un de ceux qui viennent ici parfois...

— Eh bien ?...

— Un jour, par extraordinaire, ma mère m'avait conduite en plein jour jusqu'au Lido. Cet homme nous rencontra. Il reconnut ma mère, bien qu'elle fût voilée ; il s'approcha de nous et je sentis un froid mortel me gagner sous son regard.

— Pourriez-vous me dépeindre cet homme ?

— Il est d'une laideur repoussante. Ce jour-là, il portait le manteau d'abbé, mais avec des bas violets...

— Bembo ! murmura sourdement Roland.

— Un mois plus tard, continua Bianca, je vis cette porte s'ouvrir. L'homme parut. Il avait le visage enflammé et se mit à balbutier des choses que je n'entendis pas, tant j'étais effrayée. Je jetai un grand cri. Mes femmes accoururent, et l'homme se retira en s'excusant sur ce qu'il s'était trompé...

— Et que dit votre mère, quand elle sut ?

— Je n'ai pas osé lui raconter cette aventure. Et pourtant, j'ai peur et je tremble toutes les fois que j'y pense.

— Rassurez-vous, dit Roland d'une voix si sombre que la jeune fille pâlit ; je vous protégerai contre cet homme.

— Vous le connaissez donc ?

— Oui, je le connais, fit Roland dont le visage se décomposa soudain.

Puis, se remettant, il ajouta sur un ton étrange :

— Adieu, mon enfant. Ne craignez plus rien, et bénissez le hasard qui fait que je vous ai vue, que je vous ai parlé. A partir de ce moment, ne craignez plus rien, vous êtes sous ma protection.

Bianca s'inclina gracieusement et une expression de profonde reconnaissance illumina ses yeux bleus dont l'éclat sauvage parut s'adoucir et se fondre en une douce lumière.

Roland avait ouvert la porte et fait signe au valet colossal de s'approcher. Il lui parla à l'oreille, paraissant lui donner des ordres ; mais il lui disait :

— Scalabrino, regarde bien cette jeune fille

— Je la vois, maître.

— Pénètre-toi bien de sa physionomie, de façon à emporter son souvenir exact.

— Je la reconnaîtrais entre mille.

— C'est bien, dit enfin Roland à haute voix lorsqu'il pensa que Scalabrino avait étudié à fond le visage de Bianca ; c'est bien, allez me procurer ces objets au plus tôt.

Le valet s'inclina et partit.

Roland fit alors un dernier signe à Bianca extasiée et referma la porte.

— Eh bien ? s'écria Imperia avec angoisse.

— Il n'y a nul danger, madame. Si vous voulez vous en rendre compte vous-même, vous verrez que votre enfant est en parfaite santé.

Imperia se précipita dans l'appartement de sa fille.

Le faux secrétaire Paolo — Roland pour nous — s'approcha alors de l'Arétin, qui avait attendu auprès d'Imperia, et lui dit à voix basse :

— Invitez donc votre ami Bembo à une soirée intime chez vous. A cette soirée, il n'y aura que lui, vous et moi.

Et Paolo parut s'enfoncer dans une méditation que Pierre Arétin respecta.

— Etrange chose, pensait Roland, que la destinée de l'homme. Voici une femme, une vile courtisane dont le caprice d'une heure qu'elle éprouva pour moi fut peut-être la cause initiale de tous mes malheurs. A coup sûr, elle a servi les intérêts de Foscari, de Bembo et d'Altieri, du formidable trio de forbans ligués pour me plonger dans la nuit des désespoirs sans fin. Bon. J'apprends qu'elle a une fille, et qu'elle aime cette fille. Voilà, me dis-je, l'instrument de ma vengeance. Je ferai souffrir cette âme de mère égarée dans ce corps de courtisane. Et lorsque je viens pour combiner le châtiment de la drôlesse, voilà la pitié qui entre dans mon cœur. Je vois la fille, et il se trouve que c'est un ange digne de la miséricorde et de l'admiration des hommes. Je viens pour la frapper, et je m'en vais avec la résolution de la sauver. Pourquoi, puisque j'avais résolu de me venger, n'ai-je pas commencé par arracher de ma poitrine ce cœur trop faible !

Imperia rentra, rayonnante, et saisit les mains de Roland.

— Ah ! maître Paolo, s'écria-t-elle, vous êtes vraiment un grand médecin. Jamais je n'ai vu ma fille aussi bien portante et disposée à la vie. Seigneur Arétin, votre secrétaire est un trésor.

— Je vous l'avais dit, madame, dit Pierre.

Au contact des mains d'Imperia, Roland avait eu un frisson de dégoût et de haine qu'il réprima aussitôt :

— Vous êtes donc rassurée ? fit-il.

— Comment ne le serais-je pas ?

— Et si je vous disais que cette apparence de santé est trompeuse ? Si je vous disais que votre enfant est réellement malade ?

— Vous m'épouvantez, s'écria la courtisane devenue pâle.

— Voulez-vous, madame, m'accorder un entretien ?

— Tout de suite, oh ! tout de suite !

— Non ; ces bruits de fête me troubleraient. Demain...

— C'est trop loin ! Je suis maintenant dans une mortelle inquiétude. Ecoutez, revenez à minuit. D'ici là, j'aurai trouvé quelque moyen de renvoyer tout mon monde. Je vous en supplie...

— A minuit, soit !

Roland s'éloigna, tandis qu'Imperia songeait :

— Où ai-je entendu cette voix qui me fait frissonner ?... Pourquoi la vue de cet homme éveille-t-elle en moi des souvenirs terribles ?

Escortée de Pierre Arétin, Imperia rentra dans la salle de fête, et avec cette profonde habileté, cet art suprême qui la rendait vraiment supérieure, commença à préparer peu à peu la foule de ses invités à un départ qui n'eût dû se faire que fort avant dans la nuit.

Vers minuit, comme elle l'avait dit, le palais était désert, silencieux, ses lumières éteintes, ses domestiques retirés ; une heure avait suffi à Imperia.

Quand elle fut seule, elle attendit près de la grande porte, pour ouvrir elle-même.

Bientôt apparut celui qu'elle appelait maître Paolo.

Elle le prit par la main et l'entraîna dans une petite pièce écartée.

Imperia s'assit et désigna un siège au secrétaire-médecin de Pierre Arétin.

Roland obéit machinalement.

La seconde qu'il vécut à ce moment fut un de ces instants de terrible angoisse comme il en avait déjà éprouvé depuis son évasion.

Cette pièce dans laquelle il se trouvait, il la reconnaissait !... C'était celle où la courtisane l'avait entraîné dans cette soirée de malheur où, pour la première fois, il avait senti passer sur sa vie le souffle des catastrophes prochaines.

Il frémit, et, sous le fard dont il s'était fait une sorte de masque, devint très pâle. Une brève hallucination le ramena en arrière de six ans ; il revit Imperia telle qu'il l'avait vue, ardente, impudique, emportée par un coup de passion comme une feuille par un coup de tempête.

Alors, la folie du meurtre envahit l'esprit de Roland.

Cette femme qui, pour un caprice, avait brisé son existence, il la tenait là, devant lui, dans la solitude de ce palais endormi. L'heure de l'expiation était venue pour elle !... Les mains de Roland se crispèrent, il se souleva à demi... il se ramassa pour bondir sur elle...

— Parlez-moi de ma fille, dit doucement Imperia.

Roland retomba sur son siège, et un rauque soupir gonfla sa poitrine. Tout disparut de son esprit, hallucination, meurtre... et dans Impéria il ne vit plus que la mère, — la femme qui prodiguait sa maternité, ce sublime palladium des femmes.

— Que redoutez-vous pour elle ? demanda-t-il en faisant un effort pour chasser les pensées nées du passé.

— Que sais-je ?... J'aime tellement cette enfant ! Elle est ma vie, monsieur... la moindre apparence de mal me met hors de moi... Oh ! si je la perdais !

— Il est impossible que ce soit seulement cela que vous redoutez...

— Que voulez-vous dire ? fit Imperia en tressaillant.

— Bianca est d'une santé robuste. Mais elle est bien belle... trop belle, peut-être ! N'est-ce pas, madame, que vous aimeriez mieux que votre fille n'eût jamais attiré les regards d'aucun homme ?

— Il faudra pourtant qu'elle se marie ! dit Imperia qui pâlit.

— Ce n'est pas cela que vous craignez, je le sais... Si un homme se présentait, jeune, loyal, dévoué, offrant sa vie avec l'amour que lui aurait inspiré Bianca, vous n'hésiteriez pas !... Mais peut-être votre fille a-t-elle été vue par quelqu'un de ces monstres à visage humain dont le seul regard est une mortelle insulte...

— Vous m'épouvantez !

— Peut-être a-t-elle inspiré une passion à l'un de ces cœurs abjects dont tous les sentiments sont des poisons, en sorte que ces êtres marchent dans une atmosphère de malheur et de crime, et qu'il suffit de les approcher pour respirer la mort.

Imperia, suspendue aux lèvres de Roland, le regardait avec une terreur grandissante.

— Si cela est, madame, acheva Roland, malheur à votre fille ! Le vampire est là qui la guette dans l'ombre de ce palais. Il a soif de ce jeune sang. Cette beauté radieuse convient à sa hideur. Sa nuit veut s'éclairer de cette lumière. Il rôde sans hâte. Il sait que sa proie ne peut lui échapper. Il prend ses dispositions, et bientôt peut-être il sera trop tard pour sauver l'enfant.

Imperia jeta un cri d'épouvante.

— Qu'avez-vous, madame, dit Roland. Tout ceci n'est qu'une supposition sans doute. Et d'ailleurs, vous êtes là pour veiller sur Bianca. Car qui donc oserait attaquer la fille devant la mère. A moins pourtant que la mère ne soit unie au malfaiteur par quelque pacte secret ! A moins que la mère, à jamais liée par quelque crime ténébreux à son complice, ne soit impuissante lorsque ce complice se dresse et lui dit : Je veux ta fille !

Imperia bondit, courut à la porte, s'assura que nul ne les entendait, puis, hagarde, revint vers Roland.

— Qui vous a appris tout cela ? bégaya-t-elle. Quelle infernale puissance vous a révélé le pacte qui me lie au monstre, au vampire, au cardinal !...

— Je ne sais de qui vous voulez parler, dit froidement Roland. Je cherche, je tâtonne, voilà tout. Il paraît que, sans le vouloir, j'ai dit la vérité.

— Ainsi, vous ne savez rien ?

— Rien ! dit Roland.

Imperia respira. Mais tout aussitôt, Roland ajouta :

— Je ne sais rien, mais il faut que je sache tout, si vous voulez que votre fille soit sauvée.

La courtisane frissonna et baissa la tête sous cette voix impérieuse qui la dominait.

Roland, cependant, sentait, a remuer ces-

souvenirs, une colère furieuse se déchaîner en lui. Il cherchait à se calmer.

— Ah çà ! songeait-il, vais-je faire l'enfant ! Vais-je permettre à mes nerfs de diriger la situation ! Allons, esprit affolé, redeviens lucide... Il faut que tu saches ! Il faut que l'un des témoins du drame t'en raconte les péripéties !...

— Je vous dirai tout ce que je puis vous dire ! reprit Imperia, en essayant, elle aussi, de reprendre son sang-froid.

— En ce cas, dit Roland d'une voix calme, tâchons de mettre un peu d'ordre dans ce que nous disons. Pardieu, madame, je vous jure que je ne croyais guère pénétrer dans une tragique aventure lorsque vous m'avez prié d'examiner votre fille... pauvre petite innocente !...

— Innocente ! gémit Imperia.

— Mais oui. Innocente des crimes que d'autres ont commis et que le destin malfaisant a peut-être chargée de leur expiation.

La courtisane laissa échapper un sourd gémissement.

— Oh ! dit-elle, qui êtes-vous donc ? Jamais personne ne m'a parlé avec une pareille autorité ! Jamais nul n'a pénétré dans mes pensées les plus reculées comme vous y pénétrez du premier coup ! Qui êtes-vous ? je veux le savoir...

En parlant ainsi, ele dévisageait Roland, essayait ardemment de comparer ses traits à l'image qui flottait en ce moment devant son imagination.

— Je suis, dit Roland, un modeste secrétaire du seigneur Arétin. J'ai étudié à Pise et à Florence. Ma jeunesse s'est écoulée tout entière dans l'étude de la philosophie. Et c'est cela, peut-être, qui me permet de deviner ce qui est caché. L'illustre Jean de Médicis, qui m'a envoyé à mon nouveau maître, m'honorait d'une grande confiance. Et il n'a pas fallu moins que l'amitié profonde qu'il porte à l'Arétin pour consentir à se séparer de moi.

Roland avait parlé très simplement. Imperia se rassurait peu à peu au son de cette voix qui semblait à son gré soulever les orages de la pensée ou les apaiser.

— Parlez donc, dit-elle ; je suis prête à vous répondre...

— Donc, nous disons que nous allons mettre un peu d'ordre dans cet entretien. Et d'abord, madame, puisque vous voulez bien vous confier à moi, faites-le sans arrière-pensée.

— J'y tâcherai, dit Imperia, qui rougit de dépit en voyant devinée sa ferme intention de ne dire que ce qu'elle voudrait bien dire.

— Il me vient une idée que je veux vous soumettre à l'instant, reprit Roland. C'est que si Bianca est menacée, il y a quelqu'un dans le monde qui est tout désigné pour la défendre en même temps que vous.

— Qui donc ? fit Imperia étonnée.

— Son père, dit Roland avec bonhomie.

— Son père !

— Qu'y a-t-il là qui vous étonne ?... Je suis sûr que cet homme, si on lui exposait la situation, volerait au secours de son enfant. Permettez-moi, madame, de parler en toute franchise, afin que nous nous comprenions bien. Je vous sais femme d'esprit et de goût. Vous êtes ce que dans notre monde on appelle une courtisane. Mais je sais aussi que le père de Bianca ne peut être quelque rustre ignoré... Sans doute il occupe quelque haut emploi et jouit d'une grande influence...

Imperia, reprise de ses terreurs, ne pouvait se dissimuler l'effrayante ironie de l'homme étrange qui lui parlait.

— Monsieur, dit-elle sourdement, je vais être d'une franchise que vous pourrez appeler du cynisme si vous voulez... mais il s'agit du salut de Bianca.

— Parlez donc, madame, et je vous supplie de croire que je me garderai de tout jugement injuste ; vous êtes d'ailleurs au-dessus du cynisme lui-même.

Il y eut une telle vibration dans ces derniers mots qu'Imperia, éperdue, se demanda s'ils étaient un compliment généreux ou une sanglante insulte.

— Eh bien ? fit Roland en souriant.

— Eh bien, je ne connais pas le père de Bianca.

— Je vous plains, madame... Ne pas connaître l'homme qu'on a aimé une heure, un jour ou un an, l'homme dont la vie s'est perpétuée dans les flancs de l'amante, l'homme dont l'image renaît peut-être dans une enfant adorée, ce doit être pour une femme de cœur et d'intelligence comme vous un supplice cruel... C'est du moins ce que voulut bien me dire une femme... une malheureuse que je rencontrai un jour, il y a deux ans environ, non loin de Trévise, dans un village appelé, je crois, Nervera, et qui est aux pieds des monts de la Piave...

Imperia bondit et fixa des yeux hagards sur Roland.

— Cette femme, continua Roland impassible, s'était égarée dans les gorges de la Piave.

« Je la rassurai. Nous causâmes. Elle était comme vous, d'une éclatante beauté. Comme vous, madame, elle aimait les aventures étranges. Et elle me conta son histoire.

— Cette histoire ? dit Imperia haletante.

— La voici. Un jour, il y avait de cela bien longtemps, cette femme se rendait à Rome. Elle fut entourée tout à coup par une troupe de bandits et emmenée dans un lieu désert et sauvage qui s'appelle la Grotte Noire.

Imperia rougissait, puis pâlissait coup sur coup. Roland ne la perdait pas des yeux.

— Là, continua-t-il, un caprice bizarre passa tout à coup par la tête de cette femme. Elle résolut de se donner à l'un de ces bandits, un homme dont la structure herculéenne avait peut-être séduit sa folle imagination... Elle fit ainsi.

Imperia jeta un cri que Roland parut ne pas avoir entendu, car il poursuivait :

— Eh bien, madame, par une ironie du sort, cette femme qui eût pu avoir des enfants fils de princes et de cardinaux, et qui avait toujours été stérile, eut un enfant du bandit... une fille !

— N'allez pas plus loin, dit tout à coup Imperia avec une sombre expression. Vo-

Pasquali film. Exclusivité Gaumont.

Paolo, après avoir considéré la mère et la fille, attira brusquement Impéria dans un coin de la chambre.

Pasquali-film — Exclusivité Gaumont.

Le spectacle était réellement d'un charme étrange. Des joueurs de guitare et de luth invisibles accompagnaient les voix féminines qui disaient des chants d'amour.

Pasquali-film. Exclusivité Gaumont.

Bembo jeta un sombre regard sur le palais d'Impéria ; puis, ce regard, il le ramena plus sombre encore sur Roland.

tre rencontre avec une femme dans les gorges de la Piave est imaginée. C'est de moi que vous voulez parler !

— De vous, madame ! Vous m'étonnez...

— De moi ! C'est une histoire que vous venez de raconter. Comment l'avez-vous sue ? Je l'ignore. Pourquoi me la dites-vous ? Je ne sais...

— Vous vous trompez, madame. S'il vous est arrivé une aventure de ce genre, aventure pareille ne peut-elle être arrivée à une autre ?

Imperia secoua la tête, et avec une agitation fébrile, reprit :

— Vous voulez savoir qui était le père de Bianca, vous le savez maintenant ! C'est un bandit... mais ce bandit, j'en ignore le nom, et je n'ai jamais voulu le savoir, et c'est à peine si je pourrais le reconnaître... Vous voyez bien, monsieur, que je ne mentais pas en disant que je ne connais pas le père de Bianca.

— Renonçons donc, dit Roland d'une voix très naturelle, à espérer une aide de ce côté pour protéger cette malheureuse enfant contre la hideuse passion du hideux Bembo.

Cete fois, ce fut une exclamation de désespoir que jeta Imperia.

— Bembo ! rugit-elle en saisissant une main de Roland, Bembo ! Qui vous a parlé de Bembo ? Qui vous a dit que c'est lui que je redoute ?

— Mais vous-même, madame !... Vous n'avez pas, il est vrai, prononcé ce nom, mais tout à l'heure vous avez crié que le monstre, le vampire auquel vous êtes liée par un pacte, c'est le cardinal... J'ai compris qu'il s'agissait du cardinal-évêque de Venise ; me suis-je trompé ?

Imperia passa ses mains blanches sur son front brûlant.

— Non, dit-elle sourdement, vous ne vous êtes pas trompé ; rien ne vous échappe. Oh ! vous me faites peur, maintenant !

— Je vous fais peur parce que je mets à votre service l'intelligence et l'esprit de méthode dont je suis capable ? S'il en est ainsi, madame, il ne me reste qu'à vous dire adieu...

— Non, non, restez ! Si j'éprouve une terreur inconnue, n'en tenez pas compte ! Et puis, qu'importe ce qui peut m'arriver de mal pourvu que ma fille soit sauvée ! Eh bien, oui, monsieur, c'est le cardinal Bembo que je redoute. C'est lui qui a vu Bianca ! C'est lui qu'une horrible passion fait rôder autour de ce palais ! Et c'est à lui que me lie le pacte qu'avec votre prodigieuse divination vous ayez évoqué !

Un léger frémissement agita Roland. Il comprit qu'il tenait la courtisane en son pouvoir et que cet entretien émouvant était arrivé à son point culminant.

— Quel est ce pacte ? demanda-t-il d'une voix brève. Songez, continua-t-il en voyant le geste de terreur qui échappait à Imperia, songez que vous m'en avez trop dit maintenant pour essayer de me cacher la vérité. Cette vérité, je la découvrirai, si horrible qu'elle soit, et alors, vous vous repentirez peut-être de ne pas me l'avoir avouée.

— Je vous obéirai, bégaya la courtisane. Qui êtes-vous ? Que voulez-vous ? Je ne sais ; mais je sens que vous êtes armé d'une puissance redoutable...

— Parlez, alors !... Je vous écoute.

— En 1509, dit Imperia, j'aimai un homme, le seul que j'aie jamais aimé. Et lorsque je m'interroge, je sens que je l'aime encore.

Imperia grinça des dents et ajouta :

— Je l'aime et je le hais !... Ecoutez : cet homme, je m'offris à lui. Je voulus me donner tout entière, non seulement avec mon corps, qui était impur, mais avec mon cœur qui était vierge. Lui, me méprisa, me bafoua, m'insulta... Il aimait une jeune fille...

— Comment s'appelait cet homme ?

— Roland Candiano.

— Et la jeune fille ?

— Léonore Dandolo.

— C'est bien. Continuez, dit Roland en enfonçant ses ongles dans les paumes de ses mains pour que la souffrance physique dominât en lui la souffrance morale.

— Je résolus de me venger. J'avais un amant qui s'appelait Davila... Cet amant surprit mon amour pour Roland Candiano : je le tuai.

Roland frissonna.

— Et comme je demeurais stupide d'horreur devant le cadavre, continua Imperia, un homme surgit près de moi. Il avait tout vu. C'était Bembo. Il m'entraîna dans une des salles de ce palais, et je vis un autre homme : Altieri, capitaine des archers alors, aujourd'hui capitaine général de l'armée de Venise...

Imperia s'arrêta un instant, haletante. Elle s'étonnait de dire avec tant de calme ces terribles secrets à cet homme qu'elle connaissait à peine. Elle était terrifiée de comprendre que ces secrets lui échappaient sans effort, qu'elle éprouvait un immense besoin de raconter le crime.

— Altieri et Bembo, reprit-elle, me firent asseoir. Et Bembo me dit : « Madame, vous venez de tuer un membre du conseil des Dix. Vous allez être pendue ou bien on vous tranchera cette belle tête qui va si bien à vos épaules de marbre. » J'eus un frisson d'horreur, et je songeai à ma petite fille, à ma Bianca que je faisais élever au loin... Hélas ! pourquoi l'égoïsme l'a-t-il emporté en moi ?... Pourquoi l'ai-je écouté ?... Ou plutôt pourquoi ne suis-je pas morte alors... Tout serait fini !... Mais alors, je ne pensais pas ainsi. A la pensée de l'échafaud, une sueur froide m'envahit et je me mis à grelotter sous le froid de la mort. Alors, Bembo me dit : « Il y a un moyen de vous sauver, un seul ! »

— Lequel ? demandai-je délirante de joie.

— C'est de dénoncer quelqu'un comme ayant tué Davila ! Au besoin, nous témoignerons que vous dites la vérité.

— Mais qui ? m'écriai-je. Qui ?

— Roland Candiano !

— Jamais !

— Soit ! vous irez à l'échafaud et Roland épousera sa Léonore...

— A ces derniers mots, reprit Imperia, je sentis s'évanouir mes terreurs, mais une rage soudaine s'empara de moi. L'idée que Léonore Dandolo serait heureuse me rendait folle. Je criai que j'étais prête... Altieri dicta la dénonciation, j'écrivis, et le billet fut jeté par Bembo dans le tronc de la place Saint-Marc... Ce fut horrible, n'est-ce pas ?

— Oui, dit Roland, assez horrible. Vous étiez poussée par la jalousie. Mais ce Bembo, pourquoi en voulait-il à Roland Candiano ?

— Je ne sais... autre genre de jalousie, peut-être.

— Et Altieri ?

— Il aimait Léonore !

Roland étouffa le rugissement qui montait à ses lèvres.

— Et Roland Candiano, que lui fit-on ? demanda-t-il.

— On le jeta dans les puits ?

— Où il est encore, sans doute ?

— Non. Il est mort.

— Comment le savez-vous ?

— Il a voulu s'évader avec un autre condamné. Ils se sont noyés dans le canal... Il vaut mieux qu'il en soit ainsi. Au moins, il ne souffre plus...

— Oui, cela vaut mieux ainsi !... Mais vous, pendant tout le temps que ce malheureux est resté dans les puits, comment avez-vous pu vivre ?... Voyons, dites-moi un peu cela...

— Que sais-je ! fit Imperia en frissonnant. Tantôt je voulais me dénoncer, mais j'avais peur du bourreau. Tantôt je voulais essayer de l'enlever, mais c'était une entreprise impossible... Oh ! j'ai passé des nuits terribles, et par les soirs d'hiver, lorsque le vent hurlait dans la nuit, il m'a semblé plus d'une fois entendre les gémissements de Roland Candiano... Heureusement, il est mort !

— Oui, heureusement !... Ensuite ?

— Ensuite... vous comprenez maintenant que Bembo est mon maître. Vous comprenez que depuis six ans je lui obéis comme une esclave ; que, toutes les fois que je veux me révolter, il me menace, et que j'ai peur... Oh ! j'ai peur de le voir une nuit se dresser devant moi et me dire de sa voix glaciale : « Ta fille dans mon lit, ou ta tête au bourreau ! »

Imperia éclata en sanglots.

Roland réfléchissait :

— Voilà élucidé le rôle d'Imperia, de Bembo et d'Altieri. Mais Dandolo ? qui l'a poussé ? Foscari ? que lui avais-je fait ? Oh ! patience ! patience !...

Et il éleva la voix :

— Ne pleurez plus, madame, dit-il. Je sauverai votre fille.

— Oh ! vous êtes donc un ange suscité pour m'apporter le pardon de mon crime !...

— Je ne vous dis pas autre chose que ceci. Je sauverai votre fille.

— Je vous crois, je vous crois !

Roland s'était levé. Avant qu'il eût pu faire un geste pour s'y opposer, Imperia s'était jetée à genoux, avait saisi une de ses mains et la baisait.

Roland se dégagea de cette étreinte, fit un signe d'adieu et s'élança rapidement au dehors, laissant la courtisane en proie à un trouble extraordinaire, à la fois heureuse et irritée, rassurée et prise de terreurs folles.

XXVII

AMOR, FUROR

Dehors, sur le quai, Roland regarda autour de lui et entrevit une ombre qui se dissimulait derrière un pilier. Il marcha droit à cette ombre.

— Est-ce toi ? demanda-t-il.

— C'est moi, monseigneur, dit Scalabrino qui apparut.

Il avait quitté la belle livrée de l'Arétin et était vêtu comme un bon bourgeois de Venise.

— Vous voyez, maître, je veillais.

— Et nos compagnons ?

— Ils sont presque tous arrivés et attendent vos ordres.

— Bien ; quand ils seront tous là, tu me préviendras.

En parlant ainsi, Roland détachait une gondole et sautait sur le frêle esquif.

— Dois-je vous accompagner, maître ? demanda Scalabrino.

— Si tu veux. La nuit est sereine. Une promenade sur l'eau nous fera du bien, je pense.

Scalabrino, étonné de ce ton auquel il n'était pas habitué, sauta à son tour dans la gondole et se mit à manœuvrer la rame en demandant :

— Où voulez-vous aller, maître ?

— Mais au Lido ; on y est au large et on n'a pas à y redouter les indiscrétions.

Sur ces mots, Roland s'étendit au fond de la barque et parut s'absorber dans une contemplation du ciel constellé. Un silence profond s'étendait sur Venise, interrompu seulement par le léger clapotement de l'eau sous la rame de Scalabrino.

Lorsqu'ils furent arrivés dans le port, Roland se redressa et fit un signe à son compagnon qui cessa de ramer.

— Alors, tu disais que tu n'as jamais revu cette femme ? fit tout à coup Roland.

— Quelle femme, monseigneur ? demanda Scalabrino stupéfait.

— Celle dont tu m'as raconté l'étrange aventure... celle qui t'a préféré à ton ami Sandrigo là-bas, dans la Grotte-Noire...

— Non, monseigneur, je ne l'ai jamais revue.

Roland garda quelques minutes un silence que Scalabrino respecta. Puis il reprit :

— As-tu bien regardé cette jeune fille, tout à l'heure, dans le palais d'Imperia ?

— Oui, maître, et comme je vous l'ai dit, je la reconnaîtrais maintenant entre mille.

— Sais-tu son nom ?

— Non, maître.

— Eh bien, je vais te le dire, moi : elle s'appelle Bianca.

— Je retiendrai ce nom : Bianca.

— Et tu auras raison de le retenir, Scalabrino, de même que tu auras raison de fixer dans ta mémoire les traits de cette enfant...

— Puisque vous m'en donnez l'ordre, monseigneur !

— Moi ? Pas du tout ! Cela te regarde seul !

Scalabrino fixa sur Roland des yeux stupéfaits.

— Au fait, reprit tout à coup Roland; j'oubliais un détail intéressant. Cette enfant a une mère qui s'appelle Imperia.

— La courtisane du palais ?

— Oui ; la courtisane qui t'a jadis embauché pour me tendre un piège...

— Monseigneur !...

— La courtisane qui fut la cause première de mon arrestation. Mais laissons cela. Donc Bianca a pour mère Imperia. Mais sais-tu comment s'appelle son père ?...

— Non, maître, je ne le sais pas !

— Eh bien, le père de Bianca s'appelle Scalabrino.

Scalabrino fit un tel mouvement que la barque faillit chavirer.

— Eh bien, qu'est-ce qui te prend donc ? s'écria Roland.

— Excusez, pardonnez, monseigneur... J'ai mal entendu, n'est-ce pas ?... Vous vous jouez de moi ?...

Le géant tremblait sur ses jambes. Il s'assit lourdement à l'arrière de la gondole.

— Bianca est ta fille, dit gravement Roland.

— Une fille ! bégaya le colosse. J'aurais une fille, moi !...

— Ta fille... Bianca... la fille d'Imperia !

— Quoi ! cette enfant si belle, avec ses yeux bleus si profonds et si tendres...

— C'est ta fille, Scalabrino.

— Cet ange... ma fille !... Oh ! monseigneur, pardonnez, c'est plus fort que moi...

Scalabrino se prit à sangloter doucement.

Roland se leva, saisit la rame et poussa vivement la gondole vers le quai. Scalabrino, la tête dans les deux mains, hébété de ravissement, secoué par une émotion si nouvelle qu'il se demandait s'il ne rêvait pas, Scalabrino redressa la tête au moment où la gondole touchait. Il vit la terre, et avec un rugissement, sauta sur le quai, s'enfuit avec ce besoin impérieux de solitude qu'on a dans les grandes douleurs et les grandes joies.

Roland regarda avec mélancolie la silhouette du colosse s'effacer dans la nuit.

— Pauvre être ! murmura-t-il. Tant d'années de misère et une seule minute de joie sans mélange !... Pleure, oui, raconte à la nuit ton bonheur !... Demain, tu souffriras encore !

Alors, il sauta légèrement à terre, et par la voie inextricable des ruelles et des ponts, se dirigea vers les palais du Grand Canal. A mesure qu'il avançait, sa marche se faisait plus hésitante, son dos se voûtait, sa tête retombait sur sa poitrine gonflée d'amertume. Il s'arrêta enfin près d'un palais où tout était sombre et silencieux.

Et avec un long frisson, il leva la tête vers les fenêtres closes...

Ce palais c'était celui du capitaine général Altieri.

Haletant, la tête en feu, Roland jeta de sombres regards sur la façade éteinte. Puis, lentement, il fit le tour et se retrouva sur le quai. Il s'assit alors sur une borne d'attache et ses yeux se fixèrent sur le palais.

— Que suis-je venu faire ici ? murmura-t-il. Là dort ce que je hais plus encore que je n'ai aimé. Là dort ce que j'ai aimé plus que ma vie. Altieri... Léonore... Haine, amour, voilà ce que je suis venu compulser ici, comme un bon comptable qui cherche à savoir où en sont ses affaires... Avant d'affronter cette redoutable épreuve, j'ai voulu semer autour de moi un peu de bonheur. Par moi, cette nuit, la fille de la courtisane maudite dort paisiblement, et j'ai versé dans son âme révoltée des paroles de père ; par moi, la courtisane qui a édifié mon malheur connaît aussi le repos ; par moi Scalabrino connaît une joie infinie que je ne connaîtrai jamais. Ainsi cuirassé par le bonheur d'autrui, j'ai voulu sonder ma misère...

Un râle déchira sa gorge, il enfonça ses deux poings sur ses yeux, dans l'espoir peut-être de sentir la fraîcheur des larmes. Mais ses yeux demeurèrent secs et brûlants.

— Eh bien, es-tu content, pauvre cœur ulcéré ! Tu bats violemment parce que tu te trouves si près de son cœur à elle, ou parce qu'il te semble qu'il en est ainsi... J'espérais contempler face à face la maison où dort Léonore, puis, descendant au fond de mon âme, n'y trouver que la haine.

« J'espérais respirer sinon avec indifférence, du moins avec calme, l'air qu'elle respire ! Et voilà que les sanglots soulèvent ma poitrine, et voilà que je sens hurler en moi non pas seulement de la haine, mais de la douleur... de la douleur d'amour.

Pendant quelques minutes, la pensée de Roland s'observait à nouveau ; ce qu'il avait appelé de la douleur d'amour, cette douleur si intolérable et si puissante qu'à notre époque de scepticisme elle est encore le plus formidable agent du suicide, cette souffrance, donc, l'étreignit fortement et ne lui laissa plus même la direction de ses idées.

Ces terribles accès, voisins de la démence, durent peu.

Bientôt, Roland put continuer son misérable monologue.

— Ainsi, dit-il, j'aime encore !... Qu'est-ce donc que l'amour et de quelle boue faut-il que le cœur humain soit pétri ! Elle est là, à vingt pas de moi, qui dort paisiblement, m'ayant depuis longtemps oublié, et moi, imbécile, je râle à sa porte comme un mendiant... Quand je pense que depuis six ans, il ne s'est pas écoulé une minute où son image n'ait été présente à ma mémoire !... Et elle, que pouvait-elle bien penser ?... Bah ! ce que pensent les femmes... Hélas ! hélas !... Si je pouvais donc, moi aussi, oublier, dormir !

La pensée de Roland se tut encore...

Longtemps, il se tourmenta ; longtemps son esprit se soumit à ce supplice où il trouvait une sorte de volupté ; nous disons volupté, car tous les sentiments bons ou mauvais — ou qualifiés tels — ont chacun la leur, et il est étrange que la philosophie accorde de la volupté au seul sentiment d'amour ; il n'y a peut-être pas de différence bien sensible entre la volupté d'aimer et la volupté de haïr. Ces deux phénomènes se confondaient dans l'âme de Roland.

Puis, peu à peu, à force d'évoquer l'image de Léonore et celle d'Altieri, une jalousie furieuse s'empara de lui. Dès lors, il se reconquit. Car la jalousie est un sentiment de bataille. Il s'éloigna plus calme. La fureur, la colère de songer qu'à ce moment même Léonore prodiguait à Altieri ses caresses, loin de l'exorbiter, le fit rentrer en lui-même et lui procura presque une sensation de fraîcheur. Ainsi, dans les fortes natures, l'amour est plus redoutable que la haine.

Nous avons voulu esquisser cette heure de vie de Roland, non seulement parce qu'elle montre cet homme dans une lumière nécessaire à l'étude de son caractère, mais encore parce que l'événement qui se produit maintenant sur la scène de ce récit fut une suite de ce moment de violente souffrance morale, où l'esprit de Roland Candiano se retrempa dans la haine.

Cette nuit-là eut une influence décisive sur sa vie. Ce fut dans cette nuit, nous l'avons vu, qu'il prit contact avec Imperia. Ce fut dans cette nuit que sa conjonction soudaine avec Bianca le fit dévier du chemin qu'il s'était d'abord tracé. Enfin, ce fut dans cette nuit qu'une nouvelle rencontre vint préciser son plan de bataille.

Roland, en s'éloignant du palais d'Altieri, se dirigea vers le palais ducal et les prisons.

Ou nous avons mal dessiné cette figure, ou nos lecteurs ont compris que Roland était ce qu'on appelle un sentimental. Rien d'étonnant donc que, si près du Pont des Soupirs, il éprouvât l'irrésistible besoin de revoir le lieu où il avait tant souffert.

Il détacha une gondole et s'avança vers le palais ducal.

Bientôt la sombre masse de la prison lui fut visible.

Il poussa sa barque jusque sous le Pont des Soupirs. Alors il vit une chose que, de loin, il n'avait pu remarquer. C'est que le pont était soutenu par des échafaudages de madriers croisés.

Roland sourit et pensa :

— On répare le dégât de la foudre et le dégât de Scalabrino, — deux ouragans qui ont ébranlé le pont !

Il attacha sa gondole à l'un des madriers qui plongeait dans l'eau, puis, se hissant de traverse en traverse, en quelques minutes il atteignit le pont à l'endroit où se trouvait la fenêtre, c'est-à-dire l'endroit où Scalabrino avait lancé son formidable coup de catapulte. Pour la nuit, les ouvriers qui travaillaient au pont bouchaient simplement l'ouverture avec des planches. Ces planches, Roland n'eut aucun mal à les écarter assez pour qu'il pût passer, et l'instant d'après il se trouvait sur le Pont des Soupirs.

Roland possédait une force d'énergie exceptionnelle.

Mais en mettant le pied sur le pont, il frissonna de la tête aux pieds et une sueur d'angoisse perla à son front. Ce qu'il y avait d'audacieux, de téméraire dans cette visite nocturne, l'avait soutenu jusque-là. Mais à ce moment un trouble extraordinaire s'empara de lui. En quelques secondes, il revécut l'abominable scène de son arrestation... ces fantômes bardés d'acier, hérissés d'acier qui, sans un mot, le poussaient vers les prisons. Puis, subitement, ses yeux cherchèrent dans l'obscurité la chaise de pierre : il la vit à quelques pas. Lentement, en proie à une sorte d'hallucination, il se dirigea vers elle, se laissa tomber à genoux, posa son front brûlant sur le granit poli, et là, sans doute, il se fit à lui-même quelque terrible serment, car lorsqu'il se releva, il murmura :

— Soyez tranquille, mon père !...

Puis, lentement, il recula vers l'ouverture par où il était entré.

A partir de ce moment, la physionomie de Roland reprit ce masque d'implacable résolution qui lui était maintenant habituelle. Il regarda autour de lui. A sa gauche, le boyau du pont s'arrêtait à une porte massive qu'on avait dû poser là depuis peu et qui bouchait l'entrée du palais ducal. A sa droite, le boyau s'enfonçait dans les profondeurs de la prison. Il se pencha, écouta, cherchant à surprendre quelque voix lointaine, quelque gémissement.

Il en arrivait à se dédoubler. Il se voyait au fond de son cachot. Et ce qu'il cherchait à entendre avec une intense et terrible curiosité, c'était son propre gémissement.

Soudain, il pâlit.

Cette pensée lui vint brusquement, d'un seul coup, qu'il pouvait être surpris ! Instinctivement, il s'assura que son poignard était à sa place, et qu'à l'occasion il le manierait facilement. L'idée qu'une ronde de nuit pouvait surgir et s'emparer de lui devint si précise dans son esprit qu'il tira son poignard et regarda fixement devant lui comme pour défier des ennemis.

Puis il reprit son sang-froid, haussa les épaules et rengaina sa lame.

A ce moment, du côté de la prison, des pas se firent entendre.

On montait vers le pont.

Une lueur pâle apparut.

Devant l'imminence de l'effroyable danger, Roland recouvra toute sa lucidité. Il se blottit vivement derrière un amas de planches et de poutres, et, pétrifié, sans souffle, la main crispée sur la garde de la dague, attendit...

En cette seconde, il eut la vision très nette d'un Roland qu'on entraînait vers le cachot où il avait souffert six ans.

A l'entrée du pont deux hommes apparurent.

Roland les reconnut immédiatement.

L'un d'eux était Foscari, et l'autre Bembo.

Le doge et le cardinal marchaient côte à côte, silencieusement. La lueur qu'avait entrevue Roland venait d'une lanterne que portait Bembo.

Roland les voyait tous deux, et ses cheveux se hérissèrent d'horreur. Un flot de haine furieuse monta à son front, et peu s'en fallut qu'il se dressât dans un mouvement de démence pour les poignarder tous les deux.

— Non, non ! songea-t-il avec un livide sourire. Ce serait une mort trop belle !

Le doge Foscari s'était arrêté devant la chaise de pierre, méditatif. Roland voyait en plein son visage que la lanterne de Bembo éclairait. Foscari avait à peine vieilli. C'étaient toujours les mêmes traits accentués, tourmentés, comme taillés dans du granit. Seulement, son regard était plus sombre qu'autrefois.

— Pourquoi ne l'avons-nous pas attaché, lui aussi, sur cette pierre ! Pourquoi ne l'avons-nous pas aveuglé comme son père, ou plutôt, pourquoi le bourreau, alors, ne fit-il pas tomber cette tête !... Ah ! Bembo, ce fut une lourde faute !

Roland comprit qu'il s'agissait de lui. Il frissonna.

— Monseigneur, dit Bembo, ce sont là d'inutiles inquiétudes. Roland Candiano est mort.

Foscari regarda fixement Bembo.

— On n'a pas retrouvé le corps, dit-il sourdement. Pourtant, j'ai fait draguer le canal. J'ai passé quinze mortelles journées à attendre qu'on vînt m'annoncer qu'il était retrouvé...

— Vous savez, monseigneur, que le canal entraîne jusqu'au Lido les corps qu'il engloutit. Là, les poissons voraces se sont chargés de l'ensevelissement suprême, n'en doutez pas...

Foscari secoua la tête.

— Crois-moi, Bembo, un homme comme lui ne se noie pas. J'ai voulu visiter son cachot. J'ai voulu voir de mes yeux cette galerie qu'il a creusée en six ans. C'est un prodigieux travail. Et plus prodigieuse encore m'apparaît son évasion. Non, il ne s'est pas noyé, ajouta le doge d'une voix plus sombre... *il a trop de choses à faire* pour mourir ainsi au moment de la liberté...

— Je ne comprends pas bien, monseigneur !...

— Tu ne comprends pas ! dit Foscari en saisissant le bras de son compagnon. Tu ne comprends que trop !... Malheur à toi, Bembo... malheur à moi !

— En admettant qu'il soit vivant, balbutia Bembo, il faudrait qu'il sache...

Foscari haussa les épaules.

Puis, comme s'il eût voulu brusquement changer le cours de ses idées, il reprit :

— Cet homme, cet ami de Jean de Médicis que tu devais faire venir ?...

— Pierre Arétin ?... Il est arrivé, monseigneur, et déjà il étonne la ville de son faste et de son audace impudente.

— Oui, j'ai entendu parler de cela. Et tu crois qu'il remplira avec intelligence et fidélité cette ambassade auprès de Jean de Médicis ?

— Il est remarquablement intelligent, monseigneur, et, quant au dévouement, il ne s'agit que d'y mettre un bon prix. Avec de l'argent, nous ferons faire à l'Arétin ce que nous voudrons.

— Tu me l'amèneras au plus tôt...

Le doge Foscari jeta encore un regard sur la chaise de pierre où l'on avait crevé les yeux du doge Candiano. Puis, pensif, le front penché, il passa à un pas de Roland, accompagné de Bembo qui ouvrit la porte massive. Un instant plus tard, cette porte se refermait. Foscari et Bembo avaient disparu.

Alors Roland se redressa, le cou tendu, les yeux fixés sur cette porte. Quelque chose comme un râle ou peut-être une sourde imprécation monta à ses lèvres. Puis, sans presque prendre de précautions, il regagna l'ouverture, descendit jusqu'à la gondole, la conduisit à sa place où il l'avait prise, la rattacha, sauta sur le quai et se dirigea vivement vers la place Saint-Marc.

Que venait-il chercher là ? Qu'attendait-il, embusqué au pied de l'une des colonnes qui portaient le fanion de la république ?... Bientôt, d'une porte du palais ducal, une ombre se détacha et se mit à marcher lentement en suivant la ligne du Grand Canal.

Sans doute, c'était cet homme qu'attendait Roland, car il se mit à le suivre...

— Bembo ! avait-il murmuré.

C'était Bembo en effet. Roland le suivait sans intention fixe. Les projets roulaient dans sa tête comme les nuées d'orage au ciel, l'un chassant l'autre. Il suivait Bembo avidement, prêt à le tuer, peut-être, ou simplement par cette sorte de curiosité nerveuse et maladive qui pousse l'homme en certaines circonstances où des pensées tragiques sont sur le point de se formuler en actes. Bientôt, cependant, les démarches de Bembo l'intéressèrent pour elles-mêmes.

En effet, malgré l'heure avancée de la nuit, Bembo ne se dirigeait pas vers sa demeure.

Il marchait lentement, s'arrêtait parfois, et alors il levait vers le ciel où pâlissaient les astres son visage de hideur qui était une sorte d'insulte aux étoiles.

Si Roland se fût trouvé près de lui, il l'eût entendu alors murmurer de confuses paroles avec, parfois, une rauque exclamation de colère ou peut-être de douleur.

Bembo s'arrêta enfin.

Il se trouvait devant le palais d'Imperia.

Roland comprit tout !

Le monstre amoureux venait payer son tribut à l'amour. Lui aussi aimait ! Lui aussi venait rêver près de la maison où dormait celle qu'il aimait ! Bembo allait à Bianca comme Roland avait été à Léonore !... Ce rapprochement amena un sourire d'amertume sur les lèvres de Roland.

Cependant, cessant de se dissimuler, il se mit à marcher vers Bembo.

Celui-ci l'entendit tout à coup, au moment où Roland n'était plus qu'à quelques pas de lui.

Il fit un geste de contrariété et s'effaça comme pour laisser passer.

— Tiens ! s'écria Roland d'une voix railleuse, il paraît que je ne suis pas le seul à soupirer sous les fenêtres des jeunes beautés qui habitent ce palais !...

— Au diable l'importun ! gronda Bembo.

— Seriez-vous par hasard amoureux de Mme Imperia ? reprit Roland. Je croyais qu'il n'y avait que les poètes comme mon maître, et les apprentis poètes comme moi pour chercher à la clarté des étoiles un reflet de l'objet aimé !

— C'est le secrétaire d'Arétin ! murmura Bembo.

Et, à haute voix, il ajouta :

— Passez votre chemin, monsieur, s'il vous plaît.

— Voilà qui est bientôt dit ! Mais moi qui ai composé une ballade en l'honneur de la divine Bianca, je tiens à la dire, heureux d'avoir un auditeur, à défaut de celle qui devait l'écouter...

Au nom de Bianca, Bembo tressaillit violemment. Il s'avança vers Roland et voulut lui saisir le bras. Roland le repoussa rudement.

— Ne me touchez pas ! gronda-t-il d'une voix si rauque et si furieuse qu'il en fut comme surpris.

— Cette voix ! murmura sourdement Bembo en reculant de deux pas.

Mais déjà Roland reprenait sur ce ton léger qu'il avait adopté :

— Sais-je si vous n'avez pas quelque mauvaise intention contre un pauvre poète !...

— Vous avez prononcé un nom... fit Bembo.

— Celui de Bianca.

— Oui ! dit Bembo en grinçant des dents, Bianca. D'où vient que vous en parlez avec une telle familiarité ?...

— D'où vient que vous m'interrogez avec une telle insolence ?

— Savez-vous qui je suis ? grommela Bembo.

— Parfaitement. Vous êtes le cardinal-évêque de Venise.

Bembo jeta une rauque exclamation de surprise et presque d'effroi.

— Tenez, mon maître, reprit tout à coup Roland, au lieu de me rudoyer ou d'essayer de m'intimider, vous feriez mieux de causer avec moi. Je pourrais peut-être vous dire des choses intéressantes.

— A quel sujet ? demanda Bembo.

— Au sujet de Bianca ; n'est-ce pas le sujet qui vous touche le plus au cœur ?

La main de Bembo se crispa sur son poignard. Il jeta un rapide coup d'œil sur Roland.

— Ne vous donnez pas la peine de commettre un meurtre inutile, dit froidement celui-ci. D'ailleurs, je vous préviens que je ne me laisserais pas tuer sans essayer de vous étrangler tout à la douce...

— Vous êtes fou, mon cher, dit Bembo livide.

« Vous parlez au cardinal-évêque de Venise comme vous parleriez à un portefaix du port.

— Vous vous flattez, maître Bembo. Mais la question n'est pas là. Je termine ma pensée en vous disant que c'est bien assez de meurtres utiles. De vrai, je vous assure que vous avez baissé dans mon estime quand je vous ai vu saisir votre dague. Comment n'avez-vous pas compris tout de suite qu'on ne tue pas un homme comme moi ? Bon ! à la clarté de ce rayon de lune qui éclaire en ce moment votre hideux visage, je vois que vous allez vous mettre à me haïr. Et pourtant, je ne vous veux aucun mal ce soir.

— Que me voulez-vous donc ? gronda Bembo d'une voix concentrée par la rage. Je vous écoute depuis un instant, et je me demande si j'ai affaire à un fou.

— Ne mentez pas, monseigneur l'évêque ; vous savez que c'est défendu par l'Eglise. Si vous aviez réellement cru avoir affaire à un fou, vous seriez parti. Or, vous restez, vous êtes là, et vous brûlez du désir de m'interroger.

— Eh bien, oui, démon ! Je ne sais qui t'a donné le pouvoir de lire dans les âmes, mais tu lis dans la mienne comme dans un livre ouvert !

— Quoi d'étonnant à cela ? Vous avez une de ces physionomies de franchise qui traduisent instantanément les sentiments les plus secrets... Mais nous disons des sornettes. Interrogez-moi donc, puisque vous en mourez d'envie. Je vous répondrai franchement. Voyons, que voulez-vous savoir ?

Bembo frémissait de rage et de terreur. Il se trouvait en présence d'un formidable adversaire qui jouait avec lui quelque jeu mystérieux. Le meurtre de son interlocuteur était arrêté dans son esprit. Deux choses l'empêchaient seulement de se ruer en cette minute même sur cet inconnu qui le connaissait si bien, — trop bien ! D'abord, c'est qu'il n'était pas sûr d'avoir le dessus ; ensuite, c'est qu'il voulait savoir pourquoi cet homme l'avait abordé, quelles étaient ses intentions. Depuis de longues années, Bembo n'avait éprouvé un tel effarement de la pensée.

— Ce que je veux savoir ! reprit-il en fixant ses yeux flamboyants sur Roland. D'abord qui vous êtes ! Vous prétendez que vous êtes poète, secrétaire de l'Arétin. Je vous ai vu en effet chez lui. Mais tout cela n'est qu'un masque. Vous êtes autre chose. C'est cette autre chose que je veux savoir.

— Vous êtes perspicace, monseigneur. Vous vous êtes douté du premier coup que l'homme qui jette le doute, l'effroi, la curiosité, l'exaspération dans votre esprit ne saurait être le simple domestique d'un Arétin...

— Qui donc êtes-vous, par l'enfer !

— Vous m'avez tout à l'heure appelé démon. Je pense que vous devez vous y connaître. Supposez donc que je sois ce que vous dites...

— Un démon !...

— Qu'y a-t-il là d'impossible ? En votre qualité d'évêque et de cardinal, vous ne croyez pas aux esprits surnaturels, je le sais. Mais enfin, peut-être vous trompez-vous ?

Bembo jeta autour de lui un regard épouvanté.

Il n'est pas inutile de faire remarquer que la superstition, si puissante encore de nos jours, jetait alors une sorte de crépuscule même sur les cerveaux les plus éclairés. Incroyant comme l'immense majorité des princes de l'Eglise, Bembo n'en était pas moins soumis à cette ambiance de légendes et de récits fantastiques qui enveloppait l'humanité.

Il fit un pas en arrière, et d'une voix qu'il s'efforça d'assurer, il prononça :

— Si vous êtes un envoyé du Malin, je vous somme de me l'avouer.

Un sourire de dédain plissa les lèvres de Roland : il rencontrait un Bembo moins fort qu'il n'avait cru.

— Aimez-vous mieux que je sois un ange ? dit-il avec une gravité qui fit frissonner le cardinal. Au surplus, je vous laisse libre de choisir. Homme, ange, démon, au fond la chose est de médiocre intérêt. Passez donc à une autre question.

— Soit. Dites-moi en ce cas comment vous êtes si bien renseigné sur mon compte ?

— Simplement parce que je me suis renseigné. Je vous ai suivi, épié...

— Soit encore. Mais pourquoi m'avez-vous parlé de Bianca et... de ce que je pense d'elle. Voilà une chose qui était secrète.

— Enfin, s'écria Roland, nous voilà à la vraie question. Mordieu, monseigneur, il vous faut du temps pour vous décider ! Vous pensez que votre passion pour Bianca est secrète ! Voilà bien les amoureux ! Ils sont naïfs et, perdus qu'ils sont dans la pureté des étoiles, ne voient pas à leurs pieds le traître qui les guette, qui note leurs gestes, recueille leurs paroles ! Tenez, j'ai connu jadis un pauvre garçon qui s'était follement épris d'une jeune fille. Comme vous, il passait son temps à rôder autour de la maison de celle qu'il aimait. Comme vous, il ne s'inquiétait pas de savoir si son amour déplaisait à quelqu'un, si on l'épiait. Comme vous, il se heurta soudain par une nuit de ténèbres à ce quelqu'un qui avait suivi peu à peu toute son épopée amoureuse. Seulement, lui fut brisé...

— Que lui arriva-t-il ? demanda Bembo haletant.

— Il fut assassiné, dit tranquillement Roland. Vous, au contraire, vous avez été épié, heureusement pour vous, par quelqu'un qui non seulement ne veut pas vous assassiner... ce serait fait depuis longtemps ! — mais encore vous veut aider.

— M'aider ! fit sourdement Bembo. Pourquoi m'aider ?

— Que vous importe ! Ne puis-je avoir un intérêt quelconque à voir la fille d'Imperia devenir votre maîtresse.

Bembo tressaillit de joie.

Si cet homme était poussé par la haine !... Tout s'éclaircirait dès lors. Lui qui comprenait si bien la haine, lui qui avait fait de la haine le grand levier de sa vie et de sa fortune, pouvait alors s'entendre avec cet inconnu.

Ses sarcasmes, ses ironies, ses amertumes, il les oublia. Cette vague terreur qu'il avait éprouvée, il n'y pensa plus.

— Voyons donc comment vous pourrez m'aider ? dit-il en reprenant son sang-froid. Et voyons aussi ce que vous allez me demander pour m'aider ?

— Je vais vous répondre sur les deux points, mais en intervertissant l'ordre des questions. Je ne vous demanderai rien.

— C'est peut-être trop ! murmura Bembo.

— Soyez tranquille, je suis payé d'autre part. Il ne reste donc plus que la question de savoir en quoi je puis vous être utile...

— J'attends...

— Eh bien, je puis enlever la jeune Bianca et vous la remettre.

Bembo étouffa un cri. Une bouffée de passion insensée monta à son front. Dans une vision d'éblouissement, il serra dans ses bras la jeune fille, l'emporta, toute palpitante, livrée sans défense à ses étreintes.

— La chose semble ne pas vous sourire, dit Roland.

— Oh ! si vous faisiez cela ! bégaya Bembo. Demandez, exigez alors ce que vous voudrez !

— Je vous dis que je suis payé d'autre part... Acceptez-vous ce que je vous propose ?

— Je l'accepte ! haleta Bembo.

— Bien. Trouvez-vous donc dès demain soir, vers neuf heures, devant le palais d'Imperia.

— Et si elle me voit !

— Peu importe. Il faudra même qu'on vous voie. J'ai besoin de cela pour décider certaines personnes. A onze heuers, la jeune Bianca sera à vous.

— Comment ferez-vous ?

— Ceci me regarde seul. A demain. Soyez au rendez-vous. Sans quoi cette occasion qui vous est offerte ne se renouvellerait peut-être plus !

Bembo jeta un sombre regard sur le palais d'Imperia ; puis, ce regard, il le ramena plus sombre encore sur Roland.

— Qui me prouve que vous ne me tendez pas un piège, dit-il tout à coup.

— Un piège ? Pourquoi faire ? Si j'avais voulu vous tuer, depuis une heure, j'aurais pu cent fois vous frapper à l'improviste.

— C'est juste ! murmura Bembo.

— Ainsi, vous serez au rendez-vous ?

— J'y serai !

Sur ce mot prononcé avec une fermeté qui ne laissait aucun doute sur ses intentions, Bembo s'éloigna rapidement. Roland le suivit quelques instants du regard. Une indéfinissable expression de dégoût s'étendit sur son visage. Puis, à son tour, il s'éloigna dans la direction du pont. Arrivé là, il monta dans une maison de pauvre apparence et frappa à une porte qui s'ouvrit aussitôt.

L'homme qui venait d'ouvrir, c'était Scalabrino.

Le colosse paraissait inquiet, triste, agité. Sa joie était tombée.

— Maître, dit-il avec un soupir, pardonnez-moi de vous avoir ainsi quitté tout à l'heure. J'étais fou... ce que vous m'avez dit m'avait bouleversé... je me suis, pendant quelques minutes, créé des idées impossibles... mais c'est fini.

— Quelles idées, voyons ? demanda Roland avec cette voix de douceur et de tendresse qui le faisait adorer du géant. Raconte-moi un peu cela... dis-moi tout... cela me reposera d'une conversation que je viens d'avoir.

Scalabrino secoua la tête et se contenta de ponctuer sa tristesse par un nouveau soupir.

Roland lui prit la main :

— Tu préfères garder pour toi seul tes joies et tes peines ?

— Non, maître, s'écria Scalabrino. Non, ne le croyez pas. Mais ce rêve que j'ai fait une minute est tellement absurde !...

— Qu'as-tu donc rêvé de si absurde ?... Voyons... Tu as rêvé que tu emmenais ta fille loin de Venise, que tu la mettais à l'abri des tigres qui rôdent dans l'ombre en quête de sang jeune, n'est-ce pas ? à l'abri aussi de cette mère qui tôt ou tard, par calcul, par faiblesse, par terreur ou par tout autre sentiment, finira par la livrer ? Est-ce bien cela ?

Scalabrino joignit ses mains énormes et fit oui de la tête.

— Tu as rêvé que peu à peu, à force de tendresse et de dévouement, tu finirais par te faire aimer de Bianca qui alors t'eût dit un jour: Pourquoi n'êtes-vous pas mon père !... Et alors, toi, tu te serais écrié : Ma fille, mon enfant chérie, je suis réellement ton père !

— C'est vrai, monseigneur, j'ai fait ce rêve-là.

— Puis, continua Roland, tu t'es dit que ce n'était pas possible ! que cette femme, cette courtisane surveille Bianca de trop près et que tu es condamné à toujours vivre loin d'elle ?

— N'est-ce pas la vérité, maître !

Les yeux du colosse se remplirent de larmes.

— Demain, à onze heures du soir, fit tout à coup Roland, nous enlevons Bianca.

Scalabrino bondit.

— Maître, dit-il bouleversé, ce serait trop beau !

— Scalabrino, nous avons fait ensemble des choses plus difficiles. Je te répète que demain soir nous enlevons ta fille.

— Oh ! murmura le géant, vous m'ouvrez le ciel !

— Tous nos compagnons sont-ils à Venise ?

— Presque tous, dit Scalabrino dont la voix tremblait. Ceux qui ne sont pas là encore arriveront sûrement demain.

— Eh bien, donne-leur rendez-vous au palais d'Imperia. A dix heures, j'irai leur donner les instructions nécessaires.

— Je serai là, maître ? s'écria le colosse dont le cœur battait violemment.

— Non...

— Quoi ! je ne serai pas là pour emporter ma fille ?

— Il le faut ; tu te tiendras dans une bonne barque avec deux bons rameurs ; je te remettrai ta fille, et vous filerez vers la tartane qui vous attend dans le port.

Scalabrino eut un cri de joie étouffée.

— Une fois Bianca à bord de la tartane, continua Roland, ne t'inquiète plus du reste, et viens me retrouver. J'espère que tu as assez confiance en moi pour t'en rapporter à ce que j'aurai combiné pour le bonheur de ta fille.

— J'ai confiance en vous, maître; comme j'avais confiance en Dieu quand j'étais enfant, répondit Scalabrino.

Bembo était rentré dans le palais qu'il occupait non loin de Saint-Marc. Il était environ trois heures du matin et l'aube commençait à pâlir le ciel. D'un geste brusque le cardinal renvoya le valet de chambre qui se présentait pour le déshabiller. Il ouvrit toute grande la fenêtre du cabinet où il était entré, et se mit à se promener lentement.

Ce cabinet était pour ainsi dire le logis intime du cardinal-évêque.

Il y avait accumulé les œuvres d'art, non qu'il eût un goût très vif pour les belles productions du génie humain, mais il voulait donner une haute opinion de lui à ceux de ses amis qu'il recevait là : peut-être aussi voulait-il cacher sous des apparences de préoccupations artistiques d'autres pensées qu'il ne confiait à qui que ce fût au monde.

Quoi qu'il en soit, ce cabinet était fort beau et formait un contraste frappant avec la salle sévère et nue où il recevait les étrangers et les indifférents.

Bianca se figurait que Bembo ne l'avait aperçue que deux fois, et encore ignorait-elle tout de lui, jusqu'à son nom. En réalité, Bembo l'avait vue du jour même où Imperia l'avait amenée à Venise. De ce jour datait sa passion.

On trouvera peut-être étonnant qu'une nature pareille ait pu éprouver ce sentiment d'amour qui semble plutôt fait d'abnégation. A cela nous répondrons d'abord que le cardinal Bembo avoue lui-même cette grande passion dans ses lettres. Et ensuite, que cet amour était surtout une passion sensuelle ; et que, même, cette passion concorde avec tout ce que nous avons dit de ce personnage.

Bembo n'avait jamais été aimé.

Il n'avait jamais aimé.

Il avait eu, il est vrai, quelques liaisons passagères qui n'avaient laissé aucune trace dans sa vie. Du jour où il vit Bianca, il sut ce que c'est qu'une passion forte et sincère. Dans les premiers moments, il s'imagina qu'il aurait bon marché de Bianca et d'Imperia. La résistance désespérée qu'il trouva chez cette dernière l'amena rapidement à un état de surexcitation nerveuse ; en même temps, il se disait qu'il était préférable de renoncer à Bianca.

Mais tout en s'affirmant qu'il y renonçait, il pensait de plus en plus à cette enfant entrevue, et bientôt, elle fut vivante dans toutes ses pensées.

Alors Bembo se dit qu'il était perdu s'il n'arrivait à triompher.

Il connut les nuits sans sommeil où les bras se tendent vaguement vers un être absent ; il connut les imaginations successives que crée l'amour : les douleurs, les désespoirs, les joies soudaines et sans motif. Il pleura. Oui, cet homme qui était fait pour faire pleurer les autres versa des larmes amères. A mesure que son amour augmentait d'intensité, il perdait ses moyens d'action sur Imperia.

Le soir où il rencontra Roland, Bembo, désespéré, cherchait dans son esprit quelque plan audacieux dont l'exécution lui livrerait Bianca. Son entretien avec Roland précisa ce plan qui demeurait très vague dans sa pensée.

Bembo allait et venait dans son cabinet, et toutes ses pensées, maintenant, convergeaient vers cette rencontre qu'il venait de faire devant le palais d'Imperia. Il songeait, sans un mot, sans un murmure. Car depuis longtemps, Bembo avait pris la bonne habitude de prononcer le moins de paroles possible, *surtout quand il était seul*. Il considérait que le monologue trahit presque toujours un secret. On parle, croyant que personne n'entendra, et il se trouve une oreille pour recueillir l'exclamation, la parole échappée. Et avec un mot, comme avec une ligne d'écriture, on peut faire pendre un homme très innocent.

Or, Bembo ne se considérait pas comme un innocent.

Il ne parlait donc pas, et cette habitude de serrer les lèvres, de les avaler pour ainsi dire et de les faire rentrer en dedans avait fini par donner à sa physionomie ce masque spécial des hypocrites en général et des jésuites en particulier.

Mais s'il parlait peu ou pas du tout, il pensait beaucoup.

Et voici ce qu'il pensait à ce moment :

— Il faut que je tue cet homme.

Cet homme, c'était l'inconnu qui devait lui livrer Bianca, qui, par conséquent, lui rendait somme toute un immense service.

— L'aventure est inouïe, songeait Bembo. Evidemment cet homme est au courant de mes faits et gestes ; il connaît certaines de mes pensées : c'est trop !... Qui est-il ?... D'où vient-il ?... Que veut-il ?... Pourquoi veut-il me livrer Bianca ? Oui, cela surtout, il faut que je le sache... Voyons, cet homme a l'air jeune encore ; il peut donc être amoureux, — amoureux par sentiment, car les passions comme la mienne ne connaissent pas d'âge...

Bembo s'arrêta un instant.

La pensée, comme la parole, a des temps d'arrêt.

On a besoin de souffler, en réfléchissant comme en discourant.

Il s'intéressa une minute à deux espèces de gueux qui dormaient, appuyés à une borne et qu'il aperçut de sa fenêtre.

Puis il continua en lui-même :

— Oui, il pourrait bien être poussé par un sentiment d'amour... Mais qui aimerait-il ?... Bianca ?... Bianca qui l'aurait repoussé et dont il chercherait à se venger ? Non, Imperia ? Peut-être. Et encore, non. Cet homme a une figure pétrifiée qui écarte la possibilité des sentiments aussi simples. Derrière ce masque, il y a des choses compliquées. Quoi ? Je ne sais pas, et lui sait ce que je pense. Tout au moins connaît-il ma passion pour Bianca. Donc, il s'est occupé de moi, longuement et sérieusement. Dans quel but ?

Nouveau temps d'arrêt.

Bembo était revenu près de la fenêtre : les deux gueux étaient toujours à leur place, comme des bienheureux sous les caresses du soleil levant ; il les envia, et pensa que lui n'avait jamais eu de sommeil paisible.

— Dans ma vie, poursuivit-il en reprenant sa promenade, j'ai dû écraser bien des existences. Quand on rêve ce que j'ai rêvé, quand on marche vers la puissance, il faut commencer par écarter de soi toute idée de justice et arracher de son cœur cette mauvaise herbe qu'on appelle la pitié. Alors, on est fort. Moi, je suis fort, puisque j'ai toujours ignoré la justice et la pitié. Oui, mais quand on écrase les gens qu'on trouve sur son passage, il faut avoir soin de les écraser tout à fait. Est-ce que, par hasard, j'aurais laissé derrière moi quelque ennemi qui maintenant...

Il s'arrêta, croisa les bras, et pendant une longue méditation, compulsa son existence. Il aboutit à cette conclusion :

— Il est nécessaire que je tue cet homme. Servons-nous de lui, d'abord. Et puis tuons-le. Cherchons le moyen... Voyons, ce soir il me livre Bianca. Donc, *je dois* avoir pour lui une grande reconnaissance. Pour la lui témoigner, pour le remercier avec toute la cordialité que comporte un tel service, je le prie à dîner, ici, dans mon palais épiscopal. Il viendra, c'est sûr. Mais voudra-t-il manger à ma table ?... Oui, si je lui inspire pour un jour, pour une heure, une suffisante confiance. Et ceci est mon affaire. Oui, il viendra, il se mettra à ma table... Le reste va de soi. Voilà le meilleur moyen, le plus expéditif.

Soulagé, à peu près certain de se débarrasser de l'inconnu en l'empoisonnant, Bembo se livra dès lors à toute la joie puissante de réaliser d'avance en imagination l'enlèvement de Bianca et l'assouvissement de sa passion.

Alors, il combina la nouvelle existence qu'il allait falloir organiser.

A la fenêtre, il tambourina joyeusement un vitrail, et vit que les deux gueux étaient encore là. Seulement, ils ne dormaient plus. Ils s'occupaient d'un sommaire repas et tournaient le dos au palais.

Bembo ne prêta qu'une attention distraite à ces deux hommes.

Il appela son intendant, et lui ordonna de préparer un appartement pour une personne qui, pour quelques jours, devait loger au palais et il ajouta :

— Cette personne est une femme.

Un regard fixe fit comprendre à l'intendant de quoi il s'agissait. Cet intendant était plus et mieux qu'un intendant. Il était admirablement dressé, comprenait son maître à demi-mot et exécutait aveuglément.

— Il faudra, reprit Bembo, t'occuper de me trouver, d'ici peu de jours une maison bien située, c'est-à-dire assez isolée et facile à surveiller. Tu t'y installeras.

— Bien, monseigneur, j'ai votre affaire.

L'intendant disparut : il en savait assez...

Une heure plus tard, comme la ville était maintenant éveillée, il se fit habiller du costume qu'il portait généralement par la ville, c'est-à-dire d'un manteau d'abbé couvrant les insignes épiscopaux ; sur la tête, il portait la barrette rouge.

Bembo monta dans une chaise à porteurs et se fit conduire chez l'Arétin.

Il entra non pas par la grande porte, mais par une porte dérobée qui donnait directement sur l'appartement de Pierre Arétin.

Celui-ci, assis à une petite table de bois blanc, sans le moindre ornement, dans une pièce exiguë et mal meublée qu'il appelait son laboratoire, écrivait.

— Tu vois ! s'écria-t-il en apercevant Bembo, je gagne ma vie.

— Que fais-tu ?

— Un conte pour le roi de France.

— Dont tu espères ?

— Un bon millier d'écus pour le moins, car je le menace, cette fois, sans rémission.

— Et de quoi, juste ciel ! fit Bembo qui affecta de rire.

— De publier le conte que je lui envoie !...

— Et que raconte ton conte ?

— Une histoire qui dut être vraie, puisqu'aucun témoin ne peut affirmer le contraire : que la mère du roi a eu jadis des amours avec un fort bel homme très digne d'être aimé...

— Ce n'est pas bien terrible.

— Oui, mais le fort bel homme en question était palefrenier de son état. Tu vois d'ici la pierre dans la mare à grenouilles : le roi fils d'un palefrenier !...

— Pas mal ! dit Bembo. Mais tu as donc bien besoin d'argent ?

— J'en ai soif ; j'en ai une faim d'enragé ; je n'ai pas une baïoque...

— Pauvre ami !...

— Il faut absolument que je trouve cette année une dizaine de milliers d'écus ; j'ai taxé l'empereur Charles à trois mille, le roi François à mille, ce qui fait quatre, le duc de Ferrare à cinq cents...

— Et moi, à combien ? interrompit Bembo.

— Toi !...

— Moi... ou ceux que je puis faire payer.

L'Arétin se rapprocha rapidement de Bembo.

— Tu peux me procurer quelque argent ?

— Quatre mille écus.

— Quand ?...

— Dès aujourd'hui, si tu veux, la moitié...

— Si je veux, par les mamelles de Marguerita !...

— Viens donc !

— Où cela ?...

— Viens ; tu verras !... Habille-toi proprement. Je t'emmène dans ma chaise.

L'Arétin se précipita. Quelques minutes plus tard, il reparut transformé.

Alors tous descendirent et montèrent dans la chaise à porteurs, dont Bembo tira soigneusement les rideaux.

Bientôt la chaise s'arrêta devant le palais ducal.

— Suis-moi, dit Bembo.

— Qui allons-nous voir ?

— Le doge !...

— Le doge ? dit l'Arétin.

— Oui, le doge. Est-ce que cela t'effraie ?

— Moi !... Je ne redoute que les gueux... comme moi et toi, Bembo !

Le cardinal, cependant, avait traversé une vaste salle remplie d'officiers et de seigneurs — de courtisans pourrait-on dire. En effet le doge Foscari avait pris toutes les allures d'un monarque. Simple magistrat représentatif d'après les lois de la république, il s'était peu à peu entouré d'un cérémonial et d'un appareil de puissance qui d'abord parurent inoffensifs à l'ombrageux patriciat de Venise. Un beau jour, ces apparences de pouvoir étaient devenues des réalités, alors qu'il était trop tard pour s'opposer à l'ambition du doge : c'est l'éternelle histoire des républiques où le peuple est écarté du gouvernement de ses propres affaires ; le peuple seul a intérêt à instaurer des régimes de liberté ; dans une république où il ne dirige pas lui-même avec activité, force et méfiance ses propres destinées, il surgit toujours un homme ou une caste d'hommes qui s'empare du pouvoir. Ainsi, à Venise, sous des simulacres de liberté illusoire, malgré des lois théoriquement admirables, le peuple fut toujours asservi. Le patriciat, qui conserva longtemps une sorte d'indépendance farouche, perdit cette indépendance qui n'était elle-même qu'une ombre de liberté, du jour où il permit à un doge de s'entourer d'un appareil de force.

Foscari avait de vastes ambitions.

Et pour les faire aboutir, il avait eu soin tout d'abord de s'imposer un plan dont il avait enfin réalisé la première partie. C'est-à-dire qu'avant de se lancer dans les grandes entreprises qu'il méditait, il avait commencé par se forger des armes : il avait en main les deux armes qu'un despote intelligent cherche toujours à perfectionner : L'armée, l'Eglise.

Les deux armes de tout temps suspendues sur la gorge du peuple.

Avec l'Eglise, il dominait le cerveau des enfants et des femmes ; par les femmes et les enfants, il prenait les hommes : il y a, en effet, peu de chefs de famille qui ne finissent par subir la tyrannie domestique de la maisonnée.

Avec l'armée, il tenait en respect les révoltés des dernières couches populaires.

Altieri lui donnait l'armée.

Bembo lui donnait l'Eglise.

Le premier agissait sur les officiers et les soldats ; l'autre agissait sur les prêtres ; par les soldats, Foscari était sûr de réprimer toute rébellion populaire, et dominait ce volcan toujours en ébullition dont les éruptions renversent parfois les trônes ; par les prêtres, il dominait la conscience publique.

Armes formidables qu'un peuple doit commencer par briser lorsqu'il souhaite la liberté avec une forte sincérité.

Telle avait été la première partie du plan de Foscari : il avait mis six ans à l'exécuter. Il pouvait maintenant manier ses deux outils pour l'édification de sa gloire.

En quoi consistait au juste cette vision de gloire et de puissance qui hantait l'imagination du doge ?

Il est temps de préciser la silhouette de ce Foscari, pour les besoins de notre récit.

XXVIII

LE DOGE

Bembo et Pierre Arétin avaient donc traversé une salle où une foule de patriciens, de notables citoyens et d'officiers causaient par groupes. Cela ressemblait à une antichambre de roi, où les courtisans attendent le moment de voir le maître ou d'être vus par lui.

Aux salutations respectueuses qui accueillirent Bembo sur son passage, Pierre Arétin put se rendre compte de l'influence dont jouissait le cardinal.

— Peste ! pensa-t-il, mon compère a fait du chemin depuis le temps où, dans un galetas de Florence, nous avions un oignon cru à nous partager pour tout potage, et où nous devisions du mal de vivre. Il paraît que Bembo a trouvé la bonne voie. Que ne me suis-je fait abbé !... Bah ! de prêtre à poète, il n'y a que la différence de la limace à l'escargot !

Comme on voit, l'Arétin tenait son état en assez piètre estime, quand il se parlait à lui-même.

Le cardinal entra dans une pièce de dimensions moindres où des archers montaient la garde, et enfin dans une sorte de grand cabinet où travaillaient des secrétaires auxquels il fit un signe familier. Puis il s'assit dans un fauteuil près d'une fenêtre, et invita Pierre Arétin à prendre place près de lui.

— Le doge nous recevra tout à l'heure, dit-il à voix assez basse pour ne pas être entendu des scribes. Il nous attend. D'ici là nous avons le temps de causer.

— De ce que nous allons lui dire ?...

— Non, fit Bembo dont le visage s'assombrit. Je voudrais t'interroger sur quelqu'un que tu dois connaître.

— Parle.

— Cet homme, ce Florentin qui t'a voulu réciter une ballade et qui voulait devenir ton secrétaire...

— Ah ! ah !.. Eh bien, son ambition est satisfaite. Il tourne assez bien le vers, et je l'ai pris. Est-ce que tu t'intéresses à lui ?

— Beaucoup.

— En ce cas, mon cher, je le pousserai.

— Quel homme est-ce ?

— J'attends que tu me le dises, puisque tu lui veux du bien. Moi, je ne le connais pas, sinon par une lettre d'introduction que lui a donné le Grand-Diable.

— Le Grand-Diable ?

— Oui : Jean de Médicis (1).

— Ainsi, tu ne le connais pas ? reprit Bembo en jetant un profond regard sur son compagnon.

L'Arétin se contenta de secouer la tête : avec Bembo, il ne parlait que le moins possible, à moins qu'il se livrât à sa faconde sur des sujets indifférents.

— Eh bien, dit Bembo, il faudra savoir qui il est, d'où il vient, ce qu'il veut.

— C'est facile ; il est poète, vient de Florence et veut s'attacher à ma fortune.

— Ce sont là des apparences. Mais il y a derrière tout cela autre chose que je veux savoir.

— Bon. J'interrogerai adroitement notre homme, et il faudra que les vers que je veux lui tirer du nez soient bien récalcitrants...

A ce moment, un huissier fit un signe à Bembo qui se leva aussitôt, et suivi de Pierre Arétin, pénétra dans un grand cabinet sobrement meublé, mais qui, dans sa simplicité même, dénonçait les goûts de grandeur de l'homme qui l'habitait.

Le doge Foscari était assis dans un de ces immenses fauteuils en bois sculpté où le goût de la Renaissance, en des sculptures fleuries, s'alliait harmonieusement à l'art gothique.

Il se trouvait devant une vaste table massive dont chaque pied représentait un lion aux ailes déployées : le lion de Venise.

Foscari, à cette époque, paraissait quarante-cinq ans. Toute sa personne, sa taille élevée, ses larges épaules, ses attitudes dénotaient la force. Son visage exprimait cette sourde inquiétude qu'on voit sur le visage des grands ambitieux. Ses yeux noirs dardaient sur ses interlocuteurs un regard profond. Il portait la barbe noire, et c'est à peine si ses cheveux épais s'argentaient aux tempes de quelques fils blancs. Sa voix était grave et même rude. Rarement sa physionomie s'animait. Mais lorsque, sous l'empire d'un sentiment violent, cette figure abandonnait ce masque factice de majesté calme qu'il s'exerçait à porter, lorsque ce front volontaire se couvrait de nuages et que ses yeux noirs lançaient des éclairs, alors Foscari donnait nettement l'impression d'un de ces hommes de proie, d'un de ces carnassiers terribles que la nature lâche à travers l'humanité, sans doute dans une heure d'aberration monstrueuse.

Bembo inquiet et Pierre Arétin curieux s'assirent, sur un geste du doge dont les yeux se fixèrent longuement sur le poète. L'Arétin soutint ce regard avec cette hardiesse faite un peu d'impudence, un peu de peur déguisée.

— Vous êtes un ami de Jean de Médicis ? demanda brusquement le doge.

— J'ai en effet cet honneur, dit l'Arétin. Ce grand homme m'honore de son amitié au point qu'il n'a consenti qu'à grand'peine à se séparer de moi.

— Et pourquoi, en ce cas, l'avez-vous quitté ? Il me semble que, pour un homme tel que vous, la protection d'un Jean de Médicis vaut la faveur de tous les monarques de l'Europe.

— Oui, monseigneur, excepté la vôtre !

— Mais je ne suis pas un monarque, moi ! fit vivement le doge.

— Monseigneur, j'ai entendu le peuple de Venise parler de Foscari avec un respect qui m'a ému, moi que rien n'émeut. J'ai vu cet immense palais qui, avec ses archers et ses arquebusiers, a tout l'air d'une de ces forteresses comme le Louvre royal que j'ai vu à Paris, comme le château Saint-Ange que j'ai vu à Rome. Je suis entré dans le palais, je n'y ai vu que magnificence et faste dignes de la cour de Madrid que j'ai traversée.. Enfin, je vous vois, monseigneur, et je me demande si ce peuple n'est pas le peuple d'un empereur redouté, si ce palais n'est pas le château-fort d'un monarque, si l'homme qui m'admet devant lui n'est pas un roi tout-puissant.

Le menton dans la paume de sa main, Foscari avait écouté la tirade de l'Arétin

(1) *C'est en effet le surnom que les soldats avaient donné à Jean de Médicis, sans doute en raison de sa violence et de son impétuosité guerrière.*

sans qu'un muscle de son visage trahît ses impressions. Au dernier mot seulement, il tressaillit.

— Roi !

Ce mot, il ne le murmura pas.

Mais il retentit dans sa pensée avec un bruit sonore.

Et tout aussitôt il songea :

— Ce poète n'est pas l'imbécile que pense Bembo, puisque du premier coup il a deviné des pensées que je suis seul à connaître.

Il reprit à haute voix :

— Il n'y a pas de roi à Venise, monsieur. Il n'y en aura jamais. Mais pour en revenir à l'illustre Jean de Médicis, je suppose que vous avez dû avoir quelque autre raison de le quitter !

— La raison m'est toute personnelle, monseigneur ; mon noble maître vivait au camp beaucoup plus qu'à la ville. Il est toujours par monts et par vaux. On respire autour de lui une atmosphère de poudre. On couche à la dure. On est entouré de gens rébarbatifs, fort estimables quand il s'agit de bombardes, de canonnades et d'arquebusades et de pistolets, mais très ennuyeux quand il est question des muses qui sont mon ordinaire sujet de causerie.

— Bref, vous aviez peur !

— Pas précisément, monsieur, dit l'Arétin en se redressant. J'avoue cependant que la vie des camps et la guerre me séduisent médiocrement.

— Ainsi donc, si je vous proposais de retourner auprès de Jean de Médicis, vous y éprouveriez sans doute quelque répugnance ?

— Oui, monseigneur, si je dois quitter à tout jamais cette charmante cité d'artistes, de poètes et de grands seigneurs qu'on appelle Venise ; non, s'il ne s'agit que d'une mission temporaire. En ce cas, je considérerais comme un grand honneur de devenir l'ambassadeur du doge Foscari auprès de Jean de Médicis.

Le doge jeta un coup d'œil à Bembo qui répondit par un signe de tête. Il réfléchit quelques instants, puis reprit :

— En somme, qu'êtes-vous venu chercher à Venise ?

— La société, monseigneur, la société brillante et polie...

— C'est tout ?...

— Et la fortune ! répondit l'Arétin.

— Je puis vous aider dans cette partie de votre programme, dit le doge qui semblait n'avoir attendu que ce mot.

— La partie la plus intéressante, dit alors Bembo se mêlant pour la première fois à l'entretien. Permettez-moi, monseigneur, de vous dire ce que mon ami Pierre Arétin, par modestie, n'a pas pu vous dire de lui-même. C'est qu'il n'est pas seulement le poète dont la renommée a pénétré jusqu'ici et que vous avez désiré voir de près... Il est aussi un penseur subtil, capable de tout comprendre à demi-mot, capable de transmettre fidèlement une pensée sans qu'il soit besoin de ces écrits qui peuvent s'égarer. Enfin, il possède l'art de persuader et de parler à chacun selon son tempérament.

— Je sais ! fit le doge en approuvant de la tête. Aussi n'hésité-je pas à lui donner une preuve de confiance que je n'eusse voulu donner qu'à vous, mon cher Bembo, si vous n'étiez retenu à Venise par des soins importants.

— Monseigneur, dit l'Arétin avec cet air de franchise insolente qui était une de ses forces, considérez-moi simplement comme une lettre qui voyage, mais une lettre intelligente et que nul ne peut ouvrir. Ce que vous m'aurez dit sera gravé là plus sûrement que sur du papier. Et je vous garantis que la lettre arrivera à son adresse.

— Il ne s'agit donc plus, fit le doge en souriant, que de connaître le prix du transport...

— Monseigneur, dit alors Bembo, l'Arétin est trop poète pour s'inquiéter de pareilles misères ; il connaît tout le prix de la glorieuse mission que vous lui confiez, et l'honneur de la mener à bien lui suffit : l'argent n'est rien pour lui...

— Permettez, cardinal ! s'écria Pierre très inquiet.

— Il ne cherche que la gloire, continua Bembo imperturbable.

— Il faut pourtant que je vive, que diable ! éclata l'Arétin hors de lui. Je ne dis pas que la gloire ne soit pas une bonne chose, mais elle est encore plus aimable quand elle peut se monnayer !

— Mais, reprit Bembo, si l'illustre Arétin ne songe guère aux nécessités matérielles de la vie, j'ai dû y songer pour lui, moi qui suis son ami. J'ai donc pensé que deux mille écus ne seraient pas de trop pour le défrayer pendant sa mission, et que même somme pourrait, à son retour, lui être comptée en dédommagement.

Le doge approuva d'un signe de tête, saisit une feuille de papier, y écrivit quelques mots et la tendit à l'Arétin en disant :

— Voici un bon de deux mille cinq cents écus ; à votre retour, un bon pareil vous sera remis.

— Ah ! monseigneur, s'écria l'Arétin rayonnant, une pareille magnificence est digne de vous et de moi. Rien qu'un sonnet richement ciselé et sans tache ne pourra enchâsser ma reconnaissance.

— J'aurai grand plaisir à le lire, dit gravement le doge. Maintenant, écoutez-moi.

Foscari se leva et fit quelques pas dans son cabinet en méditant. Hésitait-il, maintenant, à confier sa pensée à l'Arétin ? Il le regardait en dessous, et sans doute cette figure de loup affamé, cette tête intelligente, astucieuse, lui inspirèrent plus de confiance qu'une physionomie d'ami dévoué.

— Vous allez trouver Jean de Médicis, dit-il tout à coup. Vous ferez diligence.

— Je voyagerai nuit et jour.

— Bien. Quelles forces le Grand-Diable a-t-il autour de lui ?

— Environ quinze mille archers et arquebusiers, quatre mille cavaliers bien armés de pistolets et d'estramaçons, plus dix canons.

La figure de Foscari s'éclaira d'un sourire.

— Bon ! dit-il. Vous lui direz donc ceci

de la part de Foscari, doge de Venise. Il use inutilement son armée et son génie guerrier dans des entreprises de faible envergure. Je lui offre mon alliance, je lui offre vingt mille hommes de troupes, ce qui doublera son armée. Dites-lui qu'avec de pareilles forces nous pourrons alors...

Il hésita.

— Avec de pareilles forces, monseigneur, dit l'Arétin, vous êtes maître de l'Italie... est-ce cela ? Devrai-je ajouter que Rovigo, Mantoue, Crémone, Florence, en lutte l'une contre l'autre, sont incapables de résister à un choc sérieux ?...

— Vous êtes d'une rare intelligence, maître Arétin. Oui, dites-lui cela. Et encore ceci : que moi, Foscari, je suis honteux de voir les princes de la haute Italie s'entre-déchirer ; qu'il est abominable de voir la fertile vallée du Pô incessamment ravagée, et les fleuves rouler des flots rougis du sang des hommes ; que j'ai fait un rêve... Vous avez toute ma pensée, Bembo ; vous allez l'avoir aussi, Arétin !

— Elle sera en sûreté dans mon cœur comme la pensée de Dieu dans un tabernacle.

— Eh bien, ce rêve immense, colossal, digne d'un grand capitaine comme Médicis, digne de hanter mes nuits sans sommeil, c'est de faire de la haute Italie un seul...

Il s'arrêta.

— Un seul royaume ! s'écria l'Arétin avec un accent d'enthousiasme. Ah ! monseigneur, cette pensée, si elle se réalise, bouleversera le monde.

— Venise, reprit Foscari, est la clef de l'Italie. Sans Venise, on ne peut rien. Avec elle, on peut tout entreprendre. Je suis las de mettre nos vaisseaux à la solde des rois étrangers. C'est pour nous-mêmes désormais que nous devons combattre. Reine des mers, Venise peut et doit devenir reine de l'Italie et arracher à Rome son antique domination. Qu'est-ce que Rome ? Le passé ! Un passé brillant qui s'éteint dans le crépuscule. Qu'est-ce que Venise ? L'avenir !... Par elle, les guerres intestines peuvent cesser. Par elle, la haute Italie d'abord, puis l'Italie entière peut se dresser en face des potentats étrangers et s'écrier : J'avais jusqu'ici la poésie et les arts, j'ai maintenant la force. Que le Français, l'Allemand aillent chercher ailleurs une proie. L'Italie se défend et se suffit à elle-même... Voilà mon rêve !

— Rêve sublime, monseigneur ! Rêve qui devrait soulever l'Italie entière !

— Oui, mais il y a les princes !... Pour enfanter un tel rêve, il fallait une pensée comme la mienne (1). Pour la réaliser, la mener à bien à tout jamais, j'ai tout prévu, et cela me regarde, mais pour renverser l'obstacle, c'est-à-dire les princes, il faut un guerrier : ce sera le rôle de Jean de Médicis.

— Et que devrai-je lui promettre, monseigneur ?

— Le partage, après la victoire. Le duumvirat. Lui maître à Rome, moi maître à Venise ; à lui le midi ; à moi le nord ; et entre nous deux, le pape...

Foscari se tut, pensif.

Puis il reprit :

— Maintenant, maître Arétin, voilà le projet dans les grandes lignes. Quant aux détails, nous verrons plus tard. Il faut avant tout savoir si le Grand-Diable est homme à accepter l'alliance que je lui propose. Il s'agit de le sonder adroitement, de ne découvrir que peu à peu le plan que j'ai formé, et de vous retirer sans en avoir trop dit si vous sentez de la résistance.

— Monseigneur, dit l'Arétin, je vous réponds du succès. Je connais Jean de Médicis. J'ai partagé sa tente. J'ai eu ma part de ses plaisirs. Il m'a confié ses inquiétudes. Je sais comment il pense. Et je sais aussi les détours par où on arrive à sa vraie pensée. D'ailleurs, c'est une âme simple, un esprit peu compliqué. Il n'a qu'une passion : la guerre. Puisque je vais lui offrir de faire la guerre en doublant la multitude qu'il entraîne sur les champs de bataille, c'est cause gagnée.

— Partez donc au plus tôt, maître. Et songez que vous portez avec vous la fortune de l'Italie.

— La tienne ! et la mienne ! songea l'Arétin en s'inclinant très bas.

Il sortit, accompagné de Bembo.

— Eh bien ! s'écria celui-ci quand ils furent hors du palais, que dis-tu de l'aventure ?

— Je dis, par tous les diables, qu'un pareil secret vaut plus de cinq mille écus !

— Patience, patience ! Tu n'es qu'au commencement.

— J'y compte bien, par la mitre de Saint-Pierre, mon patron !

(1) *Ce fut aussi le rêve de Machiavel. Mais alors que Machiavel, haute et sublime pensée, songeait à la liberté du peuple uni dans un même effort, Foscari ne songeait qu'à la domination universelle. Libre au lecteur de comparer ces deux ambitions.*

POUR PARAITRE LE 12 JANVIER PROCHAIN

la 2e partie

du grand roman de passion

LE PONT DES SOUPIRS

abondamment illustré par les photographies du film

(PASQUALI-FILM, **exclusivité Gaumont**)

sous le titre de :

LA GRANDE COURTISANE

Dans la première partie du *Pont des Soupirs,* on ne doit voir qu'une sorte de prologue. Cette prodigieuse tragédie de l'amour et de la vengeance va maintenant se dérouler en toute son ampleur. Et parmi les féeriques décors de Venise, filmés d'après nature, vont vivre d'une vie de plus en plus intense les Léonore, les Juana, les Bianca, comme aussi cette voluptueuse et perverse Impéria, la grande courtisane amoureuse.

PRIX : **2 fr. 50**

EN VENTE PARTOUT

CINÉMA-BIBLIOTHÈQUE

2.50

Collection d'ouvrages, abondamment illustrés par les PHOTOGRAPHIES DES FILMS CINÉMATOGRAPHIQUES

EN VENTE PARTOUT

Ouvrages déjà parus :

MARCEL ALLAIN
LES PARIAS DE L'AMOUR, 6 vol.

ARTHUR BERNÈDE
IMPÉRIA, 2 vol.
L'HOMME aux TROIS MASQUES, 2 vol.
L'AIGLONNE, 2 vol.
VIDOCQ, 2 vol.
MANDRIN, 2 vol.

HENRI CAIN
REINE LUMIÈRE, 2 vol.

PIERRE DECOURCELLE
GIGOLETTE, 4 vol.
QUAND ON AIME, 1 vol.
LA BAILLONNÉE, 3 vol.
LA BRÈCHE D'ENFER, 2 vol.

ADOLPHE D'ENNERY
LES DEUX ORPHELINES, 3 vol.

J. FABER et P. GARBAGNI
HAPAX, 1 vol.

ROBERT FLORIGNI
LES RODEURS DE L'AIR, 2 vol.

ARNOULD GALOPIN
TAO, 2 vol.

PIERRE GILLES
L'ENFANT-ROI, 2 vol.

RENÉ JEANNE
PARIS, 1 vol.

A. de LORDE et M. LANDAY
FORFAITURE, 2 vol.

ALFRED MACHARD
LE LOUP-GAROU, 1 vol.

H.-J. MAGOG
L'ENFANT DES HALLES, 2 vol.
LE FILM DU PARC DE VERSAILLES ou la Fille de Mme de Larsac, 1 vol.

PIERRE MARODON
LE DIAMANT VERT, 2 vol.

P. MARODON et H. ROUSSELL
VIOLETTES IMPÉRIALES, 1 vol.

JULES MARY
LA POCHARDE, 4 vol.
LA FILLE SAUVAGE, 4 vol.
ROGER-LA-HONTE, 4 vol.
LA MAISON DU MYSTÈRE, 2 vol.
LA GOUTTE DE SANG, 1 vol.

EMILE RICHEBOURG
ANDRÉA-LA-CHARMEUSE, 3 vol.

H. SIENKIEWICZ
QUO VADIS, 2 vol.

G. SPITZMULLER
LES DEUX SERGENTS, 1 vol.

CHARLES VAYRE
GOSSETTE, 2 vol.

CH. VAYRE ET R. FLORIGNI
L'AVIATEUR MASQUÉ, 2 vol.
L'HÉRITIÈRE DU RAJAH, 2 vol.

MICHEL ZÉVACO
LE PONT DES SOUPIRS, 4 vol.
BURIDAN, le Héros de la Tour de Nesle, 4 vol.
TRIBOULET, 3 vol.

Pour paraître successivement :

LE VERT-GALANT....... par Pierre GILLES
ENFANTS DE PARIS...... par Léon SAZIE
LA TERRE PROMISE...... par René JEANNE
LE ROI DES CORSAIRES... par Arthur BERNÈDE
LA NUIT DE LA REVANCHE. par Charles VAYRE
LES FILS DU SOLEIL..... par Pierre MERCOURT

Editions JULES TALLANDIER, 75, rue Dareau, PARIS (XIVe)

LES RÉVÉLATIONS MYSTÉRIEUSES

PAR

LA MARQUISE DE CIRCÉ

VOICI LES CARTES ; Les arts divinatoires et leurs secrets dévoilés. Cet ouvrage contient tous les secrets de composer les jeux de cartes pour en tirer des oracles.

LE MESSAGER DISCRET DES AMOUREUX. Lettres d'amour et billets doux. Mille moyens ingénieux de correspondre secrètement.

NOTRE MAIN contient les révélations saisissantes sur l'art de connaître son prochain par la physionomie, la phrénologie et la chiromancie.

L'ORACLE MERVEILLEUX DES AMANTS. C'est le jeu par excellence par lequel on questionne le destin. Reproduction des 78 tarots.

L'EXPLICATION DES SONGES. Visions, Rêves, Signes cabalistiques. Prédiction des événements par les prophéties, les avertissements et les pressentiments.

LA MAGIE ET L'AMOUR aborde le sujet des luttes passionnelles et des pouvoirs occultes. Envoûtements de haine et d'amour; secrets magiques, charmes, philtres, talismans.

Chaque ouvrage forme un beau volume sous couverture illustrée en couleurs.... **3 FR.**

En vente chez tous les Libraires et à la LIBRAIRIE POPULAIRE et MODERNE, 75, r. Dareau, Paris-14e.

IMP. CRÉMIEU, R. DES SUISSES, PARIS

www.ingramcontent.com/pod-product-compliance
Lightning Source LLC
LaVergne TN
LVHW050419160826
845677LV00002BA/431